Paul Friedl

Im letzten Licht

Roman

rosenheimer

3. Auflage
Titel der Originalausgabe »Im Jahr des letzten Lichtes«

Titelbild: Michael Wolf, München
Druck und Bindung: Wiener Verlag, Himberg
Printed in Austria

ISBN: 3-475-53227-1

Die winterliche Landschaft des Oberpfälzer Waldes mit schneeverkrusteten Föhren und weiten Schneeflächen zog wie ein Filmstreifen am Abteilfenster vorbei, und die Telegraphenstangen liefen eilig davon. Sie nahmen in Gestänge und Draht die weißen Rauchwolken der Lokomotive mit in die glitzernde Ferne, über der rotglühend der Feuerball der sinkenden Sonne stand. Das monotone Klopfen der Räder und die stumpfe Wärme im verrauchten Abteil machten müde.

Der junge hagere Mann lehnte sich zurück und schloß die schmerzenden Augen. Das Rauschen und Klappern der Räder, das Reden der Mitreisenden verschmolzen zu einem Summen und Dröhnen, das ihn einhüllte. Der rote Schein der untergehenden Sonne blieb hinter seinen geschlossenen Lidern haften, sich verzerrend und aufleuchtend, und der Nachhall des Hörens und Sehens wurde im leichten Schlaf zum visionären Bild.

In den dunkelnden Abendhimmel ragte der spitze Bergkegel des Osser. Die bewaldeten Bergflanken und die grauen Steinwände wuchsen düster und voller Geheimnisse aus dem Tal empor, und die Fichtenwipfel, zerzaust und zerrupft, verkümmert und verkrüppelt von den Stürmen, trugen einen hellen Schein. Das Abendrot hatte auf den Wipfeln die Waldlichter angesteckt, streifte die Felsstürze und wanderte mit dem fliehenden Tag aus dem Tal dem Gipfel zu. Dort droben glühte es in der blutigen Farbe des böhmischen Granats, der in feinen Körnern in das Urgestein eingesprengt war, und drüben, aus dem Angeltal, hinter dem Berg, schob der Böhmwind mächtig dräuende Wolken auf. Sie bäumten sich über dem Berghaupt, stießen und drängten sich in wildem Streit, stürmten auf den letzten hellen Himmelsflecken zu und löschten ihn aus. Sie brachten das Dunkel der Nacht und stoben in grauem Gewühl gegen das letzte Rosenrot der Felsen an. Aus der Tiefe des eingenächteten Lamer Tales stieg ein dumpfes Brausen, in dem der Eisenhammer am Lambach seinen wuchtenden Takt klopfte.

Auf dem kleinen Bergwiesenfleck, dicht unter dem Berggipfel, ließ ein letzter Sonnenstrahl die braunen Wände und die spiegelnden Fenster eines Häuschens aufleuchten. Das Brausen und Dröhnen schien nun von dem phantastischen Farbenspiel zu kommen, das sich um Wald und Berg und Wolken, um Baum und Fels zu einem wogenden Regenbogen formte, eine lautgewordene Symphonie des Lichtes, ein prunkendes Leuchten des Abends, ehe die Nacht kam.

Und vom Tal kroch die Nacht an den Berghängen hoch, nahm die roten Lichter von den Baumwipfeln und schob den Tanz der Farben und des Lichtes über den Felsgipfel hinaus in das Gewölk. Sie kam wie das Grauen und hinterließ einen brennenden Schmerz in den geschlossenen Augen des jungen Mannes, und er fuhr auf.

Die Sonne war untergegangen, und die verschneiten Fluren liefen in blauen Weiten und Wellen in die Dämmerung zurück.

Er nahm die starke Brille von den Augen und preßte die Hand gegen die heißen Lider.

„Jetzt haben Sie sicher geträumt, Herr Lorenz."

Es war eine jugendfrische Stimme, die ihn aus dem Gewirr und Gepolter ansprach, heiter und belustigt. Er setzte die Brille wieder auf und sah auf die Sprecherin, die wohl in der letzten Station zugestiegen sein mußte. Sie hatte ihm gegenüber Platz genommen.

„Entschuldigen Sie — ja freilich", lächelte er verlegen und etwas betreten, „ich muß wohl geschlafen haben — ja, sogar geträumt habe ich. Ich schlafe sonst nicht in der Eisenbahn."

Verwirrt sah er sich im dämmernden Abteil um. Ein kleines Kind sang auf dem Schoß der Mutter hoch und spitz mit feinem Stimmchen. Die junge Dame gegenüber, mit braunem Pelzmantel und keck auf das Ohr gerückter Pelzkappe, unter der eine Fülle haselbrauner Locken hervorquoll, sah ihn mit lebhaften Augen an.

„Fahren Sie auch wieder einmal heim?"

Ihre Munterkeit und die freundliche, ein wenig neugierige Anrede, heischte eine Antwort.

„Ja, aber wenn ich mir die Frage erlauben darf: Kennen Sie mich?"

„O ja, freilich kenne ich Sie! Ich bin auch von Cham, und dort kennt Sie wohl jeder Mensch. Ich bin die Gustl Braumiller, vom Studienrat Braumiller, und habe Sie oft genug gesehen. Wir wohnen ja in der gleichen Straße", sagte sie eifrig.

Er wollte ihr etwas Freundliches sagen.

„Da rennt man in der Gegend herum und weiß gar nicht, mit welch hübschen Damen man in der gleichen Straße wohnt. Allerdings, bei mir ist das ja entschuldbar." Er deutete mit einem schmalen Lächeln nach seiner dicken Brille.

„Oh, das versteh ich." Sie wurde etwas rot und versuchte, das Peinliche, das sie plötzlich beide spürten, mit einem Scherz wegzureden: „Und wenn man verlobt ist, darf man ja auch nicht mehr so sehr nach anderen Mädchen sehen."

Hatte die Erinnerung an seine Kurzsichtigkeit ihn doch verletzt? Er sah zum Fenster hinaus, und sie beobachtete ihn unauffällig. Was er wohl jetzt dachte? Recht taktvoll war ihr gut gemeinter Scherz ja auch nicht gewesen. Sie ärgerte sich. Jetzt war er sichtlich verstimmt.

Aus seinen Gedanken sich lösend, starrte er sie nun ernst an und sagte: „Vielleicht haben Sie recht, vielleicht aber bin ich morgen schon nicht mehr verlobt."

Sie wußte nichts mehr zu sagen und war froh, daß das Schlagen der Räder zum rumpelnden Stoßen wurde und der Zug über die ersten Weichen des Bahnhofes in Cham, dem alten und geschichtsträchtigen Bürgerstädtchen am Regenfluß, einfuhr.

Der junge Mann stand auf, nahm seinen Koffer und wartete, bis der Zug hielt und sich die Mitreisenden aus dem Abteil drängten.

„Guten Abend, Herr Lorenz", sagte die Gustl Braumiller und entfernte sich. Es tat ihm nun leid, daß er ihr so unhöflich und ironisch den harmlosen Scherz quittiert hatte.

Wurde er schon unleidig und unfreundlich, weil das Schicksal ihm einen bösen Streich spielen wollte? Oder war er fremd geworden in seiner Heimat, die er nun jahrelang nur in den Ferien und Festtagen aufsuchen konnte?

An diesem Abend, im letzten Schein des Tages, kam ihm ohnehin hier alles trist und trostlos vor. Der graue Bahnhof, die drängenden Menschen, die in der beißenden Kälte den warmen Stuben zustrebten. Es war für ihn immer ein freudiger Augenblick gewesen, wenn er hier aus dem Zug stieg und durch die vertrauten Straßen und Gassen heimwärts gehen konnte. Heute spürte er nichts von diesem frohen Gefühl der Erwartung des Wiedersehens mit der alten Mutter und der Braut. Was er diesmal in seinem freudlosen Herzen heimtrug, war nichts als eine große Not, mit der er selbst noch nicht fertig geworden war. Langsam verließ er den Bahnhof und folgte nicht der Hauptstraße, sondern ging den Bahnanlagen folgend und durch eine Unterführung den stillen Meraner Weg heimwärts. Zwei Tage und eine Nacht hatte er in der Augenklinik in München Zeit gehabt, darüber nachzudenken, was er seiner Mutter und seiner Gerda sagen sollte, und nun wußte er es doch nicht.

Unter der alten Stadtmauer und den vom Rauhreif prächtig gezierten Bäumen der kleinen Allee wurde sein Schritt immer langsamer.

Die Mutter wartete voller Sorge auf das Ergebnis seiner Reise. Die großen Erfolge ihres einzigen Sohnes, des Kunstmalers Albert Lorenz, hatten sie beglückt und die einfache Frau stolz gemacht, und seine Zukunft war ihr größtes Anliegen geworden. Sollte er es nun übers Herz bringen und ihr sagen, daß ihm wahrscheinlich nur mehr die Frist eines Jahres gegeben war, bis es um ihn dunkel würde, weil bis dahin die Augen erblindeten; Durfte er der alten und kranken Mutter die letzten Tage ihres Lebens verbittern, indem er ihr eine Last auferlegte, die er ohnedies besser allein trug? Jawohl, allein! Zu diesem Entschluß hatte er sich durchgerungen und dabei sollte es auch bleiben. Was hatte eine Bindung an eine Braut für einen Sinn, wenn aus dem Verlobten bald ein hilfloser Blinder würde? Wie sollte dieser für eine Frau und eine Familie sorgen können? Sie müßte das einsehen.

Was aber würde die Mutter sagen, wenn er sich von Gerda trennte? Mußte sie da nicht einmal den eigentlichen Grund erfahren?

Warum ging ihm die bevorstehende Trennung von seiner Braut nicht tiefer? Warum machte sie ihm nicht mehr Schmerz? War er nun so abgestumpft und mit sich selber beschäftigt, daß ihm alles andere schon gleichgültig war? Er hatte sie wirklich lieb! Wie war sie doch seiner befangenen Werbung und seinem unbeholfenen Gehaben entgegengekommen, hatte mit viel Herzenstakt die Freundschaft angenommen, und so waren sie sich nähergekommen, bis er ihr schlicht und einfach sagen konnte, daß er sie gerne zur Frau hätte. Er war wohl ein ungeschickter Liebhaber gewesen, aber sie hatte ihn allezeit verstanden. Er verdankte ihr etwas von seinem Erfolg. Aber war sie nicht in der letzten Zeit merkbar kühler und unduldsamer geworden? Es lag vielleicht daran, daß sie sich so selten trafen, weil er so wenig daheim gewesen war. Hatte ihre Liebe zu ihm nachgelassen? Er wünschte es fast, denn dann wäre es leichter, sich mit ihr auszureden. Oder war auch sie ihm schon gleichgültig geworden? Die letzten Tage hatten ihn wohl etwas verwirrt, so daß er sich über seine Gefühle selbst nicht mehr klarwurde. Und doch schmerzte es ihn, wenn er an ihre stete Fröhlichkeit und an ihr gutes Lachen dachte. Fast ein Jahr lang hatte er alle seine Gedanken über die Zukunft um sie herumgebaut.

Sie war sein erstes großes Erlebnis geworden, so sonderbar das bei einem fast Vierzigjährigen sein mochte. Sein Lebensweg war eben anders gewesen, als das bei jungen Männern gemeinhin der Fall war. Aus einem kleinen Waldlerdorf, aus der Stube eines armen Holzhauers, hatte ihn dieser Weg über viel Not und Entbehrung, fanatisches Lernen und zähe Arbeit zum bekannten Kunstmaler geführt, dessen Bilder anerkannt, gerühmt und auch gekauft wurden. Darüber hatte er seine Jugend und seine Umwelt vergessen und die schönste Zeit vertan. Es war hart gewesen, und nur seine Mutter hatte an ihn geglaubt, wenn die anderen im Dorfe ihn arbeitsscheu und übergeschnappt schelten wollten. Sie hatte gedarbt, und wenn er an sich selber verzweifeln wollte, hatte sie ihn in ihrem Glauben an seine Berufung aufrecht erhalten. Dafür liebte er diese kleine Frau in der bescheidenen Waldlertracht mit dem schwarzen Kopftuch so sehr, daß er durch die Jahre der Jugend in seinem Herzen kaum einen Platz für ein junges Mädchen fand.

Wie der Schnee unter seinen Tritten sang! Hart und höhnisch. Ist doch nichts mehr zu ändern! Es war dunkel geworden, und der Fluß hauchte seinen eisigen Atem gegen den frostklaren Himmel.

In wenigen Tagen war dieses Jahr zu Ende, das ihm den größten Erfolg gebracht hatte und ihm in diesen letzten Tagen wieder alles genommen und zerstört hatte. Was würde im nächsten Jahr kommen? Daran wollte er nicht denken. Aber mußte er nicht immer mit Angst und Grauen an die Zeit denken, die er einmal in der Dunkelheit, der ewigen Finsternis würde verbringen müssen! Licht und Sonne, Kontur und Farbe waren ihm wichtiger gewesen als Speise und Trank, und das Sehen und Malen waren sein Lebensinhalt geworden. Die Waldlandschaften, die er auf die Leinwand zauberte, seine Waldlerhäuser, Sommerwälder und Berge hatten ihn zum Maler des Bayerischen Waldes gemacht, und jedes Bild trug einen Teil glücklichen Erlebens und ein Stück von seiner großen Liebe zu seiner Heimat.

Die Glocken der Klosterkirche fingen das Abendgeläut an, und von der Pfarrkirche summte und brummte es dazu, und die schwebenden Klänge zogen über die alten Winkel um das Burgtor und die stillen Gassen und Häuser hinweg. Hinter Vorhängen schimmerten die Lichter. Die erste Seitengasse in diesem Altstadtteil nahm seine Schritte hallend auf. Hier wohnte seine Mutter, seit sie mit ihm, nach dem Tode des Vaters, vom Walddorf im Lamer Winkel in die Stadt Cham gezogen war.

Vor einem alten Haus tastete er nach der Türglocke und horchte. Eine ältere Frau öffnete, begrüßte ihn freundlich und sah ihn prüfend an.

„Na, wie geht es, Frau Ertl?“ fragte er und fühlte sich hinter der Schwelle dieses Hauses und angesichts der gutmütigen und verträglichen Hausfrau erst richtig daheim. Fast flüsternd, und als dürfte es niemand hören, redete sie auf ihn ein:

„Gut, daß Sie da sind, Herr Lorenz! Es geht ganz leidlich — aber der harte Winter halt, der hat der Mutter stark zugesetzt, und sie kränkelt schon ein paar Tage. Hat so hart gewartet, daß Sie kommen.“

Die Hausfrau begleitete ihn bis in die Wohnung im ersten Stock.

„Ich hab Ihnen was zu essen hergerichtet und warm gestellt. Und wenn Sie mich brauchen sollten oder mit der Mutter was wäre, dann holen Sie mich nur. Gute Nacht.“

Leise stellte er den Koffer ab und schloß die Wohnungstüre. Mit den kalten Händen fuhr er sich über Stirn und Wangen, um die Sorgen wegzuwischen, und versuchte ein Lächeln. Dann trat er schnell und mit gespielter Heiterkeit in das Wohnzimmer.

„Bist endlich da?“ In einem Lehnstuhl am Ofen kauerte die Mutter, ein schmales, abgerackertes Weiblein mit dem schwarzen, langen Kopftuch der Waldlerinnen um die weißen Haare, das sie auch im Hause nicht mehr abnahm. Und ihre feine, brüchige Stimme forschte weiter: „Und wie hat es gegangen?“

Er hatte gewußt, daß dies die erste Frage sein würde, und er vermied es, ihr in die Augen zu schauen.

So ging er in die Fensterecke, wo auf einem Tischchen ein Tannenbaum stand, bäuerlich verziert mit großen Kugeln und Weihnachtsgebäck, mit buntem Flittergold und roten Kerzen. Die alte Frau zog die Schultern fröstelnd zusammen. Das Mutterherz ahnte, daß die kleine Spanne Zeit, die er bis zu seiner Antwort verstreichen ließ, Sorge bedeutete. Bange fragend drängte sie:

„Wie ist es denn — mit den Augen?“

„Es ist grad net besser geworden“, tat er gleichmütig, „aber auch net schlechter. Ich muß halt ein bissel Obacht geben und soll die Augen net zu stark anstrengen.“

Sie kannte ihn zu gut und wußte auch den verborgenen Unterton in seiner Stimme zu deuten. Es war nicht so, wie er sagte, das spürte sie und fragte nichts mehr. Er kam an den Tisch und setzte sich. Unter dem Schein der Lampe war sein Gesicht bleich und spitz.

„Und wie geht es dir?“ plauderte er, doch seine Hände strichen unruhig das Tischtuch. Sie lächelte, still und ergeben.

„Frieren tut mich halt allweil, und gar so müd bin ich. Weh tut mir gar nix, und so kann ich es schon ertragen. Willst net was essen?“ Die warme Güte des Mutterherzens läutete weich und melodisch in den Lauten ihrer Waldlersprache.

„Hast recht.“ Munter tat er sich um, holte das gewärmte Essen und war froh darüber, daß sie nicht weiter nach dem Erfolg der Behandlung in der Augenklinik fragte. Um sie davon abzulenken, erzählte er von seinen Besuchen, die er nebenbei gemacht hatte, sprach erinnernd von der Weihnacht im kleinen Holzhauerhäusl, als der Vater noch lebte. Sie hörte ihm gerne zu, wenn er so ungezwungen mit ihr redete und es nicht in der feineren Sprache tat, die er sich in den Jahren auf der Kunstakademie zugelegt hatte. Da war er wieder ihr Bub und nicht der Kunstmaler Albert Lorenz, vor dem sie selber oft so viel Respekt hatte. Denn wenn er in seiner Rede manchmal auch zu Hause über die Art seines Herkommens hinausging und nicht in der Muttersprache redete, dann wurde sie still und verlegen. Wenn er dann aber die Gitarre nahm und die alten dörflichen Volkslieder sang, dann war alles wieder wie daheim im Walddorf. Aber es hatte immer wieder viele Wochen gedauert, bis er zu kurzen Ferien kommen konnte. Nun aber würde er daheim bleiben und sich hier ein Atelier einrichten. Und davon plauderte er jetzt und machte Pläne, aß und täuschte Hunger vor, obwohl ihm die Bissen im Halse steckenbleiben wollten.

Die alte Frau wurde unruhig: „Da ist was, was du mir net sagen willst.“

Lachend beruhigte er sie, aber voller Unruhe und Mißtrauen sah sie ihn an. Dann schwiegen sie eine Weile, und er räumte das Geschirr ab.

„Magst net noch einmal das Bäuml anzünden?" unterbrach die Mutter das Schweigen, und als der Weihnachtsbaum, im Flittergold glänzend, die Wohnstube mild ausleuchtete, bemerkte sie zögernd:

„Heut hätt aber die Gerda kommen können! Sie hat doch gewußt, daß du heute heimkommst. Bei mir hat sie sich schon drei Wochen nimmer sehen lassen."

Um seinen Mund zuckte es: „Ist ja so auch ganz schön, Mutter."

„Oft hab ich mir deine Bilder angeschaut, und da ist eines dabei, das vom Ossergipfel, das gefällt mir am meisten, und heut nacht hat mir davon geträumt. Der Berg hat zu brennen angefangen, und herunten ist alles finster gewesen, stockfinster. Und du hast mich bei der Hand genommen und bergaufwärts gezogen und hast gesagt: „Geh, Mutter, sonst erwischen wir das letzte Licht nimmer. Oh, und ich hab net so schnell mitkönnen, und da bist du allein weitergegangen und im Feuer verschwunden."

„Ja, es gibt oft seltsame Träume."

Der Raum um sie wurde heimelig wie in alten Tagen. Die knisternden Lichter des Christbaumes, das Ticken der Uhr, die atmende Wärme machten ihn müde. Er gähnte.

„Bist schon müde, gell? Gehen wir halt ins Bett. So eine schöne Stunde ist schon lange nimmer gewesen."

Er nickte zustimmend und löschte die Lichter am Baum. Von einer Unrast getrieben ging die alte Frau durch das Zimmer, strich mit ihren welken Händen liebkosend über die alten Möbel.

„Wirst keine guten Weihnachten gehabt haben in der Klinik", sagte sie schleppend, „darum hab ich das Bäuml herrichten lassen. Muß mir alles noch einmal genau anschauen, weil es heute so ganz anders ist. Hätt dein Osserbild gern noch einmal gesehen, aber ich fürchte es." Sie nahm das Bild seines Vaters von der Kommode und wischte sich über die Augen. „Grad als tät er reden, so lebendig ist heute das Bildl."

Besorgt drängte er darauf, daß sie sich nun hinlegen solle, und führte sie in das Schlafzimmer nebenan.

„Morgen können wir ja wieder weiterreden, Mutter. Schlaf gut."

Die zitternde Unrast verließ sie erst, als er sie zu Bett gebracht hatte und sie mit gefalteten Händen in den Kissen lag. Ihr Blick folgte ihm, bis er die Türe hinter sich zugezogen hatte. Leise auftretend verließ nun auch er das Wohnzimmer, um in sein Zimmer zu gehen, das ihm Atelier und Schlafstube zugleich war. Der große Raum, in zwei Teile geteilt und durch einen Vorhang getrennt, war von eisiger Kälte erfüllt und die großen Fenster rauh angereift. Ölbilder, Aquarelle und Zeichnungen an den Wänden, Staffelei und Tisch, Farben und Terpentingeruch zeugten vom Zweck dieses Raumes. Hier sprachen der Wald und seine Menschen, die Landschaft, strahlend und prunkend in der Farbe, die Waldbauern, Holzhauer und Dorfleute im Werktags- und Feiertagsstaat aus vielen Kunstwerken, und das gedämpfte Licht der Deckenlampe leuchtete auf ein Bild, das noch auf der Staffelei stand.

Es war der mächtige Osser im Banne des Winters, der steil aufstrebende Kegel angeleuchtet vom Abendschein, aus dem tiefvioletten Dunkel des Waldmantels ansteigend. Über seinem Gipfel türmte sich das graue

Schneegewölk mit himbeerroten Rändern, und unten verbargen sich die breitgedachten Häuser von Lam in der Nacht. Und der letzte Sonnenstrahl klammerte sich noch an die Felsenspitze, ehe er sich endgültig, über den Berg hinaus, im nächtlichen All verlieren mußte.

Das letzte Licht! So hatte er dieses Bild genannt. Es war eines der vielen Bergbilder, die er seinem Berg, dem Osser, abgelauscht hatte. Im prächtigen Farbenspiel des Winterabends hatte er ihn hingestellt, und dort wo der letzte Sonnenfunken lag und noch einmal auf einem Bergwiesenfleck verharrte, war seine zweite Heimat, sein Berghäusl, dicht unter dem Gipfel. Dieser Osser war sein Wunderberg, den er scherzweise oft das Matterhorn des Waldgebirges genannt hatte. Dieser Bergriese hatte ihn in seinen geheimnisvollen Bann geschlagen, und er war zu ihm aufgestiegen an jedem freien Tag, ob Winter oder Sommer war, die Sonne glühte, der Regen rauschte oder der Wald im Frost knarrte. Alle seine erinnernde Liebe zu dem armseligen Vaterhaus im Walddorf hatte er auf dieses Blockhäuschen auf dem Berg übertragen. Dort spürte er das warme Holz, dort oben hatte er in vielem Alleinsein den Wald sehen gelernt und ihm die vielen Stimmungsbilder abgelauscht, die ihn zum bekannten Maler des Bayerischen Waldes gemacht hatten. Er setzte sich frierend auf einen Stuhl vor die Staffelei. Kaum ein anderes Motiv hatte ihn so beschäftigt und ergriffen wie dieses letzte Licht um den winterlichen Berg.

In die Nacht versunken war die kleine Welt, und tintenschwarz grenzten die Wälder die tiefblauen Schneehänge ab. In schweren Lasten ruhte der Schnee auf den Dächern der Häuser im Tal. Dort lebten die

Menschen, schliefen oder wachten voller Hoffnung auf den anderen Tag oder ihn in Angst erwartend und verwünschend. Und dieser Sonnenfunke auf dem Gipfel mochte für manchen im Tal wohl das letzte Licht sein. Er konnte sich von diesem Bild mit seinen drängenden Vergleichen nicht trennen, obwohl ihn die Kälte des Raumes schüttelte.

Das letzte Licht!

Die Düsternis, die von diesem Bild ausging, griff mit kalten Händen nach seinem Herzen und preßte es zusammen, daß es schmerzte. Das war nicht die Lieblichkeit der Natur, wie sie aus den Bildern an den Wänden ringsum sprach, sondern die trübe Aussage eines ahnungsvollen Schauens, es war der Tag, der zur Neige ging und das Licht wegnahm. Wald und Berg, Himmel und Wolken, das Sonnenspiel im Baumschatten und das rieselnde Leuchten auf dem spiegelnden Bergsee waren sein Glück. Die Gottesnatur hatte ihn immer andächtig gemacht, und wenn er glückselig sah und weltentrückt malte, dann war es immer ein tiefinnerliches Danken an den Schöpfer gewesen, der ihm die Farbenfreude und in seiner Natur den Lehrmeister gegeben hatte.

Und jetzt?

Monate noch, ein Jahr vielleicht, und es wird finster sein um ihn. Er hörte den Professor mit seiner etwas heiseren Stimme sagen: Nützen Sie die Zeit, bereiten Sie sich darauf vor. Es tut mir leid, Ihnen das sagen zu müssen, aber es gibt eben Dinge, an denen auch die ärztliche Kunst nichts ändern kann. Helfen könnte vielleicht — ich sage vielleicht — die Natur, aber das würde dann eben ein Wunder sein, und es ist das beste, wir rechnen nicht mit Wundern!

Die Kälte trieb ihn auf, und er schritt in seinem kleinen Atelier hin und her.

Nützen Sie die Zeit!

Wie sollte er sie nun nützen? Kann man die Zeit, wenn sie einmal bemessen ist, überhaupt noch befriedigend nützen? Wird nicht jeder Zeitraum zu kurz, wenn man sein Ende voraus weiß? Wo war seine Zeit überhaupt hingekommen? Er hatte sie dem Lernen und Mühen um die Kunst geopfert und auf das frische fröhliche Leben des jungen Mannes verzichtet. Sollte er nun versuchen, die versäumte Jugend nachzuholen? Sollte er dieses Jahr, mit dem er im besten Fall noch zu rechnen hatte, einer Jugend leben, die er schon hinter sich hatte?

Alt und müde, hoffnungslos und zerschlagen sah er sich kurz vor dem Ende seines Weges, den bald ein unerbittliches Schicksal jählings abschneiden würde.

Aus einem kleinen Rahmen auf dem Tisch sah ihn das Bild eines jungen Mädchens mit klugen und fröhlichen Augen an. Er nahm das Bild in die zitternde Hand.

Gerda. Im kommenden Frühjahr hatten sie heiraten wollen!

Längst könnte sie seine Frau sein, wie sie es schon seit zwei Jahren wollte. Er aber hatte sie immer wieder vertröstet und den Gedanken an eine Heirat von sich geschoben, hatte gewartet auf die Zeit, bis seine Einkünfte ihm die sichere Existenz gaben. Dabei war wohl ein anderer Grund noch gewichtiger gewesen. Er hatte sich gescheut, seiner Mutter, die einfache Holzhackersfrau mit dem schlichten Wesen des Dorfes, die in der kleinen Stadt nicht heimisch werden konnte, das junge Mädchen ins Haus zu bringen. Die junge Frau bürgerlicher Art hätte kaum die alte Mutter gänzlich verstanden.

Nun war es gut, daß er die Heirat verzögert hatte und noch frei entscheiden konnte. Nun brauchte er das junge lebensfrohe Mädchen nicht in sein Unglück hineinzuziehen. Alles mußte jetzt zurückstehen, was er gewünscht und gewollt hatte. Es gab nichts mehr zu planen. Erst mußte er zur Ruhe kommen, und das konnte er nur, wenn er diese Trennung hinter sich hatte.

Sollte er es ihr schreiben?

Nein, er mußte mit ihr selber sprechen, gleich am Morgen mußte er das tun! Das Lampenlicht schmerzte ihn, und er löschte es, trat an das Fenster und schabte sich mit den Fingernägeln einen kleinen Ausblick durch die Eisblumen frei. Unter ihm lag wie ein heller Silberstreifen der Regenfluß, und darüber hinaus verloren sich vor den Toren der Stadt die schneegrauen Fluren in der Weite. Matter Sternenschein war auf den Dächern der kleinen Häuser am Regen. Er drückte die heiße Stirne an die kühlende Fensterscheibe, ging ins Zimmer zurück und blieb lange im Dunkeln sitzen, holte sich nur einmal den Mantel und hüllte sich frierend ein. Im Wachen und Halbschlaf gingen die Stunden, bis am Fenster eine rötliche Helle den kommenden Tag anzeigte.

Drunten in der Regenstraße rollte ein Wagen. Leise zog er im Vorraum die Schuhe an und schlich in das Wohnzimmer. Das Lametta am Weihnachtsbaum glitzerte kalt und feindlich. Die Uhr schlug hart und dröhnend.

Sieben Uhr!

Er horchte an der Türe zum Schlafzimmer der Mutter und verließ die Wohnung. Er mußte Gerda treffen, wenn sie ins Geschäft ging. Dann war es noch zeitig genug, den Ofen anzuheizen, den Kaffee zu kochen und die Mutter zu wecken.

Beißend fuhr die Kälte ihn an, als er das Haus verließ und der Ludwigsstraße zusteuerte. Mit hochgeschlagenem Mantelkragen und gesenktem Kopf drückte er sich an den Menschen vorbei, die an diesem rotangehauchten eisigen Morgen ihrem Tagewerk zustrebten. In der Waldschmidtstraße ging er frierend und wartend vor einem Haus auf und ab.

Alles ging vorüber, auch diese Stunde, sagte er sich.

Dem roten Schein, den der Morgen dem dampfenden Dunst gegeben hatte, folgte nun die blutige Sonnenscheibe, unbarmherzig kalt aber blieb die Luft.

Aus der Türe des Hauses schritt nun rasch, die rote Wollmütze mit beiden Händen tief über die Locken ziehend, seine Braut und wollte sich schnell gegen die Stadt hin entfernen, als er sie anrief.

„Guten Morgen, Gerda!"

Sie wandte sich erschrocken um und hielt zögernd an. Röte und Blässe wechselten in ihrem Gesicht, und betreten sah sie zu Boden. Er bemerkte es mit Verwunderung und wartete. Da sah sie ihn kurz an und fing stotternd an zu reden:

„Bist du krank, Bertl? Du siehst furchtbar aus!"

Unsicher nestelten ihre Hände am Gürtel ihres Mantels, und sie sah wieder die Straße entlang.

Was mochte sie nur haben?

„Nein, krank bin ich nicht, Gerda, aber ich bin so früh da, weil ich dir etwas sagen muß, was sich nicht aufschieben läßt." Sein Staunen wuchs, als sie ihn nun kühl und abwartend ansah und sich auf die Unterlippe biß. Hatten sie sich jemals so gegenübergestanden? War denn etwas vorgefallen?

„Hast du denn meinen Brief schon erhalten, Bertl? Ich habe ihn doch gestern abend erst zur Post gegeben. Oder ist der Stadtklatsch schon wieder schneller gewesen als mein Brief?"

Er verstand sie nicht und vermochte auch keine Antwort zu geben.

„Was ist mit dem Brief?" fragte er verständnislos.

„Ich habe dir geschrieben — und — ja — wenn du den Brief noch nicht hast — und du bist jetzt da, dann muß ich es dir halt jetzt sagen." Sie fing zu gehen an: „Komm, sonst wird es mir zu spät. Es ist gleich acht Uhr."

Stadteinwärts schritt er stumm neben ihr her und wartete. Etwas war anders geworden zwischen ihnen. Lag das an ihm oder an ihr? Was war das mit dem Brief? Die Hände fest in die Manteltaschen gestemmt und den Kopf gesenkt, fing sie nun zu reden an. Verdrossen und trotzend klang ihre Stimme.

„Schau, Bertl, es nützt nichts mehr. Ich hab dir in diesem Brief geschrieben, daß es zwischen uns aus sein muß. Ich habe dich recht gern gehabt, aber da ist etwas zwischen uns, ich weiß nicht was, aber das macht uns fremd. Vielleicht ist es der Altersunterschied: Du bist bald vierzig und ich bin noch nicht fünfundzwanzig. Wenn ich da so die jungen Leute anschaue — nicht, daß du meinst — oh, wie soll ich es dir nur sagen! Du bist schon sehr ernst, und junge Leute — dann lebst du nur deiner Kunst — ich kann es einfach nicht sagen, aber in dem Brief steht alles."

Sie gingen eine Weile stumm nebeneinander her, und sie sah ihn verstohlen von der Seite an. Da er nicht aufbrauste, wie sie befürchtet hatte, wuchs ihr Mut. Nun bekam sie einen leichten Ärger über ihre Unsicherheit und Verlegenheit. Der Bruch war bereits da, und nun mußte es einfach ausgesprochen werden. Hatte er überhaupt gehört, was sie ihm zu erklären versucht hatte? Oder hielt er es für eine Laune, die er nicht ernst zu nehmen brauchte? Sie ärgerte sich.

„Bertl!"

Wie aus einem Traum erwachend, atmete er auf.

„Ja, ganz recht — also der Brief — du hast recht. Ich werde ihn lesen." Fröstelnd steckte er den Kopf wieder in den Mantelkragen.

„Schau, Bertl, es ist wirklich das beste. Ich habe mir das wohl überlegt."

Über den Steinmarkt gingen sie hinauf zum Rathaus.

„Sag halt etwas, Bertl, schimpf meinetwegen!"

Er schrak wieder aus seinem Sinnen auf: „Was soll ich sagen? Ich danke dir halt. Du hast dir und mir eine schwere Stunde leichter gemacht."

Unbehaglich zog sie die Schultern hoch und betrachtete ihn prüfend. Sie kannte sich an ihm nicht mehr aus und hatte eine andere Antwort erwartet. Fast spürte sie etwas wie gekränkten Stolz.

Vor der Ladentüre des Kaufhauses, in dem sie als Verkäuferin tätig war, blieb sie stehen und trat dicht an ihn heran: „Sei mir nicht böse, Bertl, gell? Wir können gute Freunde bleiben."

Verwundert und zerstreut sah er sie an.

„Ja — freilich — selbstverständlich." Er stand steif wie ein Stück Holz und sah an ihr vorbei in die verfrorenen Schaufenster. Auf seinen Wangen brannten rote Flecken, und seine Augen waren entzündet.

Dann raffte er sich entschlossen auf, gab ihr stumm die Hand und entfernte sich. Ein Unbehagen ergriff sie, und sie hätte weinen können, als sie ihm nachsah, wie er gebückt über den Hauptplatz davonging und im Durchgang des ehrwürdigen Rathausbaues verschwand.

Nun war es geschehen! Aus! Und sie war darüber nicht glücklich.

Wo waren nun seine unguten Eigenschaften geblieben, die sie sich ständig vorgehalten hatte. War er nicht ein guter Kerl, und hatte er nicht alles für sie getan? Es war ein quälender Vormittag, voller Zweifel, Scham und Unlust, und erst als sie am Mittag von einem blonden jungen Mann vom Geschäft abgeholt und nach Hause begleitet wurde, kam sie über die trüben Gedanken hinweg.

Ach was, im Leben geht eben alles vorüber, dachte sie, und hörte auf die läppischen Späße ihres Begleiters.

Albert Lorenz wanderte seiner Wohnung zu. Das übermüdete Gehirn konnte die überstandene Aussprache noch nicht völlig mit seinen nächtlichen Gedanken zusammenbringen. Er empfand nur eine Erleichterung, eine kleine Freude darüber, daß es nun so ganz anders gekommen und ihm erspart geblieben war, das trennende Wort zu sprechen. Er hatte ein Verlöbnis lösen wollen, das schon auseinandergefallen war. Außer einer kleinen Enttäuschung war er jetzt gar nicht traurig darüber. Es war ihm doch viel erspart geblieben!

Und doch: Ihre Worte hatten ihn wie ein Donnerschlag getroffen, und die Aussprache war für ihn bitterer gewesen, als er es sich vorgestellt hatte. Warum? Weil das, was er als schweren Opfergang empfunden hatte, weil das, was ihn die vorhergehende Nacht über so quälte, umsonst gewesen war. Sie hatte sich längst von ihm abgewandt, als er noch mit seinem Schicksal haderte und seine Liebe begrub.

Er achtete nicht auf die Morgengrüße der ihm Begegnenden und lachte bitter auf, als der Postbote ihm einen Brief in die Hand drückte. Er kannte das Kuvert und nun ja auch bereits den Inhalt!

Jetzt brauchte er eine warme Stube, Alleinsein und Schlaf. Leise sperrte er die Wohnungstüre auf, machte im Wohnzimmer und in der Küche Feuer und stellte das Kaffeewasser auf. Er setzte sich an den Ofen und wartete auf die Wärme, und die Müdigkeit überfiel ihn.

Erst als das Feuer wieder ausgegangen und die Küche wieder kalt war, erwachte er aus dem traumlosen Schlaf. Erschrocken und schlaftrunken sah er sich um. Es war heller Tag geworden.

In die Stille um ihn leuchtete die Sonne. Es mußte schon gegen den Mittag gehen.

Die Mutter mußte schon wach sein. Er horchte, ging hinüber in das Wohnzimmer und klopfte an die Türe, hinter der die Mutter schlief.

„Mutter!“

Es kam keine Antwort. Die tödliche Ruhe im Hause ließ ihn erschauern, und leise öffnete er die Türe. Von einem jähen Schrecken erfaßt mußte er sich am Türrahmen festhalten. Das Gesicht, das dort so klein und fahl aus den Kissen sah, war das einer Toten.

Das war der letzte Tag im Jahr.

Frostklirrend war er heraufgezogen, und huschelnd, mit verfrorenen Gesichtern waren die vielen Menschen um das offene Grab gestanden. Er hatte sie nur wie durch einen Schleier gesehen, und ihre Anwesenheit hatte ihn gestört und war ihm unerträglich. Während der Geistliche betete, ein kleiner Chor sang und er dann viele Hände drücken mußte, hatte er darüber nachgedacht, wie doch die Menschen im Grunde oberflächlich und herzlos wären. Sollte man in solchen Stunden, in denen man seinen Schmerz nicht mehr verbergen konnte, nicht am besten allein gelassen werden, statt im Kreise vieler Neugieriger stehen zu müssen? Wäre es nicht die sinnvollste und würdigste Totenfeier, wenn man ein Liebes allein zu Grabe geleiten könnte?

Auch in der Kirche hatte er so mit sich gerechtet und sich weit fort gewünscht. Es gab aber auch eine innere Stimme, die ihn ins Unrecht setzen wollte. War er schon so sehr mit der Welt zerfallen, daß er menschenscheu wurde? Durfte er deshalb das, was die Gemeinschaft und die Tradition bedeutete, ablehnen? Irgendwohin sehnte er sich, an einen einsamen Ort, um wieder zu sich selbst zu finden und mit all dem fertig zu werden, was in so kurzer Zeit über ihn gekommen war.

Auf seinen Berg, in sein Berghäusl wünschte er sich, in die erhabene und heilende Ruhe des eingewinterten Ossergipfels.

Als er nach dem Trauergottesdienst heimzu ging und das Leben in den Straßen um ihn war wie an allen Tagen, wurde ihm leichter. War es nicht besser so für die Mutter, daß sie im Frieden hatte gehen können? Nun hatte sie es nicht mehr erfahren, was ihren Sohn getroffen hatte, nichts mehr von der drohenden Erblindung und nichts mehr von der gelösten Verlobung.

Es wurde ihm schwer, die Vorgänge der letzten Tage gedanklich zusammenzuholen. Die Hausfrau, die gute Frau Ertl, hatte ihm alles abgenommen, was für die Beerdigung der Mutter zu veranlassen war. Nun war es vorbei.

Nur als Gerda ihm lange und fest die Hand gedrückt hatte, war ihm ein Würgen in den Hals gekommen. Jetzt ging sie an seiner Seite der Stadt zu und blieb neben ihm bis zu seiner Haustüre. Hatte sie schon mehr zu ihm gesprochen, oder hörte er sie jetzt erst, da er sich von ihr verabschiedete? Was wollte sie noch?

Hastig und beschwörend sagte sie:

„Du bist wirklich krank, Bertl. Ich hab es dir vor ein paar Tagen schon angemerkt. Mußt dich hinlegen. Es tut mir alles so leid. Deine Mutter —“

„Ja“, sagte er, und es klang fremd und hölzern.

„Bertl, was willst du denn jetzt tun? Gib mir den Brief wieder. Bertl — ich — ich —“

„Der Brief? Wieso? Ach ja, ich hab ihn schon gelesen. Du hast recht. Also — behüt dich Gott.“

Als er nach der Türklinke griff, faßte sie ihn am Arm und hielt ihn zurück.

„Bertl, hörst du denn überhaupt, was ich sage? Laß es wieder gut sein! Ich kann es nicht — kann dich guten Menschen jetzt nicht allein lassen —“ Tränen erstickten ihre Stimme.

„So? Vielleicht — also, auf Wiedersehen.“

Ihr Aufschluchzen hörte er nicht mehr. Mechanisch

stieg er Stufe für Stufe zu seiner Wohnung hinauf, ging auf Zehenspitzen durch die stillen und kalten Räume und warf sich angekleidet auf sein Bett.

Die Sonne schien durch einen Spalt der zugezogenen Gardinen und ließ das Bild auf der Staffelei aufleuchten. Die Ruhe und Erhabenheit des Bergriesen Osser wirkte auf ihn wie Balsam.

Alles vergeht!

Alles um ihn war im Zeitraum von wenigen Tagen anders geworden. Was hatte er nicht alles verloren: die Mutter, die Braut, den Beruf, die Zukunft!

Und was blieb ihm? Sein Freund, der Berg! Unter seinem Gipfel lag das Fleckchen Erde, das er so sehr liebte, wie er in der Erinnerung das kleine Holzhackerhaus im Dorf liebte.

Dieser Osser war sein heiliger Berg.

Und nun wußte er, wie er die Zeit nützen wollte, die ihm noch verblieb, jeden Tag und jede Stunde, bevor es Nacht um ihn wurde. Dort oben hatte er eine Bergheimat, und dort wollte er Licht und Farbe minutenweise kosten und in sich hineintrinken, damit sie noch unlöschbar vor seinen Augen ständen, wenn er sie einmal nicht mehr erleben durfte.

Dieser Berg rief ihn zu sich!

Sein Schaffen hatte den Sinn verloren, sein Streben kein Ziel mehr, Menschen, die ihn im Tal halten könnten, gab es auch nicht mehr.

Hatte er sich denn nicht oft gewünscht, dort oben bleiben zu dürfen und nicht mehr ins Tal gehen zu müssen? Was hielt ihn jetzt noch?

Morgen begann ein neues Jahr!

Gerda! Hatte sie nicht angedeutet, daß sie —

Nein, was abgeschlossen war, mußte vergessen werden!

Nun war ihm so leicht, als hätte er alle Last der Mutter mit ins Grab gegeben. Ein neuer Lebensabschnitt lag vor ihm. Mit einem Ruck erhob er sich. Er fühlte sich erleichtert, und nun begann er mit Eifer, Feuer zu machen und aufzuräumen. Eine wilde Freude an den Vorbereitungen für seine Bergfahrt erfaßte ihn. In eine Kiste verpackte er Bücher und Malgerät, in eine zweite die Wäsche und was er von seiner Habe auf dem Berg nicht missen wollte. Dazu legte er das Bild vom Osser, Lederhose und Janker für den Sommer. Was er an Lebensmitteln vorfand tat er in den Rucksack, und vom Speicher holte er die Skier.

Behutsam nahm er Glaskugeln und Flitter vom Weihnachtsbaum und legte sie in eine Schachtel, verbrannte die Tanne und zog gierig den Harzgeruch ein, den das brennende Holz noch aus dem Ofen verströmte. Als die Hausfrau ihm fürsorglich ein Mittagessen brachte, schüttelte sie verwundert den Kopf über seine Absicht, heute noch auf den Berg zu gehen. Sie versprach aber, die Wohnung in ihre Obhut zu nehmen, ihm die Kisten nachschicken zu lassen und mit ihm in Verbindung zu bleiben. Sie konnte es sich aber nicht versagen, spitz zu bemerken:

„Was sagt das Fräulein Braut dazu? In der letzten Zeit hab ich sie öfter mit einem blonden Burschen gesehen."

Er antwortete nur mit einem Lachen.

Am Nachmittag saß er bereits in der Lokalbahn, die über Kötzting in den Lamer Winkel dampfte. Die sonnenbeschienenen Schneehänge rückten näher heran und wurden steiler, der Wald kam bis an die Bahngeleise, schloß sich und gab wieder Ausblicke frei, und die Berge wuchsen ihm entgegen. Das Pfeifen und Läuten der Lokomotive klang aus der Landschaft zurück, und mit Vergnügen horchte er auf die Unterhaltung der mitreisenden Landsleute, die in ihre Waldorte, hinten in den Bergen, heimfuhren.

„Geht es wieder einmal bergauf, Herr Lorenz?" begrüßte ihn der alte Bahnbeamte, der ihm in Lam die Fahrkarte abnahm. „Wird eine wunderschöne Nacht und ein schöner Aufstieg. Und ein gutes Neujahr auch gleich."

Über dem Zwiebelturm der Kirche ging die Sonne unter, als er in das alte Bergdorf hinaufging und sich, die Häuser hinter sich lassend, die Skier anschnallte. Er ließ sich Zeit über die verschneiten Feldbuckel, die unterm Bergwald lagen, und sah immer wieder rastend zurück ins Tal, in dem es Nacht wurde. Dort schickten sie sich wohl jetzt an, das alte Jahr zu verabschieden und das neue zu begrüßen. Obwohl sie nicht wußten, was es ihnen bringen würde, taten sie es feiernd und jubelnd. Ihn umfing auf den bleichen fahlscheinenden Schneefeldern die herrliche Stille der Winternacht. Das leichte Zischen der Schneebretter an seinen Füßen war der einzige Laut. Mit dem schweren Rucksack kam er nur langsam vorwärts, und der erste Anstieg bis zum Kirchlein Mariahilf war steil. Ehe er diesen Hang anging, hörte er von einem tiefverschneiten, unterm Wald liegenden Bauernhaus ein Dirndl lustig in die Nacht singen und jodeln.

Gott sei Dank! Es gab viel Freude und Lebensmut in der Welt.

Er war in Schweiß geraten, als er Mariahilf erreichte. In dem kleinen Berggasthaus, das der alten Wallfahrtskirche gegenüber in den Fels gebaut war, brannte Licht, und er kehrte zu. Er kannte den Wirt, einen originellen Mann, den sie den Vogel von der

Rast nannten, schon lange. Es war eine Handvoll Leute in dem kleinen Gastraum, die hier heroben das neue Jahr erwarteten. Zu den Klängen einer Ziehharmonika schlug einer mit den Fäusten auf der Tischplatte den Takt.

Albert Lorenz war nicht nach dieser Art Silvesterfeier, und er verständigte sich mit dem Wirt rasch darüber, welche Lebensmittel dieser ihm für die nächste Zeit besorgen sollte, und daß er gelegentlich zwei Kisten von der Bahnstation heraufschaffen möge, deren Inhalt dann der Kunstmaler nach und nach von Mariahilf selber zum Berghäusl auf den Gipfel bringen wollte. Nur die Müdigkeit zwang ihn zu einer Rast. Das rauhe Singen der schon angeheiterten kleinen Gesellschaft überstand er dösend, nachdem er sich mit einem Abendessen gestärkt hatte, und als es schon gegen Mitternacht ging, machte er sich wieder auf den Weg.

Obwohl der Ossergipfel im Winter nicht sehr besucht war, verrieten ihm ausgefahrene Spuren, daß vor ihm schon eine größere Gesellschaft gegen den Berg gefahren war, um dort oben die letzte Nacht des gehenden und die ersten Stunden des kommenden Jahres zu feiern. Auf dem schmalen Steig zwischen den hohen Fichten war es dunkel, und nur ab und zu hellte das Sternenlicht der klaren Nacht den Weg auf. Manchmal stieß er gegen die schneebeladenen Asthände, die sich in den Steig reckten und ihm die eisigen Kristalle ins Gesicht stäubten. Auf der Paßhöhe zwischen dem Talkessel um Lam und dem abseitigen Winkel des Lambachtales trat der Wald zurück, und das Sternenlicht funkelte auf dem Schnee. Hier verhielt er, um sich vor dem letzten Anstieg noch ein wenig zu verschnaufen.

Drunten in Lam krachten die Schüsse, mit denen man das neue Jahr begrüßte, und über das dumpfe Knallen hinweg kam fern und leise singend der Glockenklang der Pfarrkirche gegen den Berg.

Das neue Jahr hatte begonnen!

Hatte er dafür den rechten Entschluß gefaßt? Es würde einsam werden dort oben, wenn die Bergwirtin aus dem Schutzhaus nach dem Neujahr ins Tal zog, um dort auf das Frühjahr zu warten, und wenn selbst die Grenzstreife den tiefverschneiten und unzugänglichen Gipfel meiden würde, weil in der Zeit des hohen Winters dort oben die Kontrolle unnötig war. War es gut, wenn er sich mit seiner Seelennot in seiner Berghütte vergrub, oder sollte er zurückkehren zu den Menschen? Ging er nicht mit heimlicher Angst in die Abgeschiedenheit?

Der ziehende Paßwind ließ seinen Schweiß gefrieren, und das Gesicht schmerzte ihn. Er hatte sich gelobt, diesen Rest der hellen Tage nur für sich allein zu leben und sich nicht unnütz gegen ein Schicksal aufzulehnen, das nicht zu ändern war. Er war ja nicht allein, der in dieses neue Jahr mit Sorgen ging. Wie viele mochten dort unten diesen Stundenschlag mit Bangen hören, krank und hoffnungslos in der Erkenntnis, daß dieses Jahr ihnen nichts anderes als noch größeren Schmerz oder den Tod bringen konnte. Alles lag vorbestimmt in den Händen einer göttlichen Macht. Vielleicht hörte sie auf die frommen Wünsche einer Menschenseele in dieser Nacht.

Den nächtlichen Bergfrieden um sich, faßte er in einer Bitte an den Schöpfer zusammen, was er sich erhoffte: die Kraft, dieses Jahr des letzten Augenlichtes in Frieden zu ertragen, jede Minute das Glück von Licht und Farbe, die Gottesnatur, voll zu erleben und in sich unlöschbar aufzunehmen. Es war ein Abschied von der lärmenden Welt, die die schönsten Augenblicke verwischte. Mochte ihn die Bergeinsamkeit aufnehmen und ihn dulden.

Es mochte kommen, wie es vorbestimmt war.

Nun nahm ihn der Bergwald wieder auf, knisternd im strengen Frost, und der steile Anstieg bis zum Sattel zwischen dem großen und kleinen Ossergipfel strengte ihn an, daß er immer wieder verhalten mußte, wenn die Erschöpfung ihm rote Schleier vor die Augen zog. Noch zweihundert Meter, dann stand er unter dem großen Gipfel vor seiner Berghütte, die bis zum Dach verschneit unter hohen Fichten sich an den Fels duckte.

Jetzt, mitten in der Nacht, die Türe freizuräumen, vermochte er nicht. Also mußte er für den Rest der Nacht über den Gipfel zum Schutzhaus steigen, um dort den Tag zu erwarten. Die Skier steckte er in den Schnee; er konnte sie für diesen Aufstieg nicht mehr brauchen. Der Pfad war ausgetreten und dort, wo der böhmische Wind den Schnee weggefegt hatte, glatt und eisig. Zwischen Felsblöcken sich durchwindend, umging er den Gipfelfelsen, und dieses letzte Wegstück kostete noch viel Mühe. Breit geduckt auf einem Felsvorsprung sah er endlich das Schutzhaus vor sich und das trübe Licht aus der Gaststube. Mannshohe Schneemauern waren nur von einem Zugang zur Türe durchschnitten.

Es mochte zwei Stunden nach Mitternacht sein.

Müde Stimmen klangen hinter der Holzwand, und lässig wurde auf einer Gitarre geklimpert. Hier war das fröhliche Feiern wohl schon zu Ende. Er war froh darüber, denn jetzt würden die meisten Berggäste schon in den Betten sein. Wenn kein Schlafplatz für ihn mehr frei sein sollte, dann genügte es, wenn er sich aufwärmen konnte.

Im nächtlichen, geheimnisvollen Dunkel lag unter ihm der Böhmerwald, mit seinen Höhenzügen und Tälern sich in der Nacht verlierend. Weißgraue Blößen schimmerten unter ihm im Angeltal, und wie ein Untier mit glühenden Augen kroch am Waldhang bei Eisenstraß der Frühzug zum Spitzbergtunnel hinauf. Ein Windstoß trug feinen staubigen Schnee aus dem Wald empor und streute ihn über das Schutzhaus und gegen den Gipfel. Er trat durch die Türe direkt in die Küche des Schutzhauses, um die Huberin zu begrüßen, die mit ihrem Sohn Sepp das Haus seit vielen Jahren im Sommer und über die Weihnachtszeit hinaus bewirtschaftete. Bei der freundlichen Frau kehrte er immer wieder gerne zu, und die Bergnachbarschaft war von jeher gut und herzlich gewesen. Viele Male waren sie schon zusammengesessen, wenn der Sepp die Zither spielte.

Mutter und Sohn waren daran, das Geschirr aufzuräumen und die Gläser zu spülen. Ihre Überraschung über den späten Gast war groß und ihre Begrüßung freundlich.

„Jessas, der Bertl! Wo kommst denn du noch her?" lachte ihm der Sepp entgegen.

„Von unten. Meine Hütte ist aber so zugeschneit, daß ich vor dem Tagwerden gar net ausräumen kann."

„Ja was tun wir denn da?" bedauerte die Huberin ehrlich, „net ein einziges Bett ist frei!"

Die netten Leute und die warme Stube machten ihn froh, und lachend erwiderte er: „Das macht gar nix, Hubermutter, bleib ich halt in der Stube." Er ging in den anstoßenden Gastraum, warf den Rucksack auf eine Bank und streckte sich. Die wohlige Wärme brachte ihm erst wieder in Erinnerung, wie müde er war, und er sah sich um. Zwei junge Männer unterhielten sich in einer Ecke brummend und schläfrig und machten sich eben auf, ihr Lager unterm Dach aufzusuchen, ein Dritter lag ausgestreckt auf einer Bank. Er schnarchte laut.

Der Huber Sepp war ihm nachgegangen, und sie setzten sich an den Ofen. Auf der Bank, mit geschlossenen Augen an die Wand zurückgelehnt, saß ein junges Mädchen, die Hände in den Schoß gelegt und schlafend. Bert Lorenz setzte sich neben sie, und der Huber Sepp nahm ihm gegenüber Platz, indes die Huberin schon einen heißen Tee brachte und sich mit einem Gutenachtgruß wieder entfernte.

Mit gedämpfter Stimme erzählte der Sepp ihm vom Herbst auf dem Berg, vom frühen Winter und den Feiertagen, und daß sie schon alles vorbereitet hatten, um in zwei Tagen ins Tal zu gehen. Es waren nicht viele auf den Berg gekommen, denn seine steilen und bewaldeten Hänge waren kein Gebiet für den Wintersport. So blieben nur einige Unentwegte, für die sich die beschwerliche Bewirtschaftung nicht lohnte.

Die letzten Schritte der Hüttengäste verknarzten in den Dielen über ihren Köpfen, und der schnarchende Schläfer auf der Bank im Hintergrund des Raumes drehte sich zur Seite. Der Sepp erhob sich gähnend, nahm das Teegeschirr und meinte: „Mußt es dir halt bequem machen, so gut es geht. Bist ja net allein, und das Licht laß ich brennen.“ Er schraubte die Petroleumlampe zurück, bis sie im Glaszylinder nur noch mit winziger Flamme glühte, und ging leise auftretend aus der Stube.

Die Stille tat dem Kunstmaler Albert Lorenz wohl. Das matte Licht der Lampe leuchtete den Raum nicht mehr aus. Im Ofen knisterte es, und ab und zu ploderte ein Windstoß draußen um das Haus, nackelte mit einem losen Fensterladen und kam summend im Kamin zur Ruhe. Aus der Küche nebenan hörte er das Ticken der Wanduhr. Blechern schlug sie eine halbe Stundenzeit an.

Halb vier.

Neben ihm atmete das schlafende Mädchen tief und gleichmäßig. Den Kopf hatte es tief auf die Brust gesenkt, und aus dem blonden Haargewirr hing ihm eine Locke in das rotangehauchte und anscheinend recht hübsche Gesicht. Lange, blondseidene Wimpern säumten die geschlossenen Augen, und der frische Mund mit der etwas kurzen Oberlippe war leicht trotzend verzogen. Unter diesen Wimpern müßten leuchtendblaue Augen sein, dachte er. Ein Pullover von weinroter Farbe schmiegte sich eng um ihren Oberkörper und die Brust, die sich im Atmen leicht hob und senkte. Die Hände waren klein und fest und sicher die Arbeit gewohnt.

Zwanzig Jahre mochte sie alt sein, schätzte er, und das Kind einfacher Eltern, ein Mädel, das die Bergfreude in der Silvesternacht auf den Osser geführt hatte. Vielleicht ein einfaches Bauernmädel oder die Tochter eines Arbeiters, jedenfalls eine, die sich nicht mit leichten und seichten Vergnügungen zufriedengab, sondern wußte, was sie wollte.

Fast war es das Gesicht eines hübschen schlafenden Buben.

So hatte er also auf der kurzen Ofenbank neben sich eine Schlafgesellin, die von seiner Anwesenheit noch gar nichts wußte. Er lehnte sich zurück, streckte die müden Beine unter den Tisch, und das Summen und Fauchen des Windes schläferte ihn ein.

Die Wanduhr nebenan hatte wieder eine Stunde abgezählt, und er hörte den harten Federklang noch im Holz nachsingen, als er erwachte. Kälteschauer liefen ihm über den Rücken; der eiserne Ofen war kalt geworden. An den Fenstern waren Eisblumen hochgewachsen und glitzerten und blühten im schwachen Schein der Lampe. Unruhig wälzte sich der Schläfer auf der Bank in der Ecke, und auch das unbekannte Mädel neben ihm fror.

Fünf Uhr zeigte die Taschenuhr, noch eine lange Weile zum Tagwerden.

Die Schläferin mußte schon sehr müde sein und einen gesunden Schlaf haben, weil sie die Kälte nicht weckte. Leise erhob er sich und nahm von seinem Rucksack eine Decke, setzte sich wieder hin und rückte näher an sie heran. Er versuchte die Decke so über sie zu breiten, daß auch für ihn noch ein Stück übrigblieb. Ein Seufzer floh von den halboffenen Lippen des Mädels, und der Kopf sank zur Seite und lehnte sich an seine Brust. Vor seinen Augen glänzte das goldene Haargeringel, und er lehnte sich zurück, damit sie es bequem hatte. Er hätte lachen können. Was die Kleine wohl für Augen machen würde, wenn sie in dieser Lage erwachte!

Wie sie wohl heißen mochte? Ein guter ländlicher Vorname mußte das sein, etwa Anna oder Maria. Ja, so mußte sie heißen und die heimatliche Sprache reden. Schade, wenn es nicht so wäre.

So saß er höchst unbequem, und der Rücken tat ihm schon weh, aber wohltuend empfand er ihre Körperwärme.

Was würde sie sagen, wenn sie erwachte? Er wollte versuchen, noch ein wenig zu schlafen, und schlaftrunken nahm er unbewußt ihre kräftige Hand.

Eine jähe Bewegung riß ihn aus dem müden Dahindämmern, und er sah vor sich das verschlafene und überraschte Gesicht des Mädchens. Verlegenheit und Entrüstung flammten ihn aus blauen Augen an.

„Was — wer —!“ Verwirrt entzog sie ihm ihre Hand und schälte sich hastig aus der Decke. „Ich weiß gar net — wie komm ich dazu —“ Dann verdrängte der Trotz ihre Verlegenheit, und sie rückte von ihm ab.

„So eine Frechheit!“

Er mußte belustigt lachen.

„Wissen Sie, Fräulein, Sie haben so gut geschlafen, und gefroren hat Sie auch, da hab ich mir erlaubt, Sie ein wenig zuzudecken.“ Um die peinliche Situation zu beenden, stand er auf und sagte geschäftig: „Jetzt wollen wir aber Feuer machen, damit es wieder warm wird in der Bude.“ Er drehte die Petroleumlampe weiter auf und machte sich am Ofen zu schaffen, während sie aus der Stube ging, sich draußen das Gesicht mit Schnee abrieb und ihre Haare ordnete. Als sie wieder eintrat, lachte sie ihn frisch und ungeniert an.

„Es ist noch stockfinster“, bemerkte sie und sah ihm zu, wie er sich bemühte, mit Papier und Holz ein Feuer anzumachen. Er bemerkte, wie ihn ihre fröhlichen blauen Schalksaugen prüfend musterten. Sich aufrichtend, stellte er sich vor.

„Ich heiße Albert Lorenz und bin aus Cham. Bin erst gekommen, als Sie schon schliefen.“

Im drolligen Ernst erwiderte sie: „Und ich bin die Maria und wohne da drunten im Lamer Winkel.“ Dazu machte sie eine Handbewegung nach der anderen Seite des Berggipfels.

„Aha“, meinte er und lachte.

„Was schauen Sie mich denn so an?“ fuhr sie verstimmt fort: „Sind Sie enttäuscht, weil ich so wenig fein bin?“

Amüsiert parierte er: „Im Gegenteil, weil Sie mir gefallen.“

„So?“

„So, wie Sie aussehen, können Sie gar net anders heißen! Ich habe mir nämlich schon gedacht, daß Sie nur Annerl oder Maria heißen!

Das Feuer brannte rasch auf, und sie hielten die kalten Hände über die Ofenplatte. Ein Geräusch aus der Küche nebenan verriet, daß auch die Hüttenwirtin schon wieder auf den Beinen war, und Lorenz kümmerte sich, daß sie bald den dampfenden Kaffee vor sich hatten.

Stillvergnügt hörte er auf das muntere Geplauder des Mädchens, das ihm erzählte, daß sie Wanderungen und Bergfahrten am liebsten allein mache und der Osser ihr Lieblingsberg sei. Da habe sie es auch am Silvesterabend drunten nicht ausgehalten und sei auf den Berg gestiegen, nicht wegen eines zünftigen Hüttenabends, sondern um auf dem Gipfel zu sein, wenn das neue Jahr käme. Ganz allein war sie um Mitternacht droben, und es war unbeschreiblich schön. Fast bang sei ihr geworden. Da spüre man erst, wie groß und schön die Welt sei.

Ihre Unbefangenheit machte ihn froh, und er lebte nur diesem schönen Augenblick einer Bergkameradschaft. Es wurde wieder warm im Raum.

Draußen schaufelte der Huber Sepp den verwehten Zugang zum Haus frei, und über dem Zwercheck mußte gerade der rote Sonnenball aufsteigen, denn nun fingen die Eisblumen an den Fenstern rosenrot zu leuchten an. Der Sepp kam mit einem Morgengruß in die Stube und löschte die Lampe, und die ersten Hausgäste waren aufgestanden. Der aromatische Kaffeegeruch erfüllte den nun heimelig gewordenen Gastraum der Hütte.

Der Sepp nahm die Zither von einem Wandbord und setzte sich zu ihnen.

„Bertl, ich bin dafür, daß wir das neue Jahr mit einem Gsangl anfangen."

„Ach ja", freute sich das blonde Mädel, und alles vergessend, stimmte Albert Lorenz zu. Viele Male hatten sie beide schon die guten alten Waldlieder gesungen, draußen vor dem Unterkunftshaus, wenn ihnen der Sommerwind die Laute vom Mund nahm und über den Berg davontrug.

Droben auf der Höh'
steht a Tannerl im Schnee,
hat's der Herrgott hingstellt,
es woaß nix von der Welt.
Glücklich is' und dabei
aller Weltsorgen frei,
scherzt und lacht mit'm Wind,
gfreut sich wie a klein's Kind.

Is der Winter vorbei,
kimmt der Sommer aufs neu,
glöckelt 's Wasserl im Brunn,
und am Berg lacht die Sunn,
streckt sich 's Tannerl und lacht,
weil's die Sunn so warm macht,
und es lust und es spitzt,
wann a Vogerl aufsitzt.

Tannerl drob'n auf der Schneid,
siehst in d' Welt außi weit,
rauscht der Wald überall,
hörst die Glocken im Tal.
Und da is der kloa Zwerg
halt so glückli am Berg,
da herob'n gibts koa Leid,
san die Weltsorgen weit.

Sie hatten das Lied halblaut gesungen und horchten nun dem versummenden Zitherklang nach.

„Und wie geht es dir, Bert?" wollte nun der Sepp wissen: „Ist die Mutter alleweil noch gesund?"

Da wurde der Angesprochene bleich. Der zauberische Bergmorgen wurde nüchtern und kalt, die Frage hatte ihn wie ein Schlag getroffen.

Heute sang er — und gestern?

Er rumpelte auf, murmelte etwas Unverständliches, griff nach Hut und Rucksack und verließ hastig und ohne noch ein Wort zu sagen, das Unterkunftshaus.

„Na, was hast du denn?" hörte er den Sepp noch verwundert rufen, als er die Türe hinter sich zuwarf.

Wie ein Flüchtender stolperte er auf den ausgetretenen Spuren, die der Nachtwind teils schon wieder verweht hatte. Wie Silberdünen liefen die Schneewächten gegen den Berg, hart verfrostet und vom Sturm hingemauert, so daß sie seine Last trugen. Der Berggipfel über ihm ragte dunkel und freigeblasen vom Schnee in den Himmel. Er sah ihn nur mit einem kurzen Blick und achtete auf den Abstieg zu seiner Berghütte. Bis zum Dach verschneit lag sie unter der hohen Gipfelwand. Drunten im Tal um Lam und Lohberg war noch das Halbdunkel.

Hier war der Schnee weich und flaumig, und er sank

bis zu den Hüften ein, als er sich zur Türe arbeitete und mit den Händen den Schnee zur Seite räumte, bis er das Schlüsselloch erreichen konnte.

Nun gab es wenigstens Arbeit, und er brauchte nicht zurückzudenken. Kalt und dumpf schlug ihm die Luft aus dem Innern entgegen, und er öffnete die beiden Fenster weit. Umständlich machte er Feuer im Ofen und packte seinen Rucksack aus, nahm die Schaufel und räumte vor Türe und Fenstern die weißen Massen weg. Einen Topf voller Schnee stellte er auf den Ofen, um Wasser zu erhalten, und tat alles mit einer ablenkenden Geschäftigkeit, die ihm seine innere Ruhe wiedergab.

Außer einem Vorraum umfaßte die Hütte nur einen großen Wohn- und Schlafraum, den er sich gemütlich eingerichtet hatte. Kochherd und Ofenbank, Geschirrkasten und Tischwinkel, eine Schwarzwälder Uhr und Farbskizzen an den Wänden und zwei Etagenbetten bildeten die Einrichtung.

Es war ein heller und strahlender Wintertag geworden, und die Sonne schien durch die kleinen Fenster. Nun wurde es auch warm in der Hütte, und nachdem er aufgeräumt hatte, setzte er die Arbeit im Freien fort, um die Hütte noch weiter vom Schnee freizuschaufeln. Er bemerkte nicht, daß sich vom Ossergipfel her die unbekannte Bergbekanntschaft des Neujahrsmorgens mit geschulterten Skiern näherte, und er sah überrascht auf, als er ihre Stimme hörte:

„So, Sie sind also der Maler vom Osserhäusl?“

Seine Überraschung ergötzte sie, und lachend blieb sie vor ihm stehen. Ihr rundes und frisches Gesicht unter der roten Wollmütze schien eher einem lustigen Lausbuben als einem Mädel zu gehören.

„Ja", sagte er, „da heroben bin ich daheim." Und seine trübe Stimmung schwand.

„Und eingeheizt haben Sie auch schon", bemerkte sie und deutete mit dem Stock nach dem Kamin, der weißen Rauch gegen den Himmel sandte. Scheu und neugierig sah sie sich um und kam mit der Frage: „Haben Sie es recht schön und gemütlich da drinnen?"

Er lud sie zum Eintreten ein, und überrascht stand sie unter der Türe und umfaßte mit einem staunenden Blick die wohnliche Stube. Ihre Augen strahlten vor Begeisterung, und sie schlug die Hände zusammen wie ein Kind vor dem Wunder des Weihnachtsbaumes.

„Das ist aber schön! Wunderschön! Da heroben — und so ein Häusl — herrlich!" Ihre Zurückhaltung war verschwunden, und ihre Blicke wanderten von einem Stück der Einrichtung zum anderen: „Sie sind ein glücklicher Mensch. So ein Häusl auf dem Berg, das ist ja ein kleiner Himmel!"

Ihr natürliches Wesen beeindruckte ihn und machte ihn froh.

„Wollen Sie net ein wenig einkehren bei mir? Der Tee ist gleich fertig."

Mit einem drolligen Seufzer nahm sie seine Einladung an, wurde aber gleich wieder energisch: „Aber nur, wenn ich Ihnen ein bisserl helfen darf."

Ohne seine Zustimmung erst abzuwarten, und als wäre sie schon immer hier gewesen, bereitete sie den Tee, und bis dieser fertig war, nahm sie eine Vase vom Wandbord, holte einige Latschenzweige von draußen und stellte das Sträußchen auf den Tisch, war schon wieder dabei, einen Besen zu suchen, um die Stube auszukehren, und erklärte ihm dabei, wie er es noch gemütlicher machen könne.

„Und da wollen Sie als Mannsbild allein fertig werden?" zweifelte sie lachend. Und ohne auszusetzen, räumte sie um, staubte ab und rückte die Dinge zurecht, bis sie den Tee auf den Tisch stellen konnte. Er sah ihr zu und hörte auf ihr ungezwungenes Geplauder. Wie einfach und treffend dieses Naturkind über die Schönheit von Wald und Berg, wie sie sie erlebte, sprechen konnte!

Diese Freude an der Gottesnatur war echt und unverdorben, und was sie sagte, kam aus einem fröhlichen Herzen. Deshalb machte er gern den Zuhörer.

Nach dem Teetrinken räumte sie wieder mit einer Selbstverständlichkeit und hausfraulichem Geschick auf, daß er sie gerne gewähren ließ. Während er ihr pfeiferauchend zusah, wurde ihm bewußt, daß es noch nie so schön und gemütlich gewesen war in dieser Hüttenstube. Jetzt war sie wirklich eine Wohnung, und alles Primitive und Unfreundliche war gemütlich geworden.

Im vergangenen Sommer war er einmal mit seiner gewesenen Braut und deren Freundin hier gewesen, und Gerda hatte die Nase gerümpft über alles, was sie sah, und hatte nicht begreifen können, wie man hier länger als einen Tag bleiben könnte. Sie hatte sich von ihm bewirten und bedienen lassen, und es war für ihn kein restlos glücklicher Tag gewesen. Seinen Hang zum Wandern und Wohnen auf dem Berg hatte sie nie verstanden. Bergsteigen war ihr eine sinnlose Mühe gewesen, und wenn er von der Landschaft und ihren Farben, vom Tageslicht und seinem Zauberspiel, von den Jahreszeiten mit ihren tausendfältigen Bildern sprach, hatte sie nur mitleidig lächeln können. So war er mit seiner Naturfreude ein Einsamer geblieben. Den Osser haßte sie, weil sie nicht verstehen konnte, daß er hier heroben soviel von seiner Freizeit verbrachte.

Was gab ihm hingegen diese Stunde!

Er wollte ihr etwas Lobendes sagen: „Wie ein richtiges Hausmutterl sind Sie. So gemütlich ist es hier noch nie gewesen."

„So?" Es lag ein wenig Spott in dieser Antwort, und nun schien sie sich an etwas zu erinnern, sah ihn mit ihren blauen Augen offen und forschend an und wollte wissen: „Warum sind Sie heute morgen so schnell weggelaufen? Sie haben eine schöne Stimme, und ich hätte Sie so gerne noch singen hören."

Nachdenklich sog er an seiner Pfeife.

„Wenn ich Ihnen das sage, Maria, dann werden Sie mich vielleicht net verstehen, oder Sie werden es mir nachtragen und sich sagen: wie kann ein Mensch in einer solchen Lage noch singen."

„Ich — glaub das net."

„Sie würden mich herzlos heißen."

„Herzlos sind Sie net", sagte sie bestimmt, „aber recht haben Sie. Ich brauch net alles zu wissen, und es war eine Frechheit, daß ich überhaupt gefragt habe. Müssen Sie halt entschuldigen, Herr Lorenz."

„Albert heiße ich, eigentlich Bertl, und wenn Sie mich auch so nennen würden, als Bergkamerad tät mich das recht freuen."

„Bertl." Als wollte sie den Namen auf seinen Klang prüfen, so langsam und bedächtig sprach sie ihn nach: „Ein schöner Name."

„Ich finde Maria noch schöner, aber es klingt ein wenig streng."

Sie nickte heftig: „Da haben Sie recht. Daheim sagen sie zu mir aber Mareli."

„Das paßt zu Ihnen.“

Sie setzte sich wieder zu ihm an den Tisch. Von neuem fing sie an: „Und warum sind Sie weggelaufen und wollten net singen? Ist — Ihnen jemand gestorben?“

„Ja, meine Mutter, erst vor ein paar Tagen.“

Eine leichte Röte stieg langsam in ihre Wangen, und betroffen sah sie ihn eine Weile an, bis sie leise und entschuldigend sagte:

„Meine Mutter ist auch erst im September gestorben. Es ist halt einmal so, daß die alten Leute sterben. Ich hab sie recht gern gehabt, meine Mutter.“

Wie sie sich mühte, etwas Tröstendes zu finden, rührte ihn. Er fühlte das Bedürfnis, von seiner Mutter zu erzählen. Er mußte ihr erklären, wie ihn an diesem Morgen der Bergfrieden übermannt und ihn alles hatte vergessen lassen. Sie würde das verstehen. So begann er davon zu reden, daß er selber da drunten in einem .Walddorf aufgewachsen sei, als armer Holzhauerbub, wie dann ein Sommergast auf sein zeichnerisches Talent aufmerksam geworden sei und die Mutter nach dem Tode des Vaters mit ihm nach Cham gezogen sei, das Häusl verkauft und ihn von dem Erlös auf die Schule geschickt habe, weil sie an sein Talent und an seine Berufung zum Künstler glaubte. Sie hatte es erlebt, daß ihr Sohn zum bekannten Kunstmaler wurde und all ihre Sorge und ihre Opfer nicht umsonst gewesen waren. Nun, da sie gestorben war, hätte er niemanden mehr, und er sei auf den Berg gegangen und wolle hierbleiben.

Als er schwieg, sah sie sinnend zum Fenster hinaus auf die glitzernden Schneehänge. Dann fragte sie mit einigem Vorwurf in der Stimme:

„Sie haben niemanden mehr? Warum haben Sie denn net geheiratet?"

Er lachte bitter auf: „Als ich jung war, Mareli, da hab ich vor lauter Lernen und Studieren keine Zeit gefunden, mich nach den Mädchen umzutun — und dann? Ja, ich hatte eine Braut, aber die hat es aufgegeben — weil ich ihr wohl zu alt bin, und das wird schon richtig sein."

Sie hatte die Ellenbogen aufgestützt und das Kinn in die Hände gelegt. So sah sie mit zusammengezogenen Brauen ins Tal von Lohberg hinunter, wo die blauen Waldschatten das in blendendes Weiß gebettete Dorf begrenzten. Ohne ihn anzusehen, sagte sie:

„Es hat halt jedes sein Packerl zu tragen, Herr Lorenz, und es ist ganz recht, daß Sie da heraufgegangen sind. Ich wollt, ich hätte auch so ein Fleckerl, wo ich mich verstecken könnt, um nimmer unter die Leut gehen zu müssen."

Langsam wanderte ihr Blick vom Fenster, und sie sah ihn prüfend an. Dann sprang sie plötzlich auf.

„Jetzt muß ich aber gehen."

„Wohin?"

„Ich fahre nach Lohberg ab, und dann hab ich noch ein Stückel, bis ich daheim bin. Von meinem Fenster aus kann ich zu Ihnen heraufschauen."

„Das war eine schöne Stunde, Mareli. Müssen Sie denn schon nach Hause?"

Energisch zog sie die Wollmütze über ihr Blondhaar und griff nach den Handschuhen: „Ja, ich muß!"

Er überlegte: „Darf ich ein Stück mitfahren?"

Sie sah ihn kritisch an, dann aber lächelte sie ihm zu: „Meinetwegen."

„Ich weiß noch gar nicht, wie Sie heißen, und wo Sie wohnen", fragte er vorsichtig.

„Das macht nix!" Sie lachte nun hellauf und ging ihm voran aus der Hütte. Sie schnallten die Bretter an und fuhren hintereinander schweigend ab in den Osserwald und kamen auf Ziehbahnen der Holzhauer bis Oberlohberg, einem Weiler mit einigen Häusern. Am Waldrand hielt sie an.

„So, jetzt wird es Zeit, daß Sie umkehren." Sie reichte ihm die Hand, und er drückte sie fest.

„Sie sind ein entzückendes Mädel, Mareli."

Fest und prüfend sah sie ihn an: „Ich höre so was gar net gern. Schönen Dank für die Gastfreundschaft."

„Besuchen Sie mich bald wieder?"

Trotzend zog sie die Oberlippe hoch und zeigte mit einem verschmitzten Lächeln ihre tadellosen Zähne: „Vielleicht."

Er drängte: „Ist es denn net schön da droben? Kommen Sie doch oft! Jeden Sonntag!"

„Freilich ist es schön auf dem Berg, aber ich — so einfach ist das net. Vielleicht komme ich im Sommer wieder."

„Das ist mir zu lange", bettelte er, „ich werde bestimmt viel Sehnsucht nach Ihnen haben."

„Ach, gar so langweilig wird es Ihnen net werden, da droben."

Sie wandte sich zum Gehen, stieß die Stöcke in den Schnee und ließ die Bretter den Hang abwärtsgleiten.

„Mareli!" rief er ihr nach. „Du bist ein wunderbares Menschenkind! Komm wieder!" Da bremste sie ab und wandte sich noch einmal um.

„Werden Sie net frech. Ich werde nie wieder kommen, haben Sie mich verstanden!" Sie drohte ihm mit dem Stock, machte kehrt und schoß über den Schneehang davon. Er mußte lachen. Am Waldrand wartend, sah er ihr so lange nach, bis seine schwachen Augen das Rot des Pullovers und der Mütze nicht mehr ausmachen konnten.

Ein Schwarm Bergkrähen fiel kreischend in die Skispur ein, die nach Lohberg hinunterführte.

Die gleißenden Hänge taten seinen Augen weh, und er wandte sich dem Rückweg auf den Berg zu. Langsam und unlustig stieg er aufwärts, und, noch das Geplauder und das helle Lachen in den Ohren, fühlte er, daß er nun wieder in die stille Einsamkeit zurückging.

Hatte ihn durch dieses Intermezzo und die heiteren Stunden das frische Leben noch einmal grüßen wollen? Hatte es ihm noch eine schöne Stunde geben wollen, ehe er in die selbstgewählte Abgeschiedenheit ging?

Nun ärgerte er sich über sich selbst. Richtig albern hatte er sich benommen. Zudringlich war er gewesen, und vergessen hatte er, daß er kein junger Bursch mehr war, der jungen Mädchen Komplimente sagen konnte. Was sich dieses Mädel wohl gedacht hatte, und ob sie sich nicht jetzt über ihn lustig machte?

Nein, so war diese Mareli nicht! Sie hatte nicht nach seinem Alter gefragt.

Immer wieder blickte er zurück in das sonnenbeschienene Tal, wenn der Wald die Sicht freigab, und ließ sich von der strahlenden Schönheit der Landschaft ablenken. Er freute sich auf seine Hütte, und erst würde er sich einmal eine kräftige Mahlzeit zubereiten und sich noch gänzlich einrichten. Als er erleichtert vor dem kleinen Häusl die Skier abschnallte und in die noch warme Stube trat, waren der Ärger und der Zweifel einer stillen Heiterkeit gewichen. Es war, als wäre seine Besucherin eben erst aus dem Raum gegangen und ihre Stimme noch nicht gänzlich verklungen. Das frische und doch besinnliche und so lebensmuntere Gesicht mit den tiefblauen Augen und den vollen Lippen stand noch lebendig vor ihm.

Er schürte den Ofen wieder an und mit der steigenden Wärme überfiel ihn die Müdigkeit. Nur für einen Augenblick wollte er sich hinlegen, die lautlose Stille um ihn ließ ihn aber in einen Schlaf hinübergleiten, tief und lange, wie ihn der Körper nach den vielen unruhigen Nächten forderte.

Aus den Waldhängen unterm Arberstock kroch das blaue Dämmern des späten Nachmittags in den Lamer Winkel, und der Brammersbach dampfte schon den kalten Nachtrauch aus seinem vom tiefen Schnee gesäumten Bett. Seine Wasser, die mit flüchtiger Eile vom Berg kamen, sprangen so schnell über die Steine, daß der eisbannende Frost sie nicht zu fassen bekam. Der tiefe Wald unterm Enzian und Bärenriegel gebar diese Bergquellen, und er begleitete den Bach, nur wenigen Randwiesen ausweichend, bis hinunter zum Weißen Regen. Nur ein schmales verfrorenes Schlittensträßlein und einige weit voneinander in der Einschicht liegende niedere Waldlerhäuser beanspruchten einen bescheidenen Platz in diesem Waldtal.

Eines dieser braunhölzernen Häuser lag in einem Hangviertel, das wie ein ausgebreitetes Tischtuch vom Bach in den Wald reichte, breitdachig unter dem nackten, schneeverhangenen Geäst zweier alter Kirschbäume, und die weißen Massen reichten vom Hang her bis an das Dach und von der Bachseite bis an die kleinen Fenster. Wie das schläfrige Blinzeln eines Einäugigen lugte ein mattbeleuchtetes Fenster unter der weißen Haube des Daches in den dämmernden Abend.

Das Rauschen des Baches verschlang das Zischen der Skier und das Knirschen der Stöcke auf dem festgefrorenen Bachweg, den das Mädchen mit dem roten Pullover aufwärts schritt, das dem verschneiten Häusl zustrebte.

Vor der Haustüre schnallte sie die Bretter ab und sah noch einmal zurück in das Tal und hinüber, wo sich dunkel und mit weißem Gipfel der Osser aufbaute, hoch und mächtig. Dann trat sie in die kleine Flötz, die Stube und Kammer vom Stall trennte. Aus der Stube kam das gedämpfte Reden von Männern, und mit einem ärgerlichen Seufzer trat sie ein.

Beim alten Irrfang, ihrem Vater, saß unter der Lampe am Tisch ein etwa dreißigjähriger Mann mit einem braunen Schnurrbärtchen im blassen Gesicht. Brummend begrüßte der Alte sie:

„Bist aber lang ausgeblieben."

„Bin noch bei der Tante in Lohberg gewesen", gab sie zur Antwort und legte Handschuhe und Mütze auf eine alte Kommode.

„Ich verstehe diese Bergrennerei überhaupt net, noch dazu im Winter", bröselte der junge Mann. Mareli überhörte es und ging in die anstoßende Kammer, um sich rasch für die Haus- und Stallarbeit umzukleiden. Die Männer rauchten schweigend ihre Pfeifen.

Als sie wieder aus der Kammer trat, bemerkte der Jüngere süßsauer:

„Für mich hast ja gar keine Zeit mehr. Den ganzen Nachmittag wart ich schon auf dich!"

Kritisch musterte sie ihn, und ihr Mund zuckte spottend:

„Da hast aber viel versäumt. Oder hat es die Wirtshäuser alle eingeschneit? Und auf den Kegelbahnen ist es dir halt zu kalt gewesen."

„Kratzbürste!" lachte er scheinheilig, aber Ärger und Anmaßung klangen mit. Sie schürte das Feuer neu an und stellte den Topf für die Milchsuppe auf, wusch Kartoffeln und setzte sie zu und griff nach dem Melkeimer. Alles tat sie flink und geschäftig, und die Blicke des jungen Mannes folgten ihr wohlgefällig. Langsam und gedehnt maulte er:

„Ist ja gut, daß du jetzt deinen Sport hast, als Scheibenhoferin geht das eh nimmer."

„So? Meinst du?" sagte sie schnippisch. „Weißt du das so gewiß?"

Sein derbbäuerliches Gesicht mit den groben Backenknochen wurde rot. Der Alte hüstelte und bemerkte beruhigend:

„Hört sich dann ja von selbst auf."

„Will ich hoffen", tat der junge Scheibenhofer überlegen.

„Ich kann es mir ja noch einmal überlegen", spöttelte sie noch unter der Türe und ging in den Stall hinüber.

„Irrfang, mir gefällt das net", ärgerte sich der Scheibenhofer.

„Wird sich schon legen", beruhigte ihn der Alte.

„Aber wenn sie meint, sie kann aus mir einen Narren machen —"

„Ich glaub net, daß sie das will. Ein wenig mußt ihr schon nachsehen. Das sauberste Dirndl vom ganzen Winkel ist sie, und wenn du sie haben willst, mußt nachgeben. Das Bergrennen wirst du ihr net abgewöhnen können. Sie ist halt so."

„Ich geh den weiten Weg her, und sie kümmert sich gar net um mich", bohrte der andere mißgelaunt weiter.

„Hat ja jetzt die Arbeit."

„Mußt ihr halt doch einmal sagen, wie es steht. Ich möchte davon net mit ihr reden. Woher hättest das Geld genommen, als der Schnee dir das Dach eingedrückt hat, wenn ich net gewesen wäre, und was ich dir sonst noch geliehen hab."

Der Irrfang seufzte: „Was kann ich denn dafür, daß die Krankheit von meinem Weib so viel Geld gekostet hat! Und wenn ihr heiratet, fällt dir ja das Häusl zu. Hast ja das Geld dann in deine eigene Sache gesteckt."

„Ich verstehe das net", mäkelte der Scheibenhofer weiter, „bin schon über Dreißig und noch net auf dem Osser gewesen, als ob das sein müßte!"

„Auf dem Gipfel wohl, das glaub ich dir", spottete der Irrfang, „aber sonst kennst du dich da droben im Wald und an der Grenze ganz gut aus."

„Geht niemanden was an", wurde der Scheibenhofer grob.

Sie schwiegen und zogen an den Pfeifen. Der Rauch mengte sich bald in den Dunst, der aus den Töpfen auf dem Herd kam und die ärmliche Stube dunkelte. Eine einfache, abgewetzte Holzbank lief an zwei Seiten die Wände entlang, und in der Ecke unter der Lampe stand der alte Tisch. Eine neuere Kommode bildete das beste Stück und darüber hing ein Spiegel, den in einer der oberen Rahmenecken ein bunter Kunstblumenzweig zierte. Unter ihm stand in einem Glassturz, grellrot und blau gemantelt, eine Muttergottes. Der

Herrgott in der Tischecke und zwei Heiligenbilder waren der übrige Schmuck an der hellgrün getünchten Wand.

Krumm von der schweren Arbeit, kauerte der Irrfang auf der Bank, und in seinen kräftigen Vollbart waren die grauen Haare des Alters gewebt. Neben ihm hingen beim Fenster zwei Vogelhäusl, vor denen er oft stundenlang stehen und den kleinen Waldsängern zuschauen konnte, wenn ihm ein Feiertag gegeben war.

Verstohlen beobachtete er sein Gegenüber, der mit unwillig gefurchter Stirne zur Stubentüre sah und die Beine von sich streckte, als wäre er der Herr in dieser Stube. Der Irrfang ahnte die Gedanken des jungen Mannes. Schon fast ein Jahr hielt seine Maria ihn hin und wollte von einer Heirat nichts wissen. War halt ein Dirndl, wie die Mutter gewesen war, und fragte nichts nach einem Bauernhof und Geld, sondern wollte einen Mann, den es gern haben konnte. Auch sein seliges Weib hatte einmal nicht nach Geld und Besitz gesehen und den lustigen Holzhauer Silvester Irrfang nur geheiratet, weil sie ihn liebhatte.

Vielleicht war das heute anders. Hatte sich ja so vieles geändert seit seinen jungen Jahren.

Und wenn er dem Scheibenhofer Sepp nicht das Geld schuldete, dann wäre das anders gewesen. Es wäre auch nicht zu verachten, wenn sein Mareli Scheibenhoferin würde, Bäuerin auf einem schönen Hof, der drüben, über dem Wald, keine Dreiviertelstunden entfernt lag.

„In dem Dirndl kennt man sich net aus“, meldete sich der Sepp unwirsch.

„Mußt halt einmal ein ernstes Wort mit ihr reden!“

„Das ist ja das Dumme! Bei euch da bring ich das net so heraus, wie es gesagt gehört. Bei einer Tanzmusik oder im Wirtshaus brächt ich das eher fertig, aber da geht sie mir net mit.“

„Hm“, meinte der Irrfang nur, und sie schwiegen wieder.

Im kleinen Stall gab inzwischen das Mareli der Kuh und der Ziege Heu und Trank und hatte es gar nicht eilig. Daß der Scheibenhofer daheim auf sie warten würde, hatte sie sich schon gedacht und war deswegen noch bei der Tante in Lohberg zugekehrt, um die Heimkehr zu verzögern.

Sie empfand keine Abneigung gegen den jungen Bauern, aber sooft sie auch schon darüber nachgedacht hatte, er blieb ihr gleichgültig. Einmal, beim Kirchgang in Lohberg, hatte er sie angesprochen, und sie hatte ihn kurz abgefertigt. Dann aber war er bald darauf im Irrfanghäusl erschienen, hatte getan, als wollte er die Kuh kaufen, und war den ganzen Nachmittag sitzen geblieben. Den Kuhkauf fand er gar nimmer wichtig und redete auch nicht mehr davon, kam aber am Sonntag darauf wieder und in der Folge fast alle Sonntage und freundete sich mit dem alten Irrfang an. Weil er immer etwas zu erzählen wußte und dadurch die Nachmittage kurzweiliger wurden, schätzten Vater und Mutter seine Gesellschaft. Als die Mutter im Herbst plötzlich starb, war es der Scheibenhofer, der sie zum Friedhof fuhr und wie ein Angehöriger hinter dem Sarg herging. Dann war er wieder wie zuvor an Sommerabenden oder Sonntagen herübergekommen und hatte Andeutungen gemacht, daß man ja das Häusl verkaufen oder verpachten könnte, wenn sie einmal zu ihm hinüberziehen würden. Sie aber hatte ihm noch kaum die Gelegenheit gegeben und ihm noch nicht Mut gemacht, daß er ihr hätte sagen können, was er wohl wollte, nämlich, ob sie Scheibenhoferin werden möchte. Seine Anspielungen überging sie.

Wenn er heute nicht dagewesen wäre, hätte ihr besser gepaßt. Sie hatte eine Unruhe heimgebracht, die sie plagte wie ein Ärger, und sie wäre am liebsten gleich zu Bett gegangen. Wenn die Arbeit nicht gewesen wäre.

Mit ihren Gedanken an diesen schönen Tag auf dem Berg wollte sie allein sein. Während sie mechanisch fütterte und dann Kuh und Ziege melkte, mußte sie an den Bergmaler denken, diesen sonderbaren bescheidenen Mann mit den guten braunen Augen hinter der dicken Brille.

Und wie sie es oft tat, wenn sie mit den Tieren im Stall allein war, so erleichterte sie sich auch diesmal wieder ihr Herz, indem sie abschließend die Kuh tätschelte. „Gell, Scheckei, das sind so Sachen in der Welt, die wir net verstehen in unserer Einschicht. Wir sind halt so aufgewachsen." Brummend rieb das Tier den Kopf an ihrer Schulter.

Dann kehrte sie in die Stube zurück und richtete versonnen und still dem Vater die Abendsuppe. Mit einem müden Lächeln lud sie dazu auch den Sepp ein, der nicht ablehnte, und während sie aus den Tellern löffelten, fragte dieser:

„Ist es dann schön gewesen auf dem Osser?"

„Herrlich!"

„Für mich hast ja bald überhaupt keine Zeit mehr."

„Kannst ja mitgehen. Tät dir net schaden."

„Ach, was tät ich denn da droben auf dem Berg? Davon halt ich gar nix", maulte er abfällig.

Verstimmt und in sich gekehrt räumte sie ab und spülte das Geschirr. Sie achtete nicht darauf, was die Männer am Tisch redeten, und als sie fertig war und der Sepp sie aufforderte, sich doch noch eine Weile zu ihm zu setzen, lehnte sie ab:

„Bin stockmüde, und da wär ich ja doch nur eine schlechte Gesellschafterin. Ich geh ins Bett." Verdrossen erhob er sich und griff nach dem Hut. Sie begleitete ihn an die Haustüre und sagte entschuldigend:

„Kommst ja wieder."

„Was hast du denn heut? Bist gar so eigen. Wir müssen doch bald einmal ein ernstes Wort miteinander reden. Meinst du net?"

„Gute Nacht", antwortete sie rasch und huschte in die Flötz zurück. Im gefrorenen Schnee entfernten sich seine Schritte knirschend.

Brummig empfing der Irrfang sie in der Stube: „Den ganzen Nachmittag hat er auf dich gewartet. Ein wenig hättest du dich schon um ihn annehmen können."

„Was will er denn eigentlich?" trotzte sie.

„Was er will? Das wird er dir schon noch sagen. Ist allweil noch der Scheibenhofer und net irgendeiner. Und wir sind ihm Geld schuldig."

Ohne gute Nacht zu sagen, schlurfte er in die Kammer. Sie zündete die Kerze im Leuchter an, löschte die Petroleumlampe und ging aus der Stube in die Dachkammer hinauf. Dort löschte sie die Kerzenflamme und stand am Fenster.

Freilich, Scheibenhoferin sollte sie wohl werden! Das wußte sie ja schon lange und hatte sich dabei gar nicht viel gedacht. Jetzt aber schaffte ihr dieser Gedanke Unbehagen.

War das ein Tag gewesen! So schön und so kurz, so voller Zeichen und doch so unvollendet! Oft hatte sie nichts als Müdigkeit vom Berg mitgebracht, diesmal war ihr eine Unruhe geblieben.

Fern in der Nacht stand der Osser, hoch und schwarz, gegen den sternfunkelnden Nachthimmel. Da droben saß in seiner Berghütte nun der Maler Albert Lorenz, allein. Ob er auch an diesen Tag zurückdachte?

Sie suchte alle Worte zusammen, die er geredet hatte, und die Stunden, die sie zusammen gewesen waren. Auf dem Berg wollte er bleiben, vielleicht das ganze Jahr! Das mußte wunderbar sein! Und sie sollte wiederkommen?

Am liebsten wäre sie am nächsten Sonntag wieder hinaufgestiegen, aber das ging nicht. Was sollte er sich denken?

Die Kälte trieb sie ins Bett, und sie lag noch eine Weile mit offenen Augen.

Die Winternächte haben ihre eigene lebendige Stille. Es ist ein feines fernes Singen in der Luft, als käme es von den funkelnden Sternen.

Sie horchte so gerne in diese Nächte. Das Schindeldach knackte, und draußen fiel mit huschendem Klirren und Knistern der Nachtfrost in das Tal, raschelte um das Haus und im Wald und dampfte im Brammersbach. Der kalte Hauch schwamm wie ein unsichtbarer Strom über das Dach hin und trug in ihre Träume die Weise eines Liedes von einem Tännling, der einsam von der Höhe auf die Welt im Tal niedersah und dort oben nichts von den Menschensorgen wußte. Der Maler Bert Lorenz und der Huber Sepp vom Unterkunftshaus sangen es, und die frostklirrenden

Kirschbaumäste vor dem Fenster gaben das Zitherspiel dazu.

Und wie ein in die Ewigkeit ragender Schatten stand der Osser gegen die Himmelswand, und um sein Haupt spielten die Sterne.

Aus dem Wetterwinkel, drunten im Angeltal auf der böhmischen Seite des Berges, kroch brauend ein grauer Nebel durch den Wald aufwärts, schwebte feucht und schwer um die Stämme und zog ihnen den Frost aus dem starren Geäst. Noch war der Morgenhimmel über dem Lamer Winkel blau und sauber, aber die Nebelbänke schoben sich schon um den Berggipfel und klammerten sich an das Gefels, bis sie nach einer Weile, von den nachfolgenden Massen gedrängt und vom zornigen Nordwind losgerissen, in das bayerische Land hineinzogen und, den Himmel trübend, ihre Reise als schneetragende Wolken antraten.

Der Wetterwinkel dampfte und kochte immer neue Schwaden aus.

Die Morgenhelle fiel zum Halbdunkel zurück. Der Böhmwind brauste auf und kam mit seinem eigenen Wolkenzug.

Die Huberleute waren vom Unterkunftshaus ins Tal gegangen, und der Wind hatte das Haus unterm Schnee begraben. Auch die letzten Skispuren und Fußzeichen der Menschen hatte er ausgewischt und Tag und Nacht ein summendes und pfeifendes Spiel getrieben und die wilde Einsamkeit lustig gefeiert. Was der auf dem Berg gebliebene Maler Albert Lorenz von Fenster und Türe seiner Berghütte wegschaufelte, trug der Wind schnell wieder hin, und es war, als schaufelte ein Berggeist mit riesiger Schaufel den Schnee über den Gipfel auf das kleine Dach herab.

Es war ein schneebrausender Januar geworden.

Für Albert Lorenz waren es schwere Tage gewesen, und er hatte jede helle Stunde genützt. Lebensmittel und Petroleum mußte er von Mariahilf heraufholen, und dorthin hatte der Vogelwirt inzwischen auch schon die Kisten vom Bahnhof Lam heraufgeschafft. Zweimal am Tage hatte der Maler oft den Weg durch den sturmdurchtosten Wald gemacht, um seine Sachen zur Hütte zu bringen, und mußte wieder einen Tag einlegen, um genügend Astwerk als Brennholz von den Bäumen zu schlagen und im Vorraum der Hütte zu stapeln. Diese Waldfahrten zehrten an seinen Kräften, und deshalb sollte dieser trübe Tag, der so langsam kam und kaum hell werden wollte, dem Ausruhen gelten. Nun war nur mehr jede Woche eine Abfahrt zum Vogelwirt nötig, und sechs kurze Tage und sieben lange Nächte würde er, abgeschieden von der Welt, für sich allein sein.

Wohlig streckte er sich auf seinem Lager unter den warmen Decken.

Er würde es ertragen können. Nun, da er sein Malgerät wieder hatte, erst recht. Es raschelte in der Ecke beim Ofen, und über den Boden huschte eine kleine braune Haselmaus, männelte vor seinem Bett und sprang wieder davon. Ganz allein war er also ohnedies nicht. Er lachte vergnügt in sich hinein und freute sich über das possierliche Tierchen.

Nun lag alles so weit zurück, daß er vermeinte, seine Mutter habe er schon vor Monaten zu Grabe geleitet, und wenn er an Gerda dachte, tat er es wie an eine Bekannte einer früheren Zeit. Es war nur der

Neujahrstag, der in ihm seltsam lebendig blieb, als wäre er erst gestern gewesen.

Die paar Stunden, die er mit diesem heiteren Waldlermädel verlebt hatte, gaben selbst den dunklen und einsamen Tagen in der verschneiten Hütte nachträglich noch einen freundlichen Schein. Das offene und herzliche Lachen hörte er noch, wenn er über sie nachdachte. Ihre selbstbewußte Sicherheit, die ungezwungene Freiheit ihres Wesens, ihre Natürlichkeit, hatte er bezaubernd gefunden. Er sah noch ihr eigenwilliges Kopfrucken, wenn sie trotzte, als wollte sie aus ihrem lustigen Lausbubengesicht eine Haarsträhne schütteln, ihre Blauaugen, die so forschend und sinnend blicken konnten, waren ihm unvergeßlich geblieben. Solch ein natürliches und anmutiges Mädchen konnte nur in der Abgeschiedenheit eines kleinen Waldtales aufblühen.

Und er wußte nichts als ihren Vornamen! Und daß sie da drunten unterm Berg irgendwo in einem Dorf oder einer Einschicht zu Hause war. Nun, sie würde sich wohl über ihn lustig machen, wenn sie überhaupt noch an diesen Neujahrstag dachte.

Ob sie besser zu ihm gepaßt hätte als seine einstige Braut? Wer konnte das erraten, und wer sah überhaupt in so ein Mädelherz?

Wenn er an Gerda dachte, spürte er keinen Schmerz mehr und auch keinen Zorn. Sie war gut und nett zu ihm gewesen. Das war vorbei, und sie hatte es ihm erspart, daß er ihr von seinem Mißgeschick erzählen und sie bitten mußte, ihn aufzugeben.

Es war unsinnig, darüber noch nachzudenken.

Es war vielleicht gut so. Er hatte im letzten Jahr noch so viel verdient, daß er es hier oben aushalten konnte, und er würde seine Zeit nützen.

Schauen und malen.

Und träumen und mit dem Berg leben.

Er stand auf und schürte das Feuer an. Das tägliche Kochen und Spülen, Stubenkehren und das Feuerunterhalten machte ihm Freude, und er tat es bedächtig. Zum Zeichnen und Malen reichte das Licht dieser dunklen Tage nicht. Aber sie vergingen rasch, und selbst an diesem Ruhetag nahm er sich vor, die Bergquelle in der Senke zum kleinen Osser auszuschaufeln und seine Wäsche zu waschen. Es war ihm so leicht, als hätte er keine Sorgen und Probleme mehr. Er fühlte sich in diesen Tagen so gesund, daß er jeden Morgen seinem Herrgott dafür dankte.

Während der Morgenkaffee duftete, ging er vor die Türe und rieb sich mit Schnee ab, dann strich er den Tag im Wandkalender an und freute sich der Wärme in seiner Hüttenstube. Er ließ sich nicht viel Zeit, denn gerade die erste Stunde ließ ihm die Einsamkeit am meisten bewußt werden. Es sollte auch kein müßiger Tag werden, sondern er wollte sich nur heute nicht anstrengen. Ehe er die Hütte verließ, streute er Brotkrümel auf den Boden für die Haselmaus.

Der Nebel und das Gewölk um den Berg waren so dicht, daß er erst eine Weile nach der Quelle suchen mußte. Dann schaufelte er, bis ihm warm wurde, legte einen kleinen Schneedamm an, um das gering fließende Wasser zu stauen. Ein armdicker Ast, der aus dem Schnee ragte, war ihm im Wege, und er riß daran, um ihn zu entfernen. Alle Gewalt wandte er an, bis ihm brennendes Feuer in die Augen schoß und er sich im ersten Schmerz hilflos auf den Boden kauerte. Die kalten Hände preßte er gegen die geschlossenen Lider, bis sich der Schmerz gelegt hatte und die zuckenden Flammen vergangen waren. Vorsichtig öffnete er die Augen und atmete befreit auf, als er wieder den Schnee, die Quelle und den Ast sah.

Hatte er die ernste Mahnung des Professors vergessen, der ihn vor körperlicher Anstrengung gewarnt hatte, wenn er nicht selber zur vorzeitigen Erblindung beitragen wolle?

Die Lust am Weiterarbeiten an der Quelle war ihm genommen, und er stieg langsam wieder zur Hütte hinauf, setzte sich an den Ofen und döste vor sich hin. Er mußte abschalten und die Lustlosigkeit und das Erschrecken, die ihn erfaßt hatten, überwinden. Niedergeschlagen saß er am Herdfeuer und ließ die Stunden vergehen, dachte nicht daran, daß es Zeit gewesen wäre, sich ein Mittagessen zu bereiten. Wenn die Huberleute noch auf dem Unterkunftshaus gewesen wären, hätte er ihre Gesellschaft gesucht. Zum erstenmal überfiel ihn das Gefühl der Einsamkeit, und er mußte sich gegen die grauen Gedanken wehren.

War es klug gewesen, sich so zurückzuziehen? Was würde sein, wenn er krank würde? Ob der Vogelwirt einmal nach ihm sehen würde, wenn er länger als eine Woche ausblieb? Solchen Überlegungen durfte er keinen Raum lassen!

Er mußte etwas tun. Jede Minute des Wachseins mußte er ausfüllen, um gegen die Langeweile aufzukommen, sonst trieb sie ihn zu den Menschen zurück. Er griff zur Gitarre, klimperte ein wenig und legte sie wieder weg, nahm die Mundharmonika und hauchte hinein. Es klang schwermütig in der stillen Hüttenstube und wie eine ungehörige Störung der Bergruhe. Ganz nahe rückte er an das Fenster und versuchte in der schwachen Helligkeit zu zeichnen. Seine Gedanken führten den Stift, und es entstand ein Mädchenkopf mit einer Wollmütze, unter der die blonden Lokken hervorquollen, ein knabenhaftes Gesicht mit einem trotzenden und spottenden Lächeln. Unbefriedigt legte er die Skizze beiseite und fing in der Stube zu gehen an, auf und ab, bis er müde wurde.

Alle Bindungen ins Tal hatte er gelöst. Wirklich? Und nun beschäftigte ihn doch immer wieder diese Unbekannte, von der er nur wußte, daß er sie Mareli genannt hatte. Sie hatte versprochen, wiederzukommen, und er mußte sich gestehen, daß er darauf wartete.

Aus der Ecke unter dem Bett kam wieder die kleine Haselmaus, schoß hin und her und blieb eine Weile vor ihm sitzen. Er nannte das Tierchen Fipsi und lockte es leise. Zwar ließ es sich nicht greifen, aber es tanzte und sprang um ihn herum, ehe es wieder in der Ecke verschwand. Da legte auch er sich nieder und zog die Decke über den Kopf.

Ein scharfer Ostwind kam, und ein Tag stieg auf, so glasklar und mit einer Fernsicht, wie sie nur der wunderbare und in seiner Kälte gnadenlose Bergwinter bringen konnte. Der Kranz der weißen Berge, die blaugeschatteten Waldhänge, die blendenden Flächen im Tal und darüber ein Himmel, so klar und rein sich vom grünlichen Horizont hinauffärbend bis zum dunklen Blau des Zenits, die violetten Schatten drüben am Arber, ließen den Maler Albert Lorenz wie gebannt auf dem Gipfel des Osser stehen, und aus der prunkenden Schönheit kam es ihm zu wie eine frohe Botschaft.

Er hatte noch eine Aufgabe! War er nicht mit dem Vorsatz auf den Berg gegangen, da heroben Licht und Farbe einzufangen, daß es für sein ganzes Leben ausreichen sollte? Wollte er nicht, wenn er den Pinsel hinlegen mußte, ein Vermächtnis hinterlassen? Das Bild seiner Heimat, das Jahr auf dem Berge! Er hatte ein Werk zu schaffen bis zu dem Tag, den er nicht kannte, und der ihn in das Dunkel stoßen würde.

Er rannte über den gefrorenen Schnee in die Hütte zurück und begann zu malen, tat es wie ein Besessener im Wettlauf mit dem Licht des Tages und dachte nicht an Hunger und Durst.

Er vergaß, die Tage im Kalender abzustreichen. Nach Nächten, in denen er tief, erschöpft und traumlos schlief, war er schon im Morgengrauen unterwegs in den schneeverschwiegenen Wald, die schwerbehangenen und verschneiten Fichten und Tannen zu skizzieren. Sie wurden ihm zu Gestalten von geheimnisvollen Waldgeistern, und in ihren schneeverklumpten Ästen sah er Gesichter und Fratzen. Verschneite Asthände streckten sich, als wollten sie die Sonne bitten, ihnen die schwere Bürde abzutauen, vermummte Weißmäntel schienen zum Gipfel zu pilgern, eine im kristallenen Salz des Winters erstarrte Welt in tausendfältigen Formen und feinen Schattierungen.

Er schuf Aquarelle, die er Bergwinter, Waldgeister, Schneezauber nannte, und arbeitete an einem Ölbild, das den Lamer Winkel im Wintermorgen einfing. Dazu konnte er heiter vor sich hinsummen oder ein Liedlein pfeifen, mit dem Haselmäuslein reden, das immer zutraulicher wurde, und war glücklich.

Nichts störte seine Einsamkeit und Ruhe. Nur einmal sah er drunten im Sattel zwischen dem großen und kleinen Osser zwei Mann der Grenzstreife. Ob die wohl wußten, daß der Osser in diesem Winter einen Bergbewohner hatte?

War es eine Woche gewesen oder länger, der Maler Albert Lorenz wußte es nicht mehr und brachte auch seinen Kalender nicht mehr in Ordnung. Erst als nach der Reihe klarer Tage wieder ein trüber Morgen kam und die jagenden Winde neuen Schnee um den Gipfel trieben und über die Berghütte schütteten, gönnte er sich einen Ruhetag. Eine Waldfahrt versprach heute nichts, denn der Neuschnee war feucht und sackig. Es war wärmer geworden, und der Wald schwärzte sich, da der Wind die Bäume putzte. Heute wollte er wieder einmal richtig reinemachen und sich ein gutes Mittagessen kochen. Vielleicht fuhr er am Nachmittag zum Vogelwirt auf Mariahilf ab, die Lebensmittel gingen ohnehin schon zur Neige.

Er horchte verwundert auf. Der Wind hatte ausgesetzt, und in dieser Stille hörte er plötzlich Stimmen vor der Hütte. Es mußten junge Leute sein.

„Die sind wohl verrückt", brummte er mißmutig, „was die heute wohl auf dem Berg wollen?" Er ärgerte sich. Die erwarteten wahrscheinlich, daß das Unterkunftshaus bewirtschaftet wäre. Wie sich die jungen Leute das vorstellten! Kamen da von irgendwoher und glaubten, der Osser wäre ein Berg für Brettlrutscher. Beim Aufstieg werden sie ja mitbekommen haben, was hier los ist. Wenn es nicht gute Skifahrer waren, dann konnten sie ihre Bretter abwärts tragen und bis zum Bauch im Schnee waten. Er zündete die Pfeife an und setzte sich ans Fenster: Wenn sie zurückkamen, wollte er sie doch sehen.

Es dauerte lange, bis sie zu Fuß und die Bretter geschultert wieder vom Gipfel kamen, zwei anscheinend noch junge Mädchen und ein junger Mann. Schon ihre Ausrüstung verriet ihm, daß es keine erfahrenen Wintersportler waren. Die Köpfe mit Schals gegen den

Sturm geschützt, die Müdigkeit in den Beinen, flüchteten sie in den Schutz seiner Hütte und lehnten sich draußen an die Wand.

„Da ist ja jemand drinnen", hörte er eine weibliche Stimme. „Ob wir uns da nicht ein bißchen aufwärmen könnten?"

Und der junge Mann antwortete: „Laß dich nicht auslachen! Das ist Privatbesitz oder eine Forsthütte, und ich möchte den Leuten nicht kommen. Wir schaffen es schon, wenn wir ein wenig ausgeruht haben."

„Ich finde das wunderbar, hier heroben zu wohnen. So ein Häuschen wäre ganz mein Fall", bemerkte eine andere Mädchenstimme, während ihre Begleiterin kritisch maulte:

„Das hättest du uns aber sagen können, daß der Berg so steil ist. Hier kann man sich ja den Hals brechen. Sicher wären mehr Leute da, wenn hier das Skifahren einen Sinn hätte."

„Ach was, sei keine Memme! Los, schnallt die Bretter an, wir fahren los", befahl der Mann. Dann verloren sich ihre Stimmen in der Ferne.

Albert Lorenz war froh, daß er von ihrem Besuch verschont geblieben war. Trotzdem taten die drei ihm nun leid, denn nun mußten sie gegen den stürmischen Westwind fahren, der ihnen das feuchte Schneegestöber in die Gesichter trieb. Für sie mußte der Osser eine Enttäuschung gewesen sein. Hoffentlich fanden sie den Kammweg auf Mariahilf und konnten dort noch zukehren.

Es war Zeit zum Wasserholen, und bis zum Sattel hinunter konnte er in ihrer frischen Spur bleiben. Er zog die Pelzweste an und die Wollhaube über die Ohren und verließ mit dem Wassereimer die Hütte. Im feuchten Schnee klebten die Bretter, daß er kaum vorwärtskam. Der Wind trug ihm noch einmal ein fernes Rufen entgegen, dann setzte der brausende Schwall wieder aus. Er kannte an ihren Spuren, daß er es mit Anfängern zu tun hatte.

Wieder kam der Sturm auf und fegte mit heulendem Jubel über die Baumkronen. Das Schneetreiben verdunkelte den Nachmittag. Die Quelle unterm Ossersattel mußte er erst freiräumen, um seinen Eimer füllen zu können. Dieses Wasserholen war die unangenehmste Arbeit, aber es ersparte ihm das langweilige Schneeschmelzen. Der Eimer war schwer. Eine Windpause rastete er und horchte auf den Höllengesang, den der abziehende Sturm um den Gipfel droben anstimmte.

War das nicht eben ein Ruf gewesen? Waren denn die drei Wanderer noch immer um die Wege?

Nun hörte er es wieder, und es konnte gar nicht weit steigabwärts sein.

„Na also, da haben wir es ja!" sagte er zu sich selber. Die Stimme, die da einen Namen rief, war jammernd und hilferufend. War also doch etwas passiert! Er baute den Wassereimer in den Schnee und folgte den bereits wieder zugewehten Spuren auf dem Steig. Kaum hundert Meter weiter sah er unter einer Krüppelfichte neben dem Weg eine zusammengekrümmte Gestalt, die ihm winkte. Es war eine junge Dame mit gestreifter Wollhaube, unter der hervor ihn schwarze Augen anstarrten.

„Bitte — helfen Sie mir."

„Was fehlt Ihnen denn?" fragte er nicht gerade freundlich.

Nun kamen ihr die Tränen. „Ich muß mir den Fuß verknackt haben."

„So? Und wo sind die anderen?"

Stockend und den Schmerz verbeißend, antwortete sie: „Die sind weg. Ich habe geschrien, aber sie haben mich nicht gehört."

Er befreite sie von den Brettern und stellte fest, daß der rechte Fußknöchel schon ziemlich angeschwollen war.

„Wie wollen Sie jetzt runterkommen?" Mürrisch und grob fuhr er fort: „Ja, mein Fräulein, so kommen Sie jedenfalls nicht weiter. Also vorerst einmal müssen wir das Stück bis zu meinem Häusl hinauf schaffen."

Er half ihr sich aufzurichten, aber mit einem Wehlaut sank sie wieder zurück. Unmöglich könne sie gehen, jammerte sie.

Er fuhr sie zornig an: „Machen S' doch kein Theater! Dann muß es eben auf einem Bein gehen. Auf! Und wenn Sie zimperlich sind, kann ich Sie ja auch hier sitzen lassen!"

Erschrocken verstummte sie, ließ sich aufhelfen und stützte sich auf ihn. Humpelnd kamen sie ein Stück vorwärts. Dann ließ sie sich wieder fallen: „Ich kann nicht!"

„Ach was! Seien Sie nicht feige! Wären Sie halt daheimgeblieben, dann hätten Sie jetzt den Schlamassel nicht. Jetzt hängen Sie sich an meinen Hals und stehen hinter mir auf meinen Ski." Mit viel Mühe brachte er es soweit, daß sie sich, an seinen Rücken klammernd, mit einem Bein hinter ihm auf den Ski stellte, und mühsam stieg er mit seiner Last Schritt für Schritt aufwärts. Auf dem Ossersattel peitschte nun wieder der Schneesturm die prasselnden Flocken ihnen entgegen.

„Lassen Sie mich liegen, ich kann nicht mehr", weinte sie. Und er schrie in den Wind:

„Zum Donnerwetter, machen Sie keine Geschichten! Glauben Sie denn, daß mir das Spaß macht?" Schweratmend mußte er innehalten.

Sie jammerte: „Setzen Sie mich hier unter den Baum und holen Sie Hilfe."

„Reden Sie keinen Unsinn! Auf dem Berg ist niemand, und bis ich jemanden herbeihole, sind Sie erfroren."

Seine Heftigkeit machte sie ängstlich, sie schwieg und drückte ihr Gesicht gegen seinen Rücken. Nun ging es steil aufwärts, und immer wieder mußte er stehenbleiben, um zu verschnaufen. Die Knie zitterten ihm, und vor seinen Augen tanzte wieder das rote Feuer. Das Blut hämmerte in seiner Stirne. Das Toben des Sturmes hörte er wie aus weiter Ferne. Automatisch setzte er einen Fuß vor den anderen und spürte, wie die Last der jungen Dame immer schwerer wurde. War er überhaupt noch auf dem Steig, oder ging er in die Irre? Immer wieder rastend und wieder ein Stück gehend, kannte er sich in dem Schneegestöber kaum mehr aus. Dann fühlte die tastende Hand die Wand der Berghütte, und erschöpft lehnte er sich daran.

„Jetzt — setzen Sie sich einen Augenblick in den Schnee", keuchte er und brauchte lange, bis er mit flatternden Händen die Skibindungen gelöst hatte. Ohne noch ein Wort sagen zu können, faßte er die Verletzte unter den Armen und schleppte sie in die Stube. Dort legte er sie auf das Bett und sank selber auf die Wandbank, und es dauerte Minuten, bis er wieder zu Atem kam und die keuchende Brust sich beruhigte.

Zusammengekrümmt lag die Fremde auf dem Bett, und ein verhaltenes Weinen schüttelte sie. Die Kinnbacken schmerzten ihn, als er den Mund öffnete und sie fragte: „Können Sie selber Schuhe und Strümpfe ausziehen?" Er schürte das Feuer an, indes sie sich vergeblich mühte und dann verzagt klagte:

„Ich kann nicht, die Schmerzen sind furchtbar!"

Er befreite sie von Schuh und Strumpf und stellte fest, daß es sich nur um eine Verstauchung handeln konnte. Als er den geschwollenen Knöchel in ein warmes Tuch gehüllt hatte, lächelte sie ihn schüchtern an: „Ich danke Ihnen." Und besorgt fügte sie hinzu: „Ach, was wird mit Kurt und Helga sein."

„Sind das Ihre Begleiter?" fragte er barsch.

„Ja — Kurt ist — mein Freund und Helga meine Schwester. Wir sind aus Regensburg. Ich bin Ilse Schuhmacher."

„Ein feiner Freund!" polterte er, „fährt einfach davon und kümmert sich nicht um seine Freundin!"

„Wenn ihnen nur nichts passiert ist!" jammerte sie. „Oh, bitte, könnten Sie nicht nach Kurt und Helga sehen? Wenn ihnen etwas geschehen ist, und sie können nicht mehr weiter —"

Nun mußte er seinem Ärger Luft machen.

„So? Soll ich im Sturm herumsuchen? Ist ja so schön draußen! Bloß weil Ihr Kurt Sie hat sitzenlassen? Mir genügt die Schererei, die ich mit Ihnen habe! Nicht einmal essigsaure Tonerde habe ich hier!"

Er griff zur Rumflasche auf dem Wandbord und nahm einen festen Schluck. Der Alkohol wirkte, und die Müdigkeit schwand. Kurz entschlossen deckte er sie mit einer Wolldecke zu und streifte die Handschuhe über.

„Bleiben Sie ruhig liegen, bis ich wiederkomme!"

„Wo gehen Sie hin? Sehen Sie nach den anderen?" fragte sie schüchtern.

„Essigsaure Tonerde holen", knurrte er und verließ die Stube.

Als er auf den Brettern abwärts fuhr, überlegte er mißgelaunt.

Das hatte ihm noch gefehlt. Diese leichtsinnigen Städter hatten seine Bergruhe gründlich gestört. Sollte er nun ewa Krankenpfleger spielen? Noch dazu bei einem Stadtdämchen, das möglicherweise anspruchsvoll und empfindlich über seine Bemühungen die Nase rümpfte? Hoffentlich war sie morgen schon wieder soweit, daß er sie bis zum Vogelwirt hinunterbringen konnte. Er mußte sie schnell wieder loswerden.

Wenn er noch vor dem Dunkelwerden zum Wirt auf Mariahilf gelangen wollte, mußte er sich beeilen. Der Sturm hatte sich gelegt, und eine müde Stille hüllte den Wald ein. Nur wo die Bäume dicht am Steig standen, konnte er noch Spuren ausmachen. Wenigstens waren die Begleiter der jungen Dame nicht vom Steig abgekommen. Eigentlich müßten sie ihm ja begegnen, denn sie mußten doch das Zurückbleiben von Ilse bemerkt haben.

Die Kälte nahm wieder zu und verfestigte den Schnee. So glitten die Skier rasch dahin, und er hatte bald die Kammfahrt bis zum Mariahilfkirchlein und dem „Gasthaus zur Rast" geschafft. In der Gaststube traf er nur zwei Gäste an, einen jungen Mann und ein Mädel, und er brauchte nicht erst zu fragen, wer sie waren. Verfroren und schweigsam saßen sie und sahen ihm neugierig entgegen. Sichtlich erleichtert begrüßte ihn der Vogelwirt.

„Kommst du von oben? Hast niemanden gesehen?

Die zwei da haben eine Mitfahrerin verloren, und grad wollten wir uns aufmachen, sie zu suchen."

„So?" tat Albert Lorenz uninteressiert. „Gib mir schnell einen Schnaps und borg mir ein wenig essigsaure Tonerde."

Da litt es das junge Mädchen nicht mehr länger, und es sprang auf:

„Herr, Sie kommen vom Osser? Haben Sie niemanden gesehen — meine Schwester ist zurückgeblieben, und wir warten schon so lange auf sie."

Während er den Schnaps mit einem Zug in sich hineinschüttete, betrachtete er kritisch die beiden.

„Warum haben Sie denn die Dame zurückgelassen? Bei so einer Fahrt, noch dazu im Sturm, bleibt man beisammen." Und sich an den jungen Mann wendend, dem sein Vorwurf sichtlich Unbehagen bereitete, fuhr er grob fort: „Und da haben Sie einfach hier gewartet? Wenn der Dame etwas passiert ist, dann ist sie inzwischen längst erfroren. Wissen Sie das?"

Entsetzt starrte die Begleiterin des jungen Mannes ihn an:

„Um Gottes willen, Kurt! Wir müssen sofort zurück!

„Bleiben Sie nur ruhig da, und sehen Sie zu, daß Sie gut nach Lam hinunterkommen", erklärte Lorenz nun schon etwas freundlicher, „mir genügt eine Einquartierung. Das Fräulein hat sich den Knöchel verstaucht, und ich habe sie vorläufig in meinem Häusl untergebracht."

„Na also!" tat der junge Mann erleichtert.

„Du mußt etwas tun! Wir können Ilse nicht allein lassen!" drängte sie und brachte ihn damit in peinliche Verlegenheit.

Er stotterte: „Ich? Wie stellst du dir das vor? Ich muß morgen im Geschäft sein! Ilse ist doch in Sicherheit und — der Herr wird sich ihrer schon annehmen! Es wird doch nicht so weit fehlen, und das kann morgen schon wieder gut sein. Ilse ist doch kein Kind und findet dann schon selbst heim."

„Dann gehe ich zurück", entschied die andere.

Nun mischte sich der Maler wieder ein: „Nicht nötig, und ich hätte ja gar keinen Platz für Sie. Sie sind der Herr Kurt und Sie das Fräulein Helga? Ich soll Ihnen ausrichten, daß Sie sich keine Sorgen machen sollten und ruhig nach Hause fahren können."

Nun bekam Kurt einen roten Kopf, und überlegend meinte er:

„Aber da ist Ilse so allein da droben, vielleicht ist es doch besser —"

Nun wurde der Maler doch wieder grob: „Kümmern Sie sich nicht darum! Allein ist Ihre Braut nicht, und ich werde ihr schon nichts tun. Allzu lange wird das mit dem Knöchel nicht dauern. Steigen Sie nur ab, geehrter Herr, sonst versäumen Sie noch den Zug und kommen morgen nicht ins Geschäft. Und in Zukunft fahren Sie am besten da drunten herum. Der Osser ist kein Berg für Sie."

Er packte die Tonerde und eine Flasche Franzbranntwein in den Rucksack und verließ ironisch grüßend die Gaststube. Die Dämmerung fiel ein, und im Walde war es schon dunkel. Nun spürte er erst wieder die Folgen der Anstrengung, die ihn dieser Nachmittag schon gekostet hatte. Er brachte den Ärger darüber nicht weg. Da hatten diese zwei also in ihrer dummen Harmlosigkeit hier gewartet, und wenn er nicht mehr zum Wasserholen gegangen wäre, dann würde die Ilse wohl schon nicht mehr unter den Lebenden sein. Einen oder zwei Tage mußte er sich mit diesem unbequemen Gast schon abfinden und Samariter spielen. Eigentlich wußte er noch gar nicht, wie sie aussah! Nur zwei schwarze Augen und ein schmerzverzerrtes Gesicht hatte er gesehen. Gegen Langeweile war nun für einige Tage gesorgt, und das schadete vielleicht nicht. In den letzten Tagen war ihm ohnedies die Einsamkeit oftmals zu einer spürbaren Last geworden. Also hatte er für eine Weile eine Gesellschafterin.

Wohl war ihm nicht bei diesem Gedanken. Aber wenn sie nicht recht kapriziert und eingebildet war, dann würde er es schon überstehen. Eigentlich hatte sie sich recht tapfer gehalten, denn so ein Knöchel kann ziemlich schmerzen.

Als er, in Schweiß gebadet, die Stelle erreichte, wo er sie gefunden hatte, grub er ihren Rucksack aus dem Schnee. Ihre Skier lehnte er an einen Baum, um sie später zu holen. Er hing sich ihren Rucksack über und fand auf dem Sattel im Schnee auch seinen Wassereimer wieder. Es war inzwischen Nacht geworden.

Aus dem Dunkel der Stube klang ihm ihre Stimme entgegen:

„Ach, bin ich froh, daß Sie wieder da sind!“ und sie fragte ängstlich: „Was ist mit den anderen?“

„Die lassen grüßen“, antwortete er kurz, legte die Rucksäcke ab und zündete die Lampe an. Dann schloß er die Fensterläden und setzte Teewasser auf. Er bemerkte, wie sie ihn beobachtete, und er berichtete knapp, daß er Bräutigam und Schwester gesund im „Gasthaus zur Rast“ angetroffen habe und sie nun längst im Zug säßen.

„So, und jetzt wollen wir einmal einen Umschlag machen. Hoffentlich ist es nur eine Verrenkung oder Stauchung.“

Er sah, wie sie rot wurde, und ärgerte sich.

„Nützt nichts, Fräulein, wenn Sie geschämig tun, davon wird der Fuß nicht gesund. Sie müssen sich meine Verarztung schon gefallen lassen. Wenn das Schutzhaus bewirtschaftet wäre, hätte ich Sie dort hinaufgebracht. Eine weibliche Hilfe wäre schon besser gewesen. So aber sind wir die zwei einzigen Menschen auf dem Berg."

Schüchtern fragte sie, warum Kurt oder Helga nicht zurückgekommen seien.

„Ihr Kurt?" Ironisch bemerkte er: „Der muß morgen wieder im Geschäft sein und ist heilfroh, daß er aus dem Sturm heraus ist."

Sie preßte die Lippen zusammen, daß sie ganz weiß wurden, und fragte nichts mehr. Ruhig lag sie, bis er ihr eine Tasse Tee ans Bett brachte. Auch er verspürte keine Lust zum Reden. In der Stubenwärme fiel ihn die Müdigkeit besonders schwer an. Der Tag hatte zuviel von ihm verlangt. Die Glieder schmerzten ihn, und die Füße waren bleischwer.

Mit einem leisen Dank gab sie ihm die Tasse zurück. Als er das Geschirr aufgeräumt hatte, setzte er sich in den Tischwinkel. Nach einer Weile fragte er spöttisch:

„Haben Sie etwas dagegen, wenn ich in meiner Stube die Pfeife rauche? Sonst gehe ich damit ins Freie." Er fühlte sofort, daß er in seiner Unhöflichkeit zu weit gegangen war. Vorwurfsvoll sahen ihn ihre schwarzen Augen an, und ihrer Stimme merkte er an, daß sie dem Weinen nahe war.

„Warum sind Sie so unfreundlich zu mir? Es tut mir ja so leid, daß ich —" Tränen erstickten ihre Worte.

Betroffen sah er sie an und schämte sich. Sie hatte

recht. Durfte er sich deshalb wie ein ungebildeter Rüpel benehmen, weil sie gezwungen war, seine Hilfe anzunehmen? Zum erstenmal empfand er Mitleid und Bedauern für ihre Lage, und er wollte wiedergutmachen, was er verdorben hatte.

„Verzeihen Sie, Fräulein Ilse, bös habe ich es ja nicht gemeint. Ich wollte Sie auch nicht ärgern. Bin vielleicht ein Sonderling, sonst wäre ich nicht alleine da heroben." Nun erzählte er eifrig und ausführlich, wie er die anderen angetroffen hatte, fügte entschuldigend hinzu, daß sie sehr erschöpft und mitgenommen waren und er ihnen versprochen habe, daß er sich um die Zurückgelassene sorgen und sie selber zum Bahnhof nach Lam bringen würde, sobald das möglich sei. Er malte das Zusammentreffen mit Kurt und Helga freundlicher aus, als es gewesen war.

„Aber eines habe ich vergessen", bekannte er und schlug sich vor die Stirne, „ich hätte Ihrem Herrn Kurt auftragen können, in Lam die Bergwacht zu verständigen, die hätte sie dann morgen abholen und ins Krankenhaus bringen können."

Sie lächelte nun: „Ich bleibe doch lieber bei Ihnen."

„Wie steht es mit den Schmerzen?"

„Ach, es geht." Sie deutete auf das Bild auf der Staffelei, die dem Bett gegenüberstand. „Sie sind ein Maler, und wenn ich mich recht erinnere, habe ich sogar von Ihnen schon gehört. Das Bild ist herrlich. Als Sie weg waren, habe ich es die ganze Zeit angestarrt, bis es dunkel wurde. Da habe ich die Schmerzen nicht so gespürt. So möchte ich einmal das Tal und den Arber und die ganzen Berge sehen. Aber ich glaube, diese Pracht zeigt der Osser nur wenigen. Zu mir war er jedenfalls nicht freundlich."

Unter dem rötlichgelben Licht der Lampe erschienen

die verschneiten Berge und der Lamer Winkel auf der Leinwand wie von einem zauberhaften Abendschein überhaucht. Sie schwiegen, und dabei übermannte ihn die Müdigkeit, und der Kopf sank ihm auf die Brust. Als sie ihn anrief, fuhr er auf.

„Warum gehen Sie nicht zu Bett, Sie müssen doch müde sein?"

„Ja, Sie haben recht." Er taumelte wie ein Betrunkener, löschte die Lampe und fiel in den Kleidern auf das zweite Bett. Schon halb im Schlaf murmelte er: „Wenn Sie etwas brauchen oder Schmerzen haben, wecken Sie mich."

Sie lag lange noch wach und dachte über diesen seltsamen Mann nach, der hier in der Bergeinsamkeit hauste wie ein menschenscheuer Klausner. Wenn er nicht gewesen wäre und sie gefunden hätte? Sie horchte auf den huschenden Nachtwind, der draußen das Gewölk trieb und aufriß, so daß der zunehmende Mond für eine Weile die Stube erhellen konnte. Der Fuß schmerzte und tobte, und als sie sich bewegte, vermochte sie einen Wehruf nicht zu unterdrücken. Da setzten die Atemzüge des Schlafenden aus. Er erhob sich leise und kam an ihr Bett. Als er sah, daß ihn ihre schwarzen Augen aus dem Dunkel wach anblickten, fragte er teilnehmend:

„Haben Sie Schmerzen?"

Sie nickte nur. Es war schon wieder kalt geworden, deshalb zündete er die Lampe an und machte Feuer im Ofen. Schweigend erneuerte er den Umschlag und setzte sich dann auf die Ofenbank.

„Wird mit dem Schlafen nicht viel werden heute nacht. Soll ich Ihnen etwas erzählen, oder wollen wir uns unterhalten, damit Sie abgelenkt werden? Oder wollen Sie Ihre Ruhe haben?"

Sie sah ihn dankbar und verwundert an: „Sie können so nett sein, Herr Lorenz. Erst hatte ich Angst vor Ihnen."

Er lachte trocken. „Das glaub ich Ihnen. Aber ich mußte ein wenig wild tun, sonst hätten wir beide den Weg da herauf gar nicht geschafft."

Er sah, daß ihre Wangen rote Fieberflecken trugen, und legte ihr prüfend die Hand auf die Stirne. Sie lag ruhig und mit geschlossenen Augen.

Welch seidenfeine und lange, schwarze Wimpern sie hatte.

„Ich habe mich wohl auch ein wenig erkältet", flüsterte sie und fragte: „Wie lange werde ich Sie hier belästigen müssen?"

„Darüber brauchen Sie jetzt nicht nachzudenken. In drei Tagen sind Sie sicher wieder gehfähig."

„Es ist so schön hier bei Ihnen, so ruhig und wunderbar einsam."

Verdrossen gab er darauf keine Antwort. Sicher hatte sie sich erkältet. Jetzt fehlte nur noch, daß sie ernstlich krank wurde. Dann würde er aber schnellstens die Bergwacht alarmieren. Konnte sie die Gedanken von seinem Gesicht ablesen?

„Ich wäre froh, wenn Sie sich wieder hinlegen würden", sagte sie schüchtern, „Sie sollten nicht meinetwegen den Schlaf versäumen."

Ihre Ängstlichkeit dämpfte seinen Ärger wieder.

„O nein, das ist nicht so wichtig. Ich sorge mich nur, daß Sie auch noch krank werden könnten. Was tun wir dann?" Er ging wieder zu ihr ans Bett und faßte ihre Hand. In ihren Fingern spürte er das fiebergejagte Blut.

Warum hatte er nur auf die Bergwacht vergessen!

Nun spürte er eine Verantwortung und fühlte sich in seiner Rolle als Krankenpfleger recht unbehaglich.

„Bleiben Sie nur ruhig und versuchen Sie zu schlafen."

Auf der Ofenbank döste er wieder vor sich hin, sah nach dem Wecker, der hastig die Zeit abzählte, und stellte fest, daß es schon um die dritte Morgenstunde war. Zufrieden sah er, daß sie inzwischen eingeschlafen war, und er löschte die Lampe. Den warmen Ofen im Rücken, schlief auch er auf der Bank ein, bis ihn am Morgen die Kälte weckte.

Es war schon hell draußen, und der Frost drang in die Stube. Ganz leise schürte er den Ofen an und bereitete den Kaffee. Sie schlief noch und schien kein Fieber mehr zu haben. Wecken wollte er sie nicht, und so setzte er sich wartend auf die Fensterbank und sah in den Tag hinaus.

Zwiespältige Gedanken setzten ihm zu. War er nun unglücklich über die gestörte Einsamkeit, oder sollte er diese Episode als eine kurzweilige Abwechslung nehmen? Hoffentlich dauerte es nicht lange.

Aus diesen Überlegungen riß ihn ihr Morgengruß, und auf seine Frage, wie sie sich fühle, antwortete sie heiter:

„Ganz gut! Über was dachten Sie eben so angestrengt nach?"

„Ich überlege, ob ich nicht doch etwas unternehmen muß, um Sie ins Tal zu bringen."

„O bitte, nicht! Ich werde drunten bestimmt nicht eher gesund als da heroben. Warum wollen Sie mich denn unbedingt loshaben?"

Verlegen wandte er sich ab und goß Kaffee in eine Tasse, die er ihr reichte. „Ich bin halt kein geprüfter Krankenpfleger."

„Ich werde Ihnen wenig Mühe machen."

Hastig räumte er auf. Die Anwesenheit dieser Fremden machte ihn nervös, aber er brauchte doch ihretwegen nicht den ganzen Tag in der Hütte zu bleiben. Wenn sich das Wetter gebessert hatte, wollte er den Tag zum Holzmachen benützen.

Während er sich vor der Hütte beschäftigte und umständlich und sinnlos einen Weg hinunter zum Sattel auszuschaufeln begann, lag sie, die Arme unter dem Kopf verschränkt, und betrachtete sich die Skizzen und Aquarelle an den Wänden. Die Stille lockte die Haselmaus aus ihrem Versteck, und über den Boden tummelnd, verhielt das Tierlein vor dem Bett. Sie stieß einen Schreckensruf aus, und Bert Lorenz stürzte in die Stube:

„Ist Ihnen etwas?"

Als er ihr erklärte, daß die Haselmaus seine Hausgenossin sei und sie oftmals ganz zahm würde, lachten sie beide befreit auf. Der Bann war gebrochen, und mit einem Schlage verband sie das Gefühl der Bergkameradschaft; die keinen übertriebenen Höflichkeitsabstand duldet. Sie hätte ja auch seine Schwester oder seine Freundin und gute Bekannte sein können. Wahrscheinlich hatte er bis jetzt keine gute Figur gemacht und sich wie ein aufgestörter Einsiedler benommen. Die langen Wochen, in denen er allein gewesen war, hatten ihm die Lust zum Reden genommen, und so erschien ihm auch heute noch jedes überflüssige Wort unnötig. Er kannte oder schätzte die Unterhaltung nicht mehr.

Sie wunderte sich, daß er so gänzlich die Zeitrechnung verloren hatte und nun erst, mit ihrer Hilfe, seinen Kalender wieder in Ordnung bringen konnte.

„So lange allein zu sein, brächte ich nicht fertig. Was haben Sie denn da getan?“

Er deutete auf seine Bilder und beschrieb, wie man sich mit allen häuslichen Arbeiten und dem Brennholzbeschaffen, mit Schneeschaufeln und Wasserholen durchaus beschäftigen konnte und das Häusliche sogar vernachlässigen mußte, wenn man darüber hinaus noch etwas anderes tun wollte, das Malen also oftmals ihm die Zeit zum Essen genommen hatte. Dazu mußten ja auch die Lebensmittel heraufgebracht werden, die der Wirt auf dem Mariahilf für ihn einkaufte.

So war es also Mitte Februar geworden.

„Und doch begreife ich nichts, nein, wenn ich alles verstehe, aber daß man so lange allein sein kann? Ich könnte es nicht. Haben Sie denn einen Grund dafür, daß Sie sich so zurückziehen? Ist es die Kunst? Wollen Sie hier heroben nur ungestört malen?“

„Das will ich sicherlich auch.“ Ihr Fragen war ihm unangenehm. Wie sollte er ihr das erklären, und was ging es sie überhaupt an?

Nun mußte er für ein Mittagessen sorgen und war froh, daß er einige Konserven in Reserve hatte. Mit seiner üblichen, sehr bescheidenen Kost konnte er nicht aufwarten. Für ihn hätte es ein Stück Rauchfleisch getan, denn draußen war nun wieder der Himmel blank, strahlte die Sonne, und er wäre längst im Freien. Er kam sich vor wie ein Gefangener, und es litt ihn nach dem Mittagessen auch nicht mehr.

„Bleiben Sie ruhig liegen, ich muß Brennholz machen.“ Ein Buch gab er ihr und hatte es eilig, aus der Hütte zu kommen.

Der Schnee war bretthart, und er ging auf dem gefrorenen Boden wie über die feste Sommererde. Wo im Sommer der Anstieg über Felsenstufen und Geröll zum Gipfel ging, hatte der Wind eine Schneedüne aufgebaut, die wie eine Brücke nach oben führte. In die Flanken dieser mächtigen Schneewehe hatte der Sturm Rillen geschliffen und auch den schmalen Grat poliert, daß er glänzte wie das Dach eines Eispalastes. Verzuckerter Fels, gleißend und glitzernd, Eiskappen und Eisnadeln, durchsichtig und mit einem Schimmer vom Himmelsblau, so bot sich ihm der Berggipfel. Alles Strahlen und Glänzen schien sich auf diese Bergspitze zurückgezogen zu haben, während im Tal der Schnee grau geworden war. Hier heroben feierte der Winter ungebrochen seine Macht,.drunten würde bald der Märzwind die weiße Winterdecke löcherig machen. Auf der anderen Seite unterm Berg streckte sich der Böhmerwald in eine dunstige Ferne hinein, sonnenüberflutet. Das Strahlen und Glänzen wurde unerträglich, und geblendet tastete er sich abwärts, und hungrig suchten seine Augen das dunkle Grün der Fichten. Noch einmal bot sich ihm von einem Felsen aus ein faszinierendes Bild der Bergkette um den Lamer Winkel. Wie riesige, vom Sturm aufgewehte Schneehaufen standen sie, warfen sich gegeneinander auf, sich den Weg verstellend, ineinander überlaufend vom Arber über den Enzian zu den Gipfeln des Keitersberges und auf der anderen Seite über den Brennespaß zum künischen Gebirge.

Wenn er das auf die Leinwand bringen könnte! Vielleicht würde man es für abstrakt und phantastisch halten, und wenn dieses Schimmern und ferne Funkeln überhaupt faßbar wäre, würde es nicht glaubhaft sein. Man müßte das Flirren und Gleißen in der Luft, die goldenen Säume und silbernen Abhänge einfangen können, und doch wäre es dann ohne Leben. Die Natur ließ sich nicht nachbilden, aber das Geschaute umzusetzen, das wollte er. Wie oft hatte er verzweifelnd versucht, das Unbeschreibliche und Unfaßbare festzuhalten. Wie ein leerer und nichtssagender Abklatsch war ihm dann sein Werk erschienen. Wenn es auch andere lobten.

Er wanderte ein Stück bergabwärts, bis er im Wald in den weichen Schnee geriet und einsank. Umkehrend stieg er wieder gegen den leuchtenden Berg. Licht und Glanz wurden wieder zu stechenden und zuckenden, schmerzlichen Feuerzungen, die ihm die Sicht raubten, so daß er immer wieder die Augen schließen und warten mußte, bis dieses brennende Funkenspiel verebbt war.

Er kehrte wortkarg zurück und starrte, auf der Bank sitzend, in die dunkle Ecke, um die Augen ausruhen zu lassen.

„Haben Sie mich denn ganz vergessen? Sie waren so lange fort", klagte Ilse Schuhmacher, „oder gefällt es Ihnen nicht mehr in Ihrem Heim, weil ich da bin?" Er versicherte, daß dem nicht so sei, und empfand ihre Worte als unecht. Plötzlich mußte er an das Mareli aus dem Winkel drunten denken. Die hätte anders geredet: einfacher und ehrlicher.

Dann kam wieder seine Hausarbeit, die ihn nun gar nicht mehr freute, dem verstauchten Knöchel Umschläge zu machen, und er sehnte die Stunde herbei, die die Schlafenszeit bringen würde. Er spürte, wie sie ihn dauernd und bei all seinen Arbeiten beobachtete, und es genierte ihn.

Als er den Umschlag am Abend noch einmal erneuerte, fragte sie:

„Wie alt sind Sie eigentlich, Herr Lorenz?"

„Bald vierzig!"

„So alt sehen Sie gar nicht aus", überlegte sie und setzte hinzu: „Die Brille steht Ihnen gut. Sie sehen damit so nett aus, wie ein guter Onkel Doktor oder ein — braver Einsiedelmönch. Sie sind wohl sehr kurzsichtig, weil Sie so eine starke Brille brauchen?"

„Ja", bestätigte er kurz und holte aus dem Vorraum Holz, obwohl genügend beim Ofen war.

„Ich bin wohl recht neugierig?" meldete sie sich wieder, und es klang ein wenig beklommen.

„O nein. Warum sollte es Sie nicht interessieren, mit wem Sie es zu tun haben." Er sagte es gleichgültig, stopfte sich die Pfeife und ging damit vor die Hütte.

Als er wiederkam, schmollte sie: „Ich weiß, ich bin Ihnen eine Last. Ach, wenn doch Kurt und Helga umgekehrt wären und mich mitgenommen hätten. Wenn Sie die Bergwacht verständigen wollen — ich —"

Nun weinte sie gar, und mit widerstreitenden Gefühlen versuchte er sie zu trösten:

„Sie regen sich völlig unnütz auf, Fräulein Ilse. Heute habe ich es zum erstenmal bedauert, daß ich kein Rundfunkgerät mit auf den Berg genommen habe. Es wäre für Sie kurzweiliger gewesen. Ich bin halt kein guter Gesellschafter, und wenn ich ehrlich bin: es tut mir gar nicht leid, daß Sie da sind. Ich werde bald wieder lange genug allein sein."

„Sie sind ein Menschenfeind, aber warum?"

„Oh, ich habe nichts gegen die Menschen, gegen Sie schon gar nicht, und — da fällt mir gerade etwas ein: Wenn Sie mir versprechen, mich nicht mehr mißzuverstehen, schenke ich Ihnen etwas." Er holte aus dem Schränkchen eine Tafel Schokolade, und sie nahm sie mit Dank an.

„Und wenn Sie mir versprechen“, fuhr er fort, „daß Sie fest auf Ihr Füßchen Obacht geben, können Sie am Tisch zu Abend essen.“

Mit seiner Hilfe stand sie auf.

„Die Schmerzen sind weg, ich kann nur noch nicht auf dem Fuß stehen“, stellte sie fest, und das freute ihn. Seine Gereiztheit schwand beim gemeinsamen Essen am Tisch, und die Aussicht, daß seine Zeit als Krankenpfleger nicht mehr lange dauern würde, machte ihn gesprächig. Sie dankte es ihm durch ihr zwangloses Plaudern und versicherte, daß es, abgesehen von den Schmerzen und Unannehmlichkeiten, für sie recht nett war, einmal in einer Berghütte zu wohnen.

Er erkannte, daß es das beste war, sie bei Stimmung zu halten, und holte aus dem kleinen Keller unter dem Stubenboden eine Flasche Wein herauf.

„Auf gute und baldige Besserung!“ sagte er und stieß mit ihr an.

„Sie sind so nett und liebenswürdig und doch oft wieder so verschlossen und nachdenklich. Es ist wunderbar hier bei Ihnen, und doch begreife ich das nicht. Allein hielte ich es hier keine drei Tage aus.“

„Kann schon sein“, lachte er. „Mir gefällt es aber hier so gut, daß ich überhaupt nicht mehr ins Tal möchte.“

Der Mondschein drang so hell durch das Fenster, daß das Licht der Petroleumlampe verblaßte.

„Es ist so romantisch, so schön. Diese Mondnacht! Ich finde, daß wir die Lampe entbehren könnten.“ Er löschte die Flamme und setzte sich wieder ihr gegenüber.

„Als Sie heute so lange weg waren, habe ich nachgedacht. Ich wollte Sie etwas fragen, als Sie zurückkamen, aber ich getraute mich nicht. Sie könnten es als Neugierde ansehen, aber das ist es bestimmt nicht", sprach sie in das Halbdunkel.

„Oh, dann fragen Sie nur!"

„Herr Lorenz, warum sind Sie da heroben? Schon so lange, und Sie wollen noch länger dableiben? Tun Sie das nur, um zu malen?"

„Ja."

„Das glaube ich nicht. Sie sind kein Menschenfeind und kein Sonderling, und wenn Sie auch ein wenig rauhbeinig tun, so ist das nicht Ihre eigentliche Art."

Aus ihrem weißen Gesicht forschten ihn aus dem Halbdunkel ihre schwarzen Augen fragend an.

„Sie haben schon recht. Ich bin kein Menschenfeind, und die Welt da drunten hat mir nichts Böses getan. Aber das Schicksal kennt auch noch andere Wege, um einem das Leben zu verbittern. Oft glaube ich selber, daß es nicht klug ist, da heroben zu sitzen, ohne Ziel und Zukunft. Aber es wird ja von selber einmal sein Ende finden, und darauf warte ich."

Sie schwiegen eine Weile, und leise begann sie wieder:

„Trotzdem, ich verstehe Sie nicht. Wollen Sie mir nicht — ein wenig von Ihnen erzählen? Sie sind doch ein bekannter Künstler und sollten sich nicht in der Einsamkeit da heroben verstecken?"

„Sie sind noch jung und haben das Recht, sich das Leben gut und schön auszuträumen. Sie haben das Recht, sich von der Zukunft noch viel Schönes zu erwarten, und ich wünsche Ihnen auch, daß alles so wird, wie Sie es erhoffen. Ich habe ja auch mit vielen Plänen, Wünschen und Hoffnungen gelebt, und im Laufe einer Woche ist das alles zerfallen."

„Also haben Sie doch etwas erlebt, was Sie in die Einsamkeit getrieben hat?“

„Vielleicht! Sehen Sie, Fräulein Ilse, es gibt Menschen, die alles, was ihnen an Unglück geschieht, ihrer Umwelt mitteilen und ihren eigenen Kummer im Mitgefühl der anderen auskosten, und es gibt andere, die alleine damit fertig werden wollen.“

Nun stand die Mondscheibe groß und rot im Fenster und erfüllte die Hüttenstube mit magischem Licht. Er ging zum Ofen und schürte nach. Der Bergwind hauchte um die Hütte.

Als er sich wieder hingesetzt hatte, bat sie:

„Ich höre Ihnen so gerne zu. Wenn Sie mir etwas von sich erzählen täten! Dieser Abend ist so schön, wirklich traumhaft schön, und ich verstehe es nun bald selber, daß man da heroben ganz gut ohne Menschen auskommen kann. Trotzdem frag ich mich: was müssen Sie hinter sich haben, daß Sie es in dieser Einschicht aushalten ...“

„Oh, gar nicht soviel. Da drunten, in einem kleinen Dorf im Lamer Winkel, ist einmal ein kleiner Holzhauerbub gewesen, der sich nie genug schauen konnte an dem großen Berg, an den Bäumen und den Blumen, dessen erster Glückstag war, als der Vater ihm eine Schachtel Farbstifte kaufte, und der dann nichts mehr kannte als Zeichnen und Malen. Und über einen langen Weg, und weil seine Mutter für ihn alles opferte, und weil sie darbte, konnte der Bub ein guter Maler werden. Und weil er schon als Bub, ein Schwärmer und versonnener Knirps, kaum Spielkameraden hatte, sonderte er sich auch später von den Menschen ab. Aber es ging alles gut, und für eine kurze Weile konnte er seiner Mutter noch vergelten, was sie für ihn getan hatte, und er fand auch eine Lebenskameradin, mit der er seine Zukunft aufbauen wollte — ja. Und dann kam eben alles anders."

Sie war wohl enttäuscht, daß er es so kurz und widerwillig erzählt hatte, denn sie schwieg und schien auf weitere Erklärungen zu warten.

„Nun glauben Sie wohl, Fräulein Ilse, da gäbe es noch mehr zu sagen, und Sie hätten es mit einem verbitterten Menschen zu tun, den man in die Einschicht verscheucht hat? Ich bin aber recht gern und sogar mit Freuden in mein Berghäusl heraufgegangen und weiß auch, wie lange ich dableiben werde. Habe keinerlei Sehnsucht nach drunten und bin ganz zufrieden." Es klang nicht überzeugend.

„Ich verstehe nur nicht — ich weiß nicht, wie ich das sagen soll —, wäre es zu zweit nicht schöner? Und wo ist Ihr — Lebenskamerad? Gell, ich bin neugierig?"

„Na ja, ich war eben verlobt, und das ist auseinandergegangen. Meine Braut wäre auch nie für längere Zeit da heraufgestiegen. Sie liebte das Leben und nicht die Einsamkeit."

Da seufzte sie und humpelte zum Bett. Dort lag sie, mit dem Gesicht zur Wand.

„Ich wollte, ich könnte hier heroben bleiben, lange —" murmelte sie, und er schwieg und hoffte, daß sie nun einschlafen würde. Daß er das wünschte, wollte er ihr auch sagen:

„Also, schlafen Sie gut. Ich fahre am Morgen zum Vogelwirt hinunter, um zu sehen, ob wir den Weg nach Lam bald riskieren können."

„Sie wollen mich loshaben — ich wäre aber gerne noch hiergeblieben — lange — solange Sie es wünschten." Sie sagte es leise und bedauernd.

Was sollte er darauf antworten? Sie erinnerte ihn stark an Gerda. Auch diese führte oft so doppelsinnige Reden, mit denen er nichts anzufangen wußte. Er fühlte sich innerlich aufgestört und ärgerte sich, daß er dem Gespräch nicht rechtzeitig eine andere Wendung gegeben hatte. Letzten Endes wollte dieses Mädchen ja doch nur unterhalten sein. Nun wartete sie wohl, was sie aus ihm herauslocken konnte, ob eine Schmeichelei oder eine faule Ausrede. Die Stube wurde ihm zu eng. Er schlüpfte in den Anorak, zog die Pelzmütze über die Ohren und ging leise auftretend hinaus.

Die Mondscheibe schwamm hell und golden auf einem dunkelsamtenen Himmel. Kein Lüftchen strich um den Berg, und die strenge Kälte war gebrochen. Der Schnee war mit dem Nachtfrost verharscht und flimmerte in hellgoldenen Kristallen. Es war eine herrliche Nacht, wie er sie unterm Mond hier oben noch nicht erlebt hatte. Befreit atmete er auf.

Diese stille Schönheit hatte nur Ruhe und Frieden, keine Probleme. Warum war er nicht schon eher gegangen? Hoffentlich war es morgen soweit, daß sie wieder auf ihren Brettern stehen konnte. Mit Erleichterung und gerne würde er sie zum Bahnhof hinunterbringen.

Was war doch für ein Unterschied zwischen einem Stadtmädel und diesem natürlichen Waldlerkind, mit dem er dieses Jahr begonnen hatte!

Was diese Mareli sagte, war offen und eindeutig gewesen. Sie kannte nicht den lockenden Augenaufschlag und das Spiel der Geste, nicht die zwiespältige Rede und das versprechende Lächeln.

Das war wohl ein guter Rat gewesen, den ihm seine alte Mutter einmal gegeben hatte: „Merke gut auf, wenn du mit einem Mädel redest, denn die sagen net allweil, was sie denken, sondern nur was sie wollen."

War eben ein Großstadtkind, diese Ilse Schuhmacher, und schließlich konnte sie nichts dafür. Man mußte sich wahrscheinlich so verhalten, wenn man sich in der Stadt behaupten wollte. Vielleicht spürte sie selbst, daß sie nicht in diese Umgebung und nicht zu einem Einsiedler paßte.

Der spitze Gipfel des kleinen Osser glühte im Mondschein wie ein riesiger Edelstein, und er empfand plötzlich die Lust, in dieser hellen Nacht dort hinaufzusteigen. Es war ein mühsamer Anstieg, bis er schließlich auf der blankgefegten Felsbank stand, inmitten einer Nacht, die fast lau den Winter verabschiedete. Aus dem Lamer Winkel wuchs ein Nebelmeer, bis in der weißen Flut die Bergspitzen nur mehr wie Inseln standen und er wie auf einem weltfernen Eiland stand. Rotglühend und scheinlos stand nun der Mond über diesem gespenstischen Meer, und die Berginseln bekamen einen kupferroten Schein. Der Nachthimmel war schwarz geworden, die Sterne hatten keinen Glanz mehr. Unter ihm ragten aus dem langsam wogenden Nebelsee die wetterzerzausten Baumwipfel. Es war die phantastische Landschaft eines weltfernen Planeten, und die Stille war beklemmend.

Frierend kletterte und rutschte er über Felsen und Schneewächten abwärts, bis der Nebel ihn umfing und er in ein milchiges Dämmern kam, in dem sich die Bäume zu bewegen schienen. Auf dem Ossersattel fand er sich wieder zurecht und folgte seinen eigenen Spuren zurück zu seinem Berghäusl.

Es mußte schon weit nach Mitternacht sein.

Wie ein Dieb schlich er sich in die Stube, entkleidete

sich leise und kroch unter die Decke. Vergeblich lauschte er auf ihre Atemzüge. Hatte auch sie keine Ruhe gefunden?

Der Duft frischen Kaffees weckte ihn, und draußen war schon heller Tag. Er fuhr auf und sah verwundert, wie sie sich hinkend bemühte, den Tisch zu decken.

„Was fällt Ihnen denn ein!" ärgerte er sich. „Denken Sie doch an Ihren Fuß!"

„Oh, es geht schon ganz gut — und — ich möchte heim. Heute noch."

Brummig stand er auf und zog sich an: „Glauben Sie denn, daß Sie es schaffen?"

Sie vermieden es, sich anzusehen, und vorsichtig begann, nach einem längeren Schweigen, Albert Lorenz wieder:

„Muß denn das heute schon sein? Bleiben Sie doch noch wenigstens einen Tag." Sie sah ihn nur mit einem trüben Lächeln an.

„Zieht es Sie so sehr nach Regensburg zurück?" wollte er aus einer wachsenden Verlegenheit heraus spotten.

„Eigentlich nicht", antwortete sie resigniert.

Das war nun wieder eine Antwort, mit der er nichts anzufangen wußte.

Sie verstanden sich einfach nicht oder wollten sich nicht verstehen. Die Spannung blieb, und der Tag begann nüchtern. Er mußte ihr zureden, sich wenigstens bis zum Mittag ruhig zu verhalten, dann wolle er sie am Nachmittag nach Lam bringen, wenn sie es sich bis dahin nicht anders überlegt habe.

Sie saß stumm und bedrückt, und er rannte aus und ein, trug Holz und Kälte in die Stube, räumte auf, als sollten Tassen und Teller, Löffel und Gabel nie benützt werden, und trieb so die Gemütlichkeit aus.

Nun waren sie sich wieder fremd wie in der ersten Stunde, und das kam ihm eigentlich komisch und merkwürdig vor. Aus ihren Gedanken heraus fragte sie schüchtern:

„Warum sind Sie eigentlich fortgelaufen? Gestern am Abend. Sie sind doch nicht ohne Grund die halbe Nacht da draußen herumgegangen?"

„Oh, das hatte schon seinen Grund! Es war eine herrliche Mondnacht, und die wollte ich mir nicht entgehen lassen."

„Und Sie wollten mit mir nicht noch länger zusammen sein, weil Ihnen mein Gerede lästig wurde. Sie wollten allein sein."

„Ach, warum reden wir davon!" Sicher hatte sie recht, und er hatte sich benommen wie ein Esel. Alles, was er getan hatte, mußte sie als einen Hinweis dafür auffassen, daß sie ihm lästig war. Das hatte er doch nicht gewollt! Und wenn sie heute schon gehen wollte, dann mußten doch die letzten Stunden nicht durch diese Spannung verdorben sein. So wollte er sich bemühen, ihr etwas Freundliches zu sagen:

„Ich werde gerne an diese Tage und an Sie denken, Fräulein Ilse, denn es war doch für mich eine angenehme und kurzweilige Zeit, und Sie sind recht tapfer und nett gewesen."

„Dann bin ich ja froh."

Fand sie ihn etwa lächerlich und machte sich über ihn lustig? Konnte sie denn nichts anderes, als nur hintergründige Antworten geben?

„Sie freuen sich doch sicher, daß Sie jetzt wieder zu Ihren Eltern und zu Ihrem Kurt zurückkommen?"

„Und wie ich mich freue! Sie freuen sich ja auch!"

Als er diese Plänkelei nicht fortsetzen wollte, fügte sie bissig hinzu:

„Übrigens ist das nicht mein Kurt! Er ist ein guter Bekannter und sonst gar nichts!"

Rasch machte sie sich nun fertig und bereits angezogen, meinte sie zögernd: „Wenn es Ihnen aber — ich meine — ich glaube, daß ich allein ganz gut hinunterkomme."

Er ließ es nicht zu und erklärte, daß er erst beruhigt sei, wenn er sie heil im Zug nach Regensburg wisse. Nun tat er fürsorglich, schnallte ihr die Bretter an, nahm ihren Rucksack und blieb mit seinen Skiern an ihrer Seite. So fuhren sie schweigend bis zum Paß vor Mariahilf ab. Hier begann der Schnee sulzig zu werden. Eine ausgefahrene Holzziehbahn ging nach Buchet hinunter, und nun empfahl er, das letzte Stück zu Fuß zu gehen. Zu einer kurzen Rast setzten sie sich auf eine Bank, die dort am Waldrand stand.

Nun sah sie ihn wieder voll an, und ihre schwarzen Augen forschten, als wollten sie seine Gedanken lesen.

„Nun werden Sie wieder allein sein, da droben. Ganz wie Sie es wünschen", sagte sie schleppend.

„Wird wohl so sein müssen. Wenn man keine Freunde hat, ist es allein am schönsten."

„Sie wollen auch keine Freunde", stieß sie zornig hervor.

Er lächelte nur, schulterte wieder ihren Rucksack und ihre Skier und riet ihr, langsam und vorsichtig zu gehen und sich fest auf die Stöcke zu stützen. Da sprang sie auf und stand mit blitzenden Augen vor ihm. Ihre Finger krallten sich in den Aufschlag seines Jankers.

„Ich hätte bei Ihnen bleiben mögen — ja, auch für

immer.“ Ihre Augen wurden feucht, und mit schamrotem Gesicht wandte sie sich zum Gehen. Wie vor den Kopf geschlagen, stand er.

Was war das nun? Die Laune eines Mädchens, das ihn in Verlegenheit sehen wollte? War es ein Dankesgefühl, weil er ihr aus ihrer mißlichen Lage geholfen hatte?

Dieses Mädchen würde er nie ergründen können.

Er folgte ihr und spielte den besorgten Begleiter, redete belanglose Dinge, erklärte ihr den Weg, den sie gingen, und wunderte sich, wie hier unten der Schnee zusammengeschmolzen war.

Auf Antworten ihrerseits wartete er gar nicht mehr.

Schließlich schwieg auch er. Auf den Hängen gegen Lam war das Winterkleid schon grau und schmutzig. Kreischende Krähen taumelten über die Felder, und Kinder tummelten sich lärmend auf einer Rodelbahn. Das Berghaupt des Ossers verdeckte der ziehende Nebel.

Der Mittagszug stand kurz vor der Abfahrt, und Albert Lorenz bemühte sich um seinen Gast, bis die schweigsame Regensburgerin einen guten Platz hatte. Als sie ihm zum Abschied die Hand reichte, rannen ihr die Tränen über die Wangen, und sie konnte nur einen kurzen Dank stammeln. Nun erschien sie ihm ganz anders. Hatte er sie verkannt? Doch nun war keine Zeit, darüber nachzudenken, und als wollte er etwas gutmachen, meinte er: „Kommen Sie im Sommer wieder, da ist es bei mir droben schöner und freundlicher.“ Dann ging er rasch, blieb aber noch auf dem Bahnsteig, bis die kleine Lokalbahn aus dem Bahnhof dampfte.

Sie sah nicht mehr aus dem Fenster, und verdrossen machte er sich auf den Rückweg. Dieser Abschied berührte ihn doch mehr, als er zugeben wollte. Warum eigentlich? Es war doch nur ein kurzes und belangloses Intermezzo gewesen. Diese letzte Stunde aber hatte ihn noch verwirrt, und er ging mit langen Schritten zurück, als wollte er sich damit schneller vom Erlebnis der letzten Tage entfernen. Je näher er wieder dem Wald und dem Berg kam, desto leichter und heiterer wurde ihm.

Über den Weiler Buchet und die Holzziehbahn stieg er, ohne sich zu verhalten, aufwärts, wie ein Flüchtender.

Die Hüttenstube war kalt und leer, die grauen Wolken schoben sich um das Häusl, und er riß die Fenster auf, fegte den Boden und machte Feuer, tat dies alles wieder mit Vergnügen und dem guten Gefühl, daß er nun wieder allein war, niemanden anzureden brauchte und von niemandem beobachtet wurde.

Auf der Bettdecke fand er einen Zettel, und er las ihn im spärlichen Licht.

„Ich danke Ihnen und wünsche Ihnen, auch wenn Sie ein einsamer Berggeist bleiben wollen, alles Gute. Ihre Ilse Schuhmacher."

Auch die Haselmaus schien zu ahnen, daß der störende Gast nicht wiederkommen würde, denn sie vollführte auf dem Boden einen fröhlichen Tanz.

Die Tage wurden länger, die Nächte lauer und heller.

An einem Märztag hub das große Ringen zwischen dem jungen Frühling und dem alternden Winter an, und es war, als stünde der Osser im Mittelpunkt der Walstatt, auf der sie ihren Kampf austrugen. Der grimmige Nordosthauch, der oft als gellender Sturm über den Gipfel hinweggefegt war oder ziehend und hauchend die beißende Kälte herantrug, war eingeschlafen. Nun war es sein Gegenspieler, der Südwest, der Schnee und Regen mischte und in Schauern gegen den Berg jagte. Aus den Fichten löste sich der Frost, und nun standen sie mit schwingenden Armen im Wind. Der weiße Mantel des Berges wurde brüchig und mürbe.

Tagelang horchte Albert Lorenz in den gewaltigen Streit der Elemente, ein Gefangener in seiner Hütte. Der Schnee trug nicht mehr, er war feucht und griesig, klebte aber so an den Skiern, daß schon allein das Wasserholen ein Problem wurde.

Wenn dann die Sonne durch das Gewölk kam, begann es am Südhang unter der Schneedecke verstohlen zu gluckern, und die braunen, schneefreien Flecken im Tal um Lohberg wuchsen.

In diesen Tagen trieb ihn eine Unruhe immer wieder ins Freie. Sooft er auch versuchte, sich auf das Malen und Zeichnen zu konzentrieren, es ging nicht. Die Einsamkeit fiel ihn an und wollte ihn krank machen. Nur mit Widerwillen bereitete er sich sein Essen. Die Stube blieb unaufgeräumt. Er rasierte sich nicht mehr und blieb bis zum Mittag liegen, konnte dösen und über Nichtigkeiten ernsthaft nachdenken. Da brachte ihm ein später Märzabend einen neuen Hausgenossen. Der Sturm hatte wohl eine Bergkrähe aus ihrem Horst hochgetrieben und sie auf den Berg getragen. Völlig erschöpft klatschte sie an das Fenster, und Albert Lorenz fand sie mit verrenkten Flügeln vor der Hütte. Was er an Mitleid und Liebe geben konnte, gehörte nun diesem verletzten Waldvogel, der sich bald eingewöhnte und sich kreischend mit der Haselmaus herumstritt. Lorenz nannte das Tier Hansi, und es folgte auch diesem Ruf, war zutraulich und gelehrig.

Etwas bedrückte ihn, und er versuchte vergeblich die Ursache dieser Mißstimmung und Unlust zu ergründen. War er nicht mit dem Vorsatz auf den Berg gegangen, hier oben zu malen, das Bergjahr in seinen Wandlungen und Stimmungen auszuschöpfen? Und nun?

Er setzte den Zeichenstift an und wußte nicht, was er wollte, spannte eine Leinwand über den Keilrahmen und saß davor, fand keinen Anfang. Er war zu lange in der Welt gewesen, und diese brachte sich wieder in Erinnerung. Vergangene Tage wurden lebendig und plagten ihn. War es sinnlos gewesen, daß er so überstürzt davongegangen war? Was war mit der Wohnung? Mit seinen Bildern? Briefe mußten sich angesammelt haben! Was war inzwischen überhaupt geschehen da drunten? Er mußte der Frau Ertl schreiben. Er hatte alles zu wenig überdacht und seinen Abgang in die Einsamkeit nicht vorbereitet! Mußte er denn auf dem Berg bleiben? Er konnte doch einmal für einen Tag nach Cham zurück?

Er sehnte sich nach etwas. Nach dem Frühling? Nach Menschen?

Es hielt ihn nicht mehr in der Stube. Wie ein Verlorener kauerte er auf dem Gipfel des Osser und sah ins Tal, wo nunmehr die Straßen und Wege wie schwarze Bänder sichtbar wurden. Tschechische Grenzer kamen bis an das verlassene Schutzhaus heran, winkten freundlich und verschwanden wieder, der Grenze entlang, die über Gipfel und Kamm führte und im Schutzhaus mitten durch den Küchenherd lief. Der Böhmerwald wurde düster und schäbig. Seit einigen Jahren gab es nun da drüben kein Böhmen mehr, sondern ein neues Land, die Tschechoslowakei. Diese vermummten Grenzwächter auf Schneeschuhen erschienen ihm wie Boten des Frühlings. Gelegentlich sah er auch die bayerische Grenzstreife über den Ossersattel ziehen.

Regenstürme trieben ihn immer wieder in die Stube zurück, und das Sausen und Brausen des Windes, das ihm immer die Stube hatte heimelig und gemütlich erscheinen lassen, machte ihn nun nervös.

Und an einem Morgen fühlte er sich hundeelend, verspürte Halsschmerzen und Kopfweh, und er erschrak darüber. Was war, wenn er krank werden sollte? Er raffte sich auf, trank heißen Tee, lief den kurzen Raum zwischen Türe und Fenster auf und ab bis ihm schwindlig wurde, redete laut mit sich selber und nannte es eine fixe Idee und eine Eselei, in der Einsamkeit zu leben, und fürchtete, daß die Langeweile ihn um den Verstand brachte.

Dann riß er sich wieder zusammen und wurde sich klar, daß er gegen diesen Einschichtskoller ankämpfen mußte. Sicher hatte er sich nur erkältet. War auch ein Unsinn, sich auf dem Gipfel droben bei diesem stürmischen Wetter aufzuhalten!

Aus dem kleinen Kellerloch holte er eine Flasche Schnaps. Gegen Erkältung und Grippe war Alkohol immer gut. Er schaffte eine innere Wärme und beruhigte störende Gedanken.

Immer noch ein Glas, und man sah alles anders, hoffnungsvoller, mutiger. Ein Jammerlappen war er gewesen. Konnte er denn nicht einmal ins Tal gehen? Nach Cham fahren? Nach der Wohnung sehen? Post mußte auch dasein! Und dann würde er sowieso wieder gerne zurückkehren. Er war doch weder der Welt noch den Menschen feindlich gesinnt. Sie hatten ihn auch nicht vertrieben. Also war er freiwillig da, und es gab keinen Grund dafür, es zu bereuen.

Er konnte doch auch alleine einmal fröhlich sein und sich die Zeit vertreiben. Er nahm die Gitarre von der Wand und sang rauh, heiser und grob, schlug lachend nach der Krähe, die ob des wilden Gesanges das Gefieder sträubte und aufgeregt herumflatterte. Er schwelgte in seinem eigenen Lärm und horchte betroffen in die Stille, die ihm folgte.

Immer noch ein Glas. So war eine lange Nacht vergangen, die er sonst sicher wieder schlaflos verbracht hätte, und im Morgengrauen vermeinte er, in den Ecken düstere Schatten zu sehen, und er stierte vor sich hin. Jetzt hätte er Lust auf eine heitere Gesellschaft. In einer Stunde konnte er beim Vogelwirt auf Mariahilf sein! Ein kleiner Ausflug, nur um wieder einmal mit jemandem reden zu können! Der Vogel war ein origineller Mann — und Lebensmittel brauchte er ja auch wieder. Ob er da heute oder morgen ging, das war doch egal.

Er taumelte, und alles in der Stube drehte sich im Kreise. Ein kleiner Rausch? Was machte es — draußen in der frischen Luft würde der schon vergehen.

Ohne sich noch einmal umzusehen, verließ er die Hütte und watete den Steig zum Ossersattel hinab, spürte eine wilde Freude, als zöge er aus wie ein Ritter der Sage, dem plötzlich Riesenkräfte gegeben waren. Er hatte den Skistock mitgenommen und schlug damit tatendurstig den Schnee von den Ästen. Stellenweise spürte er unter den Sohlen schon die Steine und sank dann wieder bis an die Hüften in den sulzigen Schnee. Dann stolperte er über eine Wurzel und schlug hin und die Brille flog davon. Da wurde er nüchtern. Tastend und auf den Knien rutschend brauchte er lange, bis er die Brille gefunden hatte, und völlig durchnäßt und zerschlagen kehrte er wieder um.

Im tiefen Groll gegen sich selbst zog er die nassen Kleider aus und legte sich hin. Als er nach einem traumlosen Schlaf erwachte, war wieder heller Tag, und draußen schien die Sonne. Das Schneewasser plätscherte von der Dachrinne, und um das Häusl war ein Rieseln und Rauschen. Der Hunger trieb ihn auf, und die Stube war kalt. Auf dem Tisch hockte traurig die Krähe und starrte ihn mit perlschwarzen Augen an.

Als er Feuer gemacht hatte und vor die Türe trat, fühlte er sich wie neugeboren, und die Frühlingssonne gab ihm ein Glücksgefühl, das alle vergangenen dunklen Tage und Stunden löschte. Das Tal um Lohberg war schneefrei, und auch um den Gipfel war die Luft lau und voller Verheißung neuen Lebens. Die Farben hatten gewechselt, der blaue Himmel war heller und seidiger geworden, dunkeloliv mit braunen Stämmen standen die Tannen und Fichten, und die Felsen leuchteten im hellen Grau. In diesen Tagen hielt Albert Lorenz einen gründlichen Frühlingsputz, säuberte Stube und Vorraum, ließ die Frühlingsluft durch das offene Fenster und begann wieder zu zeichnen und zu malen. An einem Morgen sauste die Krähe schreiend in den Wald ab und kam nicht wieder.

Das Tal wurde braungrün, die Luft flimmerte und dunstete, und von Lohberg her hörte er ganz leise die Kirchenglocken. Auf den Bergen ringsum schrumpften die weißen Flecken.

In der Hüttenstube roch es nun wieder nach Terpentin und Farbe, und auf der Staffelei entstand das Bild eines Mädchens mit roter Wollmütze, unter der blondes Gelock hervorsah, mit blauen Augen und einem Stupfnäschen und der trotzenden verkürzten Oberlippe, die die weißen Zähne ein wenig freigab. Er malte daran mit einem Eifer, das fröhliche Gesicht der Erinnerung und der Träume vor sich, und vergaß den Hunger und den Tag.

Und als er den Pinsel hinlegte, saß er lange vor dem Bild, froh über sein Werk, bedrückt von Sehnsucht und Heimweh und dem Verlangen, sie wiederzusehen. Aus dem Niederwald holte er ein Birkenstämmchen und rahmte das Bild, hing es an die Wand und schmückte es mit einem Latschenzweig.

Warum kam sie nicht wieder?

Er ärgerte sich über seine Träume.. Wahrscheinlich hatte er an diesem Neujahrstag, überreizt wie er war, enttäuscht und in der Trauer um die Mutter in diesem Mädchen mehr gesehen, als es wirklich war. Vielleicht würde das heute ganz anders sein, wenn er sie wiedersehen würde. Hatte er sich eingebildet, daß er einen besonderen Eindruck auf das Mareli gemacht hätte, weil er sich einbildete, daß sie wiederkommen würde? Zu ihm kommen würde?

Wenn sie da drunten irgendwo in einem Dorf oder einer Einöde wohnte, dann würde sie ihr sonntäglicher Kirchgang nach Lohberg führen. Nun waren die Wege frei, und so konnte doch auch er nach Lohberg hinunter in die Kirche gehen! Er freute sich darauf und konnte es kaum erwarten, bis er am Sonntagmorgen unterwegs war. An diesem sonnigen Morgen wanderte er, glücklich wie ein Junge, dem Frühling im Tal entgegen. Laub raschelte unter seinen Füßen, und die Birken streckten ihre weißen Leiber, und die ersten Butterblumen hob er vom Rande eines Wiesengrabens, als hätte er lauteres Gold gefunden. Seine Augen tranken das erste Grün. Hier war eine junge frohlockende

Welt, hier sangen die Lerchen und atmete die Erde, und hinter ihm stand der Osser, hoch und dunkel und schneefleckig.

Die ersten Kirchgänger holte er ein. Sie gingen gemessenen Schrittes und in der dunklen Kleidung des Festtages, und er starrte sie an, als wären diese Wesen ihm schon fremd geworden. Das waren die Talleute des oberen Lamer Winkels, frisch und blühend in der Jugend, wettergebräunt und abgearbeitet im Alter. Das bedächtige Reden und Gehen, das Läuten der Kirchenglocken, das von den Bergen und vom Wald zurückhallte, machte einen Sonntagmorgen aus, wie er ihn schon lange nicht mehr erlebt hatte. Sie sahen ihn, der mit Skihose und Anorak ins Tal gewandert war, etwas verwundert an oder grüßten ruhig und freundlich. Die jungen Mädchen musterte er kurzsichtig, bis es ihnen auffiel und sie kichernd vom Kirchenplatz in das Innere des Gotteshauses verschwanden.

Dann folgte auch er all den Leuten und nahm in einer der letzten Betbänke Platz. Das Tappen der Schuhe und das Rauschen der Kleider im hohen Raum, das Husten und Scharren erschien ihm als das Geräusch von Menschen und Leben, das er im Brausen des Bergsturmes und Singen der Winde vermißt hatte. Diese Menschen gehörten zu dieser Landschaft. Hart und knochig die Gesichter der Männer, gezeichnet von der Arbeit im Walde und auf dem Felde, zerfurcht von der Mühsal des Daseins das Antlitz der alten Frauen, frisch und gesund die Jugend. Die Andacht machte sie alle besinnlich und gab ihnen fast einen Ausdruck von Schwermut.

Und vergeblich suchte er einen hellblonden Lockenkopf, ein Gesicht, das er sofort wiedererkannt hätte. Eingehüllt vom Beten, Singen und Orgelspiel, erfaßte ihn ein wohliges Gefühl der Geborgenheit. Er war wieder unter Menschen.

War es das? Hatte ihn die Sehnsucht nach Menschen hergetrieben? Wollte er nur wieder einmal dem Herrgott in seinem Tempel nahe sein? Oder war er nur gekommen, um sich nach einem Mädchen umzusehen, das sich immer wieder in seine Einsamkeit und seine Grübeleien drängte?

Es war ein eigenartiger Duft in diesem großen Kirchenraum, ein Ruch von alten Kleidern und Schnupftabak, von bäuerlichen Stuben und von Waldarbeit und leichtem Weihrauch. Aus seinen Gedanken weckte ihn das rauschende Finale der Orgel und das Tappen und Schürfeln der Leute, die sich aus der Kirche drängten. Da beeilte er sich, um noch einmal alle weiblichen Kirchgänger zu sehen, und stand auf dem Kirchplatz, bis sich die Kirchgänger verlaufen hatten und nur mehr kleine Gruppen von Männern für eine Redeweile verblieben.

Es war ein herrliches Bild: Kirche und Friedhof und gegenüber das breitgedachte Wirtshaus mit den abgetretenen Steinstufen und über den Bäumen der hellgrüne Schimmer der brechenden Knospen, alles angeleuchtet von der Sonne des späten Vormittags, und auf dem kleinen Kirchplatz die dunklen Gruppen der Männer, die älteren etwas krumm und nach vorn geneigt wie die alten Fichten auf dem Berg, die der Sturm niedergedrückt hatte. Er brauchte diese Waldleute noch, er mußte sie malen, sie gehörten in dieses Land, mit ihren harten und bärtigen Gesichtern, ihrer Bedächtigkeit und Resigniertheit in der Haltung. Ein bärtiger, alter Mann kam vom Friedhof, ging linkisch grüßend an ihm vorbei und gesellte sich zu einer Gruppe. Aus der Anrede der andern hörte Bert Lorenz, daß sie ihn den Irrfang Vestl nannten. Ein strammer, hochgewachsener Bauernbursche mit einem kleinen buschigen Bärtchen schien auf den Alten gewartet zu haben und zog ihn jetzt hinüber zum Wirtshaus.

Albert Lorenz stand unschlüssig. Sollte er nun fragen, ob jemand ein Mädchen kenne, das blondgelockt und blauäugig war, Mareli hieß und hier irgendwo im Tal wohnte? War sie vielleicht gar nicht mehr hier und hatte, wie viele der Mädchen hier, irgendwo eine Stelle als Dienstmädchen angenommen? Irgendwo in einer Stadt?

Dann ärgerte er sich wieder über sich selbst. Ein wunderbarer Frühlingstag war ihm geschenkt, und er versann ihn wie ein junger Liebhaber hier auf dem Platz vor der Dorfkirche von Lohberg! Den Malkasten hätte er mitnehmen müssen, um dieses Nebenher von Frühjahr und Winter festzuhalten, diese Sonnenstimmung inmitten der noch dunklen Wälder und schneefleckigen Berge.

Er konnte ja wiederkommen.

Kurz entschlossen kehrte er beim Kirchenwirt zu, aß zu Mittag und horchte auf die Unterhaltung der Männer, die vom Wetter und von der Arbeit redeten und die Wirtsstube verqualmten, daß sich die Sonnenstrahlen vergeblich mühten, durch die blauen Rauchschwaden zu dringen.

Am Nachmittag ging Albert Lorenz wieder auf den Berg zurück, kreuz und quer im Osserwald aufsteigend, und ihm war, als müßte er um den Frühlingstag trauern, den er nun verließ, um in die spätwinterliche Berghöhe zu gehen. An der Tür seines Berghäusels steckte ein Zettel:

„Hätte mich gefreut, wenn ich Sie angetroffen hätte. Mareli."

Im Schnee war die Spur kleiner Stiefel. Sie führte zum Ossersattel hinunter.

Müde und abgeschlagen setzte er sich auf die Ofenbank, nahm die Brille ab und drückte die Handballen gegen die brennenden Augen.

Draußen verging der Tag.

Das Bild des blonden Mädels mit der roten Wollmütze hatte Albert Lorenz von der Wand genommen und an die Wand gelehnt, mit der Rückseite zur Stube.

Verdrossen ließ er die Tage vergehen. Er lachte sich selber aus und glaubte, etwas überwunden zu haben, was ihn in seinem Vorhaben, die letzten Wochen und Monate, die ihm noch gegönnt waren zu sehen und zu malen, in seinem Berghäusl zu verbringen, unsicher gemacht hatte. Nun fühlte er sich wieder wohl in seiner Einschicht, so versuchte er es sich einzureden.

Aber die Welt meldete sich.

Um Gipfel und Hütte im Schatten der Fichten und in den Felsschrunden lag der letzte Schnee, Sattel und Steige aber waren schon frei, als er wieder zum Vogelwirt hinunterging, um Lebensmittel zu holen. Diesmal hatte der Postbote dort für ihn einen Brief abgegeben. Er kam von der Frau Ertl. Noch auf dem Rückweg auf den Berg setzte er sich auf einen vom Schneedruck gefällten Fichtenstamm und öffnete das Schreiben:

„Lieber Herr Lorenz! Ich muß Ihnen nun doch schreiben, weil Sie nichts von sich hören lassen. Es sind Briefe da für Sie, und da möchte ich wissen, ob ich Ihnen diese schicken kann. Auch Besuche waren da und haben nach Ihnen gefragt, ich habe aber nur gesagt, daß Sie verreist wären und ich wisse nicht, wohin. In diesen Tagen war auch das Fräulein Gerda da und wollte unbedingt wissen, wo Sie sind. Sie war sehr enttäuscht und wollte es nicht glauben, daß ich nicht weiß, wo Sie sind. Sie hatte sogar Tränen in den Augen und sah ein wenig kummervoll aus. Daß sie überhaupt nach Ihnen fragt, hat mich gewundert, denn sie läuft, schon seit Sie weg sind, mit einem jungen blonden Mann von der Bettfedernfabrik herum. Sie hat mich gefragt, ob Sie etwa auf dem Osserhäusl sind, aber ich habe gesagt: das glaube ich nicht. Ich habe gesagt, daß Sie vielleicht in München sind, Adresse weiß ich nicht. Lieber Herr Lorenz, lassen Sie etwas von sich hören und auch, ob ich die Briefe schikken soll. Ihre Frau Ertl."

Nun würde er ja seiner guten Hausfrau doch schreiben müssen. Die Briefe konnte sie ja herschicken, aber vorläufig brauchte niemand zu wissen, wo er war. Es würden ja doch bald wieder Leute aus Cham auf den Berg kommen, und dann würde es sich schon herumsprechen, daß er hier auf dem Osser war.

Er lächelte vor sich hin und verspürte doch ein wenig Bitterkeit. Da hatte sich also die Gerda sehr rasch getröstet und wohl den jüngeren Ersatz schon an der Hand, als sie ihm den Laufpaß geben wollte. Nun, da er wieder an sie erinnert wurde und wußte, daß sie einfach einen anderen gewählt hatte, merkte er, daß er seine Enttäuschung doch noch nicht ganz überwunden hatte. Darüber ärgerte er sich.

Warum aber? Das junge Mädchen mit dem Himmel voller Träume paßte einfach nicht zu ihm, den das Leben zum reifen Mann gemacht hatte! Wo sie lieber unbeschwert gelacht und gescherzt hätte, war er wohl zu ruhig gewesen.

Schwamm drüber!

Nun freute es ihn erst, daß er hier heroben ausgehalten hatte.

Die Frühlingssonne leuchtete den Bergwald an und gab den Tannennadeln einen hellen Glanz, hellbraune Kiefernstämme schimmerten aus dem grünen Meer, und der Moosboden reckte und streckte sich. Darüber der blaue Himmel mit den segelnden Wölkchen. Ein Rehbock wechselte über den Steig, sah ihn stolz und erstaunt an und sprang ins Unterholz. Die Schwarzamseln übten ein neues Sommerlied ein.

Die Luft war voller Erdruch und Harzduft, und er fing wieder zu gehen an, vergaß den Brief und die Vergangenheit und freute sich des Tages.

Sonnenschein und Bergluft ließ er durch die geöffneten Fenster in seine Hüttenstube und tat seine Tagesarbeit heiter und vor sich hinsummend. Dann saß er wieder vor seiner Staffelei und malte an der Mondlandschaft, wie er sie in jener Nacht vom Gipfel des kleinen Osser erlebt hatte, eine überirdische Welt, Berggipfel als Inseln in einem Nebelmeer, kupfern überhaucht, unter einem schwarzblauen Himmel.

Schritte stampften den Steig herauf, näherten sich seinem Häusl und trampelten mit genagelten Schuhen durch den Vorraum. Ohne auf das energische Klopfen die Einladung zum Eintreten abzuwarten, erschienen zwei Grenzaufseher in ihrer grünen Uniform, die mit kurzem Gruß in der Türe stehenblieben und sich interessiert und ein wenig überrascht umsahen.

„Feldmeier, Oberaufseher", stellte sich der ältere und größere der Beamten vor. Seine Hagerkeit wurde noch durch ein krankhaft graues Gesicht betont. Ein kleines, geckenhaft gestutztes Bärtchen unter der langen Nase mit dem schmalen Rücken und wasserblaue

Augen machten den Mann unsympathisch. Albert Lorenz grüßte nur knapp und wartete stumm darauf, was dieser Besuch von ihm wollte.

Hinter dem Oberaufseher schob sich sein kleinerer Begleiter vor und lachte mit lustig blinzelnden Augen und einem gesunden, pausbackigen Gesicht den Maler freundlich an.

„Pfannzelter", rief er laut und schneidig und schlug die Haken zusammen, „ein recht nahrhafter Name, und wenn ich ihn sag, dann hungert's mich. Da muß ich an die echten Pfannzelten denken, die man hier gar net kennt." Und während der Oberaufseher steif und mit verschlossenem Gesicht an der Türe stehenblieb, setzte er sich ungeniert auf die Ofenbank und plauderte munter weiter:

„Wissen S', wir sind alle zwei neu auf dieser Station, ich komm von der Tiroler Grenze und der Herr Kollege von der Passauer Gegend. Ich hab aber schon was davon gehört, daß Sie da heroben hausen. Wissen S', im Winter gehen wir nur unten über den Sattel, weil in dieser Zeit doch keiner über den Ossergipfel schmuggelt."

Mit einer lässigen Handbewegung stoppte der Oberaufseher den Redestrom des Aufsehers Pfannzelter und sprach nun selber, mit einer heiseren, unangenehm klingenden Stimme:

„Das interessiert den Herrn net und geht ihn auch nix an. Wie heißen Sie, wenn ich fragen darf?"

„Albert Lorenz", antwortete ihm der Maler kühl, immer noch darauf wartend, was die beiden eigentlich von ihm wollten.

„Ist außer Ihnen noch jemand da? Oder haben Sie im Winter etwas davon gemerkt, daß hier heroben, hm — Spuren hinüber oder herüber geführt haben?"

Bert Lorenz verneinte. Wenn er in dieses leere Gesicht sah, empfand er gegen den Mann eine Abneigung. Dazu hatte dieser Oberaufseher anscheinend die Angewohnheit, immer wieder die Oberlippe hochzuziehen und darauf niederzublicken, als wollte er sich mit dem Bärtchen die Nase bürsten oder sich von dessen Dasein überzeugen.

„Ach, Herr Kollege", redete Pfannzelter unbekümmert drein, „von den alten Hasen geht keiner über den Berg, die haben andere Gänge, und wenn ein armer Teufel sich auf diesem Weg ein paar Packl Rauchtabak holt, dann muß er sie eh hart verdienen."

„Schöne Dienstauffassung!" biß ihn der andere zurück, und ein häßlicher und feindlicher Zug grub sich um seine blutleeren Lippen.

Die beiden können sich nicht ausstehen, dachte der Maler und hörte vergnügt dieser Auseinandersetzung zu.

Oberaufseher Feldmeier schien aber noch vieles wissen zu wollen, denn immer noch im Vernehmungston fragte er:

„Wovon leben Sie?"

Der Maler erwiderte boshaft: „Vom Essen und Trinken natürlich, und wenn Sie auch noch wissen wollen, warum ich da heroben bin, dann sollen Sie auch das erfahren: eben weil es mir hier gefällt, und weil dieses Häusl mir gehört. Sonst noch was?"

Feldmeier merkte, daß er gefoppt wurde, und bekam einen roten Kopf. Naiv beschwichtigend meldete sich der Pfannzelter wieder: „Der Herr ist ein Maler, ein guter auch noch, hab ich mir sagen lassen, und so ein Geschäftl bringt was ein. Die Bilder sind sündteuer, Herr Kollege. Und wenn ich ein so schönes Häusl hätte, könnt mir mein Beruf auch über den Buckel rutschen." Interessiert sah er sich die Bilder und Zeichnungen an den Wänden an und bestaunte sie. Der Oberaufseher rückte seinen Gewehrriemen zurecht, grüßte herablassend und wandte sich der Türe zu.

„Der schönste Vorposten für den Schmuggel, und bei Gelegenheit werden wir uns besser umsehen müssen."

„O je, gehn wir schon?" bedauerte Pfannzelter. „Mir hätt es gerade jetzt erst gefallen." Hinter dem Oberaufseher hergehend, wandte er sich noch mit einem verschmitzten Lächeln um und zog die Türe hinter sich zu. Er tat es steif und die Haltung des Feldmeier nachahmend.

Albert lachte kopfschüttelnd über das sonderbare Paar. Dieser Pfannzelter war anscheinend ein Pfiffikus und lustiger Mann, der andere aber war sicher kränklich und sollte sich mit seinem essigsauren Gesicht pensionieren lassen. Der traute ihm wohl nicht und dachte, daß jeder, der so nahe an der Grenze wohnte, nur vom Schmuggel lebte? Mit diesem Besuch konnte er wohl öfter rechnen.

Als er in einer der folgenden Nächte draußen auf dem Steig wieder Schritte hörte, diesmal sichtlich verhalten und schleichend, dachte er anders. So unrecht würde der Oberaufseher gar nicht haben, und vielleicht glaubte mancher der Grenzjäger, daß der Weg über den Osser sicherer sei als durch den Wald.

Am Tage darauf kam auch der Huber Sepp vorbei und rief ihn an. Mit einem schwerbepackten Rucksack stieg der junge Mann auf, um den Aufzug ins Unterkunftshaus vorzubereiten.

Es war ein fröhliches Wiedersehen, und auf die Frage, wie es ihm im Winter ergangen sei, antwortete Albert Lorenz nur lakonisch:

„Es ging, obwohl es oft langweilig war.“

Er begleitete den Sepp hinauf zum Unterkunftshaus unterm Gipfel und stieg dann zum Bergkreuz hinauf.

Nun war wohl der Sommer da! Vielleicht brachte der nächste Sonntag schon die ersten Bergwanderer aus dem Tal, und dann war es mit der Ruhe vorbei. Unter ihm lag das Land im späten Frühling, und in den Wäldern schäubten sich die hellgrünen Buchen und die blasseren Birken, und besonnt und friedlich dehnte sich der erwachte Böhmerwald. In den Bäumen drunten am Ossersattel schrie ein Kuckuck. Drunten hatte der Huber Sepp Fensterläden und Fenster aufgerissen, und aus dem Kamin kam nun weißer Rauch. Dann klang sein Hämmern und Rumoren, sein Singen und Jodeln in dem hölzernen Haus.

Die tote und doch so schöne Zeit des Winters war endgültig vorbei.

Tat es ihm leid? Nun würden sie wieder an seinem Häusl vorbeiziehen, bergauf und bergab, die Sonntagsbergsteiger aus dem Tal, und bald auch die Sommergäste aus den Großstädten. Ihn sollten sie nicht stören, denn nun waren wieder alle Wege frei, und er kannte sie und die abgelegenen Winkel um den Berg so gut, daß er ihnen aus dem Weg gehen konnte.

Er ging in seine Stube zurück. Am Abend, als der Sepp wieder talwärts ging, rief ihm dieser noch einen Gruß durchs Fenster, und dann kam die Nacht mit ihrem Raunen und Rauschen, und er saß lange und sah hinab in das Tal von Lohberg und ertappte sich dabei, daß er an ein blondes Mädel dachte und überlegte, ob es wohl bald einmal kommen würde.

Auch in dieser Nacht hörte er Schritte auf dem Steig, und er stand auf und trat ins Freie.

Drunten im Wald stieß die Spitze eines Gehstockes an einen Stein, und drüben am kleinen Osser schrie unermüdlich ein Käuzchen.

Nach einem schweren Arbeitstag wanderte im sinkenden Abend der alte Irrfang vom Bergwald den Brammersbach abwärts, der neben ihm sausend und gischtend mit weißen Schaumköpfen über die Steine schoß. Der Weg vom Hörndl, auf dem er im Holzschlag gestanden hatte, führte durch lichten Wald steil abwärts, und die Sonne lichterte vor dem Sinken noch einmal durch die Stämme. Der Abendwind trug den weißen Rauch der Tabakspfeife davon. Wo der Bach in seinem Bett langsamer wurde und sich das Tal zu einem Blick hinüber zum Osser öffnete, hatte er nicht mehr weit zu seinem Einschichthäusl. Müde vornüber gebeugt und mit knickenden Knien jedem Schritt nachgebend, über Wurzeln und Steine steigend, kam er zum Bachsträßlein, das seitlich von der Höhe kam und den Waldsteig aufnahm, den er eben gekommen war.

Mit einem Ruck blieb er stehen und hob den Kopf, als er angerufen wurde und, an den Stamm einer Fichte gelehnt, den jungen Scheibenhofer vor sich sah.

„Wo kommst du denn her?"

„Hab auf dich gewartet, Vestl. Hab gehört, daß dir die Kuh eingegangen ist. Was hat das Mareli dazu gesagt?"

„Hat halt geheult wie ein kleines Kind."

Der Scheibenhofer stocherte mit seinem Gehstecken im braunen Nadelpolster unter der Fichte und bemerkte mit einem raschen Seitenblick auf den Irrfang:

„Ich wüßt dir eine Kuh, die nix kostet."

„Geh, wer schenkt denn eine Kuh her!"

Der Sepp zog die Schultern hoch und lächelte hinterhältig: „Verdienen mußt sie dir halt. Ist aber eine Kleinigkeit."

Mißtrauisch blinzelte der Irrfang ihn an: „Meinst eine von drüben?"

„Ist gar nix dahinter, kannst dich auf mich verlassen."

Der alte Holzhauer wehrte ab: „Ich mache keinen Grenzgänger, hab das noch net getan und tu es net."

„Ich brauch dich aber, der Fuchsennazl ist krank geworden und drüben stehen zwei Öchsl und eine Kuh. Ich hab keinen anderen zum Rübertreiben."

„Und du?"

Der Scheibenhofer lachte zynisch: „Ich hab es net nötig, und ich riskier nix. Das kann sich der Scheibenhofer net leisten. Die Kuh gehört dir, wenn du die Öchsel rüberbringst." Und eindringlich fing er nun an, auf den Irrfang einzureden.

Aus dem Wald kamen die grauen Dämmerschatten, und das Tal dunkelte sich ein.

„Brauchst net lang zu überlegen, weil da gar nix dabei ist. Die zwei Grenzer sind neu und lassen sich Zeit. Am Sonntag gehen sie erst am späten Morgen, und derweil bist du längst herüben. Bis zur Grenz her hilft dir der Prokop treiben, und den Weg vom alten Seestraßl zum Pürstlingfleck kennst ja?"

„Den geh ich blind, aber —"

„Auf dem Pürstlingfleck wart ich und helf dir, und ehvor es Tag wird, stehen die Öchsl auf meinem Hof und die Kuh in deinem Stall."

Der Irrfang schüttelte den Kopf.

„Und wenn es schiefgeht?“

„Nachher zahl ich die Strafe.“

„Und wenn du dann net zahlst? Dann ist mein Häusl futsch! Lieber wär es mir, du tätest mir das Geld für eine Kuh leihen. Zurückzahlen tät ich es dann schon.“

Der Sepp lachte grob und hölzern:

„Geld soll ich dir leihen? Deswegen bin ich ja da — wegen dem Geld. Ich muß die zwei Ochsen herüben haben, weil ich das Geld brauche. Außer, du kannst mir bis zum Sonntag zurückzahlen, was ich dir geliehen habe, dann können die Ochsen drüben bleiben. Das Geld brauch ich, verstehst, und mich reut es schon lange, daß ich dir für dein Hausdach so viel geliehen hab.“

Ärgerlich reckte sich der Irrfang: „Was hast du denn? Wenn ihr einmal verheiratet seid, gehört ja doch das Häusl dir! Ist ja net mein Hausdach gewesen, sondern das deinige!“

Der Scheibenhofer schlug mit seinem Gehstecken an den Stamm der Fichte, als wäre das der Buckel eines Menschen, den er mit Lust prügelte.

„Weißt, mit der Heiraterei — da bin ich mir gar nimmer so sicher. Die Geschichte gefällt mir schon eine Weile nimmer. Das Dirndl weicht mir aus und hält mich hin und glaubt, daß sie den Scheibenhofer mit ein paar schönen Worten abtun kann. Oft ist mir, als wär da ein anderes Mannsbild dahinter — aber dem schlaget ich das Kreuz ab!“

„Was du nur alleweil hast“, grämte der Irrfang. „Soll dir denn das Dirndl alle Tag um den Hals fallen?“

Die derbe Hand des grobschlächtigen Bauern schraubte sich um den Arm des Holzhauers:

„Vestl, daß wir die Sach grad einmal ausreden: der Scheibenhofer macht einem Holzhauerdirndl net den Kasperl! Ich hab einen Hof, wie net leicht wieder einer da ist im Lohberger Winkel, und ich kann mir eine suchen, wie ich sie mag. Den Scheibenhofer nimmt jede. Und wenn das Mareli meint, daß ich ihr zu wenig fein bin, und weil ich nix übrig hab für ihre Spinnereien — ich geb net nach, verstehst!"

„Ist ja ein dummes Gerede!" wollte der Irrfang ihn beruhigen: „Daß da kein anderes Mannsbild im Spiel ist, weiß ich gewiß. Und wenn sie es net mit dem Tanzen und Wirtshaussitzen hat und lieber im Wald herumgeht, dann ist das doch nix Unrechtes. Sie will halt das Trauerjahr abwarten, ist ja erst im September die Mutter gestorben."

„Was geht denn mich das alte Weib in der Ewigkeit drüben an!" schrie ihn der Sepp über das Rauschen des Baches hinweg an. Da wurde auch der Irrfang grob:

„Tu mir mein gutes Weib net verlästern!" Er schüttelte die Hand des anderen von seinem Arm.

„Vor der Heumahd muß geheiratet sein, und damit ich es gewiß weiß, ist am Sonnwendtag das Geld fällig, das ich dir geliehen hab, und wenn du mir am Samstag net helfen willst, muß ich das Geld eh schon am Sonntag haben. Wo du es hernimmst, ist mir egal."

Sie standen sich eine Weile stumm gegenüber, bis der Scheibenhofer wieder drängte:

„Was ist es? Entscheide dich! Ist doch eine Kleinigkeit. Wir treffen uns am Samstag gegen fünf Uhr auf dem Osserschutzhaus. Der Prokop kommt dort hin."

Der Irrfang fragte noch einmal, nachdenklich und bedrückt: „Und es geht gar net anders?"

„Kann dir net helfen. Wenn du mich hängenlaßt, dann muß ich das Geld haben."

„So?" tat der Irrfang ganz abwesend. „Dann mußt das Geld haben."

„Was gibt es denn da noch zum Überlegen!" bohrte der Sepp.

„Also — ich komme!" Der Alte schrie es ihm hin im Zorn und Elend und ließ ihn stehen. Grußlos stolperte er davon, müde und zerschlagen, und schwankte wie ein Betrunkener.

Zufrieden lächelnd zündete der Scheibenhofer sich eine Zigarette an und verschwand mit langen Schritten auf einem Pfad, der über den Hochwald hinüber gegen Lohberg führte.

„Pfui Teufel!" knurrte der alte Irrfang noch vor sich hin auf seinem Weg dem Bach entlang.

So war das also! Der Scheibenhofer hatte ihn in der Hand mit dem leidigen Geld, das er ihm aufgedrängt hatte, als ihm der Schnee das Dach eingedrückt hatte. Gekauft hatte sich der Bauer den armen Holzhauer, und jetzt verlangte er den hohen Zins. Einen Dummen brauchte der Franz jetzt, einen Viehtreiber, der für ihn den Hals in die Schlinge steckte! Weil seine alten Kumpane, der Stingl und der Moser, mit denen er sich bisher herumgetrieben hatte, sich selbständig machten. Hatte man das nicht schon beim Wirt in Lohberg erzählt? Und daß der Fuchsennazl krank geworden sei — ja, wer das glaubte! Den alten Irrfang hatte sich der Scheibenhofer einspinnen wollen in seine Schwärzereien und das saubere Dirndl des Holzhauers dazu. Eine schöne Bäuerin wollte er haben und einen Schwiegervater, der für ihn Vieh schmuggelte. Deswegen redete der Sepp ihm immer vor, daß er das Holzarbeiten aufgeben müsse, wenn einmal geheiratet sei. Selber ging der große Scheibenhofer nicht über die Grenze. O nein! Der saß in den Wirtshäusern und prahlte, spielte den großen ehrlichen Waldbauern und ließ die armen Teufel für sich arbeiten.

Ein Würgen und ein Ekel kam ihm in den Hals, und er spuckte auf den Weg.

Wenn er jetzt die tausend Mark finden würde, wenn sie da auf dem Sträßlein lägen oder seinetwegen auch am Baum hingen, er würde sie dem Scheibenhofer hinlegen und ihn dann mit der Hacke aus der Stube jagen.

Der, sein Schwiegersohn!

Sein gutes Weib, die Marie, hatte recht! Sie traute dem Scheibenhofer nicht und nannte ihn aufdringlich und hinterhältig. Sie hatte recht!

Nur er, der dumme alte Irrfang, war darauf hereingefallen, weil er seine Tochter schon als Großbäuerin gesehen hatte.

Sein Leben lang, vom frühen Morgen bis in die Nacht hinein, hatte er sich geschunden, war vor der Sonne schon in den Wald hinaufgegangen, Tag um Tag, und in der Dunkelheit heimgekehrt und todmüde ins Bett gefallen. Und alleweil hatte es gereicht und waren die Jahre dahingegangen ohne Unglück. Jetzt haßte ihn das Schicksal. Das Weib gestorben, das Dach eingedrückt, die Kuh verreckt: wie sollte da ein Holzhauer mit seinen Einkünften noch zurechtkommen? Und es fehlte an allen Ecken und Enden. Das Häusl war alt, und wenn nicht das Dirndl noch da wäre, dann hätte es seinetwegen zusammenfallen können. Fast hatte er in der letzten Zeit einen Groll gehegt gegen das Mädel, weil es sich so wenig um den Scheibenhofer umgetan hatte. Vielleicht hatte es den Burschen besser gekannt!

So wie er heute dagestanden war und auf ihn eingeredet hatte, war er ihm in seiner Verschlagenheit wie ein Teufel vorgekommen, der ihm die Krallen um den Hals legte, fremd und unheimlich war er ihm geworden.

Er hatte auch in den Wäldern an der Grenze droben schon gearbeitet und kannte sich dort aus. Vielleicht war das gar nicht so schlimm mit dem Viehtreiben über den Wald. Da hätte ja das Land Bayern Regimenter von Grenzern gebraucht, um diese lange Waldgrenze völlig zu schließen. Wenn der Sepp sagte, daß es über den Pürstlingfleck gehen würde, dann wußte er wahrscheinlich, daß es dort am sichersten war.

Um eine Kuh konnte er es ja schließlich riskieren. Das mußten zwei stramme Ochsen sein, die er da herübertreiben sollte, wenn er dafür eine Kuh bekommen sollte. Oder wollte ihn der Scheibenhofer damit nur noch fester ködern?

Es war schon dunkel und drüben über dem Osser der blaue Nachthimmel aufgezogen, als er heimkam.

„Heut bist du aber spät dran", meinte die Tochter besorgt, „und gut schaust net aus. Bist krank?"

„Arbeiten ziemlich weit droben, und ein wenig verhalten hab ich mich auch", brummte er, legte den Rucksack ab und setzte sich an den Tisch. Die Suppe, die sie ihm vorsetzte, aß er schweigend, bis nach einer Weile das Mareli zu reden anfing:

„Der Sepp ist dagewesen, vor etliche Stunden. Ich hab ihm gesagt, daß ich ihn nimmer ins Haus hereinlasse, wenn ich allein bin. Er wäre frech geworden und ist ganz wild gewesen, daß ich ihn fast gefürchtet hab. Bin ihm aber davongelaufen und hab mich in meiner Kammer eingesperrt. Und da wollt er mir noch die Türe einrennen."

Der Irrfang sah auf, und der Zorn witterte in seinem faltigen Gesicht.

„Laß ihn nimmer herein, wenn du allein bist. Und da in der Kommode ist eine Pistole, wenn er mit Gewalt herein will."

„Aber Vater?"

„Das braucht er nur zu sehen, dann rennt er schon und läßt dich in Ruh. Das ist ein Feigling, der kann bloß andere für sich —" Er hielt erschrocken inne und starrte auf den Tisch nieder. Mit zitternder Hand wischte er einige Brotkrümel von der Platte und sagte im geänderten Tonfall: „Wir kriegen wieder eine Kuh, und am Sonntag bring ich sie."

„Hast du denn das Geld dafür?"

„Ich leih mir es vom Strasser. Ist net teuer die Kuh."

Sie räumte den Tisch ab und blieb dann vor ihm stehen:

„Vater", bat sie schüchtern und zaghaft, „ich hätte eine Bitte. Wenn du Geld aufnimmst — tu es net beim Scheibenhofer."

„Warum?"

„Ich muß es dir einmal sagen, Vater. Wenn ich daran denke, daß ich den Sepp einmal heiraten sollte, dann — kehrt sich in mir alles um. Ich bin ihm ausgewichen — aber seit heute kann ich ihn gar nimmer leiden."

Der Irrfang stand ächzend auf und schlurfte zur Kammertüre. Er hatte schon die Klinke in der Hand, als er sich noch einmal umwandte:

„Wegen mir brauchst du ihn net heiraten — ist eh

besser — und ich halte ihn seit heute auch für einen Lumpen, gute Nacht."

Die Kammertüre klappte, und das Mareli ließ sich auf die Bank sinken.

„Gott sei Dank!" flüsterte sie und preßte die Hände an die Brust. Dann kamen die erlösenden Tränen

Bei den Irrfangleuten wie bei den Waldlern im Lamer Winkel, war das viele Reden um Herzenssachen nie daheim gewesen. Für Leid und Liebe gab es nur wenig Worte, die Höhen und Tiefen des Lebens ließ man mit verstehendem Schweigen gelten.

Warum hatte sie es dem Vater nicht eher gestanden, daß sie den Scheibenhofer nicht haben wollte? Sie hatte den Vater wohl verstanden: er wollte sie gut verheiraten, damit sie ohne Sorgen leben konnte. Als wenn die Geldsorgen die schlimmsten wären und man dafür ein Leben neben einem Mann, den man nicht achten konnte, abgelten könnte!

Nun war ihr eine Last vom Herzen, und sie freute sich auf die Stunde, in der sie es dem Scheibenhofer Sepp sagen konnte, daß er sie in Ruhe lassen möge, und daß seine Besuche im Irrfanghäusl gar nicht so erwünscht waren, wie er sich einbildete.

Und doch beunruhigte sie etwas. Warum war der Vater auf einmal anderer Meinung? Sie konnte darüber nicht froh sein.

Und wie an jedem Abend sah sie hinüber zum dunklen Osser, ehe sie zu Bett ging.

Der Mai hatte die letzten kalten Schauer über den Berg gehen lassen und dann endgültig den Sommer gebracht. Stolz und steil, wie keiner der übrigen Waldberge, ragte nun der Osser auf, und seine beiden Gipfel grünten und zeigten den hellgrauen Fels weit ins Land. Auf bayerischer Seite nannten sie ihn den „schönen Berg“, die Böhmerwäldler sahen zu ihm auf in scheuer Ehrfurcht, dem Wetterberg, der sagenumwittert über dem Angeltal aufstieg, und die Tschechen nannten ihn „Prsa Matky Bozi“ die Brüste der Muttergottes.

Wenn das Sonnenlicht um seinen geteilten Gipfel loderte, dann blieben die harten Nordwinde aus und fächelten linde Südströme seine Felsflanken. Filz, Bergried und Moos setzten in den warmen Nächten die Millionen kleinster Blüten auf und breiteten sie auf dem Waldboden in die Helle der Tage. Die Wälder harzten und dufteten, und die wetterzerzausten Bergfichten sonnten ihr graubärtiges Geäst und die schrundigen Leiber und dachten nicht mehr an den strengen Winter, dem sie manchen Ast oder gar den Gipfel hatten opfern müssen. Sie setzten leuchtendgrüne Spitzen an.

In den Bergwäldern jubelten die Finken und Drosseln.

Nun, da die Huberwirtin wieder aufgezogen und das Schutzhaus droben auf dem Osser wieder bewirtschaftet war, kamen auch wieder die sonntäglichen Bergwanderer, und ihre Zahl wuchs mit jedem Wochenende. Sie waren froh, freuten sich an der Aussicht über das Waldgebirge, hielten eine Gipfelrast und weilten gerne im Schutzhaus, wenn der Huber Sepp die Zither spielte, und stiegen am Nachmittag wieder ins Tal hinab.

Den Maler in seinem Häusl störten sie nicht. Er hörte sie auf dem Steig vorbeigehen, hörte sie lachen und reden. Sie gehörten zu diesem Bergsommer. Ab und zu kamen am frühen Morgen oder am späten Abend auch die beiden Grenzaufseher Feldmeier und Pfannzelter vorbei. Sie grüßten, ließen sich aber auf keine Unterhaltung mehr ein.

Wenn an heißen Tagen die Sonne sengend auf den Berg strahlte, dann schmerzten ihn die Augen, und er suchte den Waldschatten oder verblieb in seiner Hüttenstube. In den Morgenstunden und am Abend aber konnte er sich nicht satt sehen an den prunkenden Farben des Sommers und dem Spiel des wandernden Sonnenlichts. Er zeichnete und malte und war unzufrieden, weil sich das Farbwunder der Natur nicht in seiner ganzen Wirkung auf Papier und Leinwand übertragen ließ.

Das rechte Auge wurde trübe und verschleiert. Dunkle Flecken und rote Ringe störten das Sehbild. Das Schicksal klopfte an und erinnerte ihn, daß es das Jahr des letzten Lichtes war, das über den Berg ging. Die strahlende Sommersonne, die er so sehr ersehnt hatte, wurde ihm zur Qual. Er hatte keine Vorstellung mehr von den künftigen Monaten, Wochen und Tagen und wollte auch nicht daran denken.

Nun war auch die kleine Haselmaus verschwunden. Er suchte vergeblich nach dem Tierchen, es kam nicht mehr. War sie dem Ruf des Lebens und der Natur gefolgt? Wie die Bergkrähe? Es waren ja Tiere des Waldes, und sie fügten sich nach dem Naturgesetz in diese Welt ein, bauten wohl jetzt ihr Nest? Das war so im Frühjahr und Vorsommer, triebhafte Lockung — Erfüllung!

Er hatte niemanden, mit dem er über seine Not hätte reden können, und so begann er, seinen Kummer und seine Angst in ein Büchlein zu schreiben:

„Mein rechtes Auge wird von Woche zu Woche trüber. Dunkle Flecken und Schleier schwimmen vor meinem Gesicht auf und ab, und ich habe das Gefühl, als schrumpfe der Augapfel zusammen, dann wieder scheint er quälend anzuschwellen und keinen Platz mehr zu haben in seiner Knochenhöhle. Oft kommen die Schmerzen ohne Anlaß, rasen, bohren und wühlen im Gehirn, und dann packt mich die Angst, es könnte die Stunde des letzten Lichtes gekommen sein. Könnte der Herrgott nicht ein Wunder tun und das hinsiechende und schmerzliche Sterben meines Augenlichtes zum Stehen bringen? Wenn mir nur so viel verbliebe, daß ich ohne Hilfe meiner Wege gehen könnte! Ich hetze mich, um möglichst viel zu malen und zu zeichnen, als wollte ich es festhalten und einsammeln für die dunklen Tage. Und denke oft gar nicht daran, daß ich dann ja auch meine Bilder nicht mehr sehen kann. Oft bin ich ganz ratlos. Ich habe einfach noch nicht das Alter, um zu resignieren. Ich fühle mich jünger denn je und möchte — was ich möchte, kann ich meinem Büchlein gar nicht anvertrauen. Aber ich weiß, daß ich den ersten Tag dieses Jahres auf dem Berg nie vergessen werde und er mich verfolgen wird bis zum letzten Tag. Ich kann auch den Namen nicht niederschreiben, der mich beschäftigt wie einen jungen verliebten Mann. Bin ich denn überhaupt schon zu alt? Sind das nicht unnütze Gedanken? Vielleicht bin ich nur gealtert in meinen Sorgen — das Herz ist jung geblieben?“

Nicht alles, was er dachte, wollte er diesen Blättern anvertrauen. Er hatte sich mit dem Sommer verwandelt und war froh darüber. Mit Unbehagen hatte er an die Zeit gedacht, da der Berg wieder die Touristen und die Ausflügler anziehen würde; heute sah er sie gar nicht ungern. Wenn auch einmal Bekannte auftauchten, er hatte ja keinen Grund, sich zu verstecken.

Am ersten Samstag im Mai war den Bergwanderern das Wetter so gutgesinnt, daß sie schon in ziemlicher Zahl von Lam heraufstiegen. Da beschloß Albert Lorenz, sich ein Stündlein das fröhliche Leben im Unterkunftshaus anzusehen. Es waren ein gutes Dutzend junge Leute, die zum Sonntag auf dem Berg bleiben wollten, und die lustig die Bergfreiheit feierten. In der Küche spielten zwei tschechische Grenzer mit einem Böhmerwäldler einen Tarock, und in einer Ecke der Gaststube hockten drei Männer zusammen, die man auf den ersten Blick als Einheimische aus dem Lohberger Winkel erkannte, denn sie behielten die Hüte auf und steckten für sich die Köpfe zusammen. Lorenz nahm am Tisch neben diesen dreien Platz.

Zwei dieser Männer kannte er. Der eine war der alte bärtige Mann, den sie auf dem Kirchplatz in Lohberg den Irrfang Vestl genannt hatten, und der andere, ein kräftiger und derber Bauernbursche war damals sein Begleiter gewesen. Der dritte, ein kleines Männlein mit faltigem Gesicht und flinken, huschenden Augen, war an seiner Sprache als Böhmerwäldler von drüben zu erkennen. Diese drei achteten nicht auf das Singen und Lachen der jungen Leute, sondern hatten mit sich selbst zu tun, wobei der Wortführer der gestikulierende Böhmerwäldler war. Wenn sie auch leise sprachen, so verstand Albert Lorenz doch einige Brocken ihrer Reden, wenn gerade der Lärm der jungen Bergwanderer aussetzte.

Der alte Mann, der also Irrfang hieß, schien unzufrieden und zögernd auf die Reden der anderen einzugehen, gedrängt von dem jungen Bauern, der sich oft wohlgefällig grinsend das kleine buschige Bärtchen strich.

„Wenn es aber doch schiefgeht?" hörte er den Alten bekümmert fragen. Mit flatternden Händen und huschendem Blick versicherte der Böhm:

„Kann sich gar nix gehen schief, kannst dich verlassen auf mich!"

„Laß dich net auslachen, Vestl! So ein Geschäft gibt es für dich nur einmal." Das spöttische Lachen machte das knochige Gesicht des Bauernburschen widerlich. Er griff zum Bierglas und setzte es an den Mund. Über das Glas hinweg fixierte er kritisch den Maler.

Albert Lorenz trank sein Bier aus, ging in die Küche, um zu zahlen, und fragte dort den Huber Sepp, ob er die drei Einheimischen in der Gaststube kenne.

„Den Alten kenn ich net", gab ihm der Sepp Bescheid, „aber der Junge ist der Scheibenhofer und hat einen Hof da drunten, und der Kleine: das ist einer von Hammern drüben, ein gemachter Gauner. Den Prókop heißen sie ihn, und wenn sie ihn auch noch nicht erwischt haben, so ist er wahrscheinlich doch der größte Schwärzer oder ein Wildschütz. Wovon der lebt, weiß eh niemand. Den Wirt von Hammern hat er gestochen und ist lange eingesperrt gewesen."

„Saubere Gäste!" bemerkte der Maler ironisch.

Verschmitzt lachte der Huber Sepp: „Weißt, Bert, als Hüttenwirt vom Osser weiß man nix und sagt man nix, sieht man nix und hört man nix."

Albert Lorenz stieg noch auf den Gipfel hinauf und setzte sich auf den Felsen. Das war also das geheimnisvolle Leben an der Grenze, von dem nur wenige etwas wußten, die Grenzgeher und die Grenzwächter. Am wenigsten ahnten davon die harmlosen

Bergsteiger, die da heraufkamen, sich vergnügten, ins Tal und über die Grenze schauten und dann wieder verschwanden. Von dem verborgenen Treiben in diesen Wäldern auf den höchsten Rücken des Waldgebirges, über das sich die Landesgrenze zog, hatten selbst viele da drunten im Lohberger Winkel keine Vorstellung. Auch er hatte lange nicht darauf geachtet, daß es Bergbesucher gab, die nicht wegen der schönen Aussicht kamen, sondern sich nur verstohlen umsahen oder sich mit anderen trafen und sich mit diesen oft nur durch Zeichen verständigten.

Drunten verließen zwei Männer, der Alte, der Irrfang hieß, und der Böhme, der also sich Prokop nannte, das Unterkunftshaus und folgten dem Steig, der auf bayerischer Seite an einem Felsenriff entlang führte, das wie eine Mauer die Grenze bildete. Ob sie wohl nach Lohberg gingen oder sich am Ende dieser Felswand hinüber ins Böhmische wandten?

Er stieg zu seinem Häusl ab und saß auf der Bank unter der Fichte, bis die Sonne verschwunden war.

Ein taufrischer Maisonntagmorgen kündigte sich über dem Winkel an, als der alte Irrfang scheu und heimlich seine Kuh heimführte. Über die kreuz und quer laufenden Waldpfade kam er und führte das Tier das letzte Stück des Weges wie ein Dieb durch den Wald zu seinem Häusl unweit des Brammersbaches.

So geräuschlos er auch in Haus und Stall kommen wollte, die quietschenden und knarrenden Türen verrieten ihn, und als es wieder stille geworden war und draußen die Tagvögel gerade den ersten Sonnenstrahl jubelnd begrüßten, erhob sich die Tochter des Irrfang aus dem Bett, in dem sie schlaflos gelegen und gewartet hatte, und ging leise nach unten. Barfüßig schlich sie erst in den Stall und sah erschrocken das kleine und magere Kühlein, das dort zitternd an der Kette hing und gierig das alte Heu aus dem Freßbarren suchte, das ihre Vorgängerin vor ihrem plötzlichen Tod noch übriggelassen hatte. Eckig und weit standen dem schmutzigen Tier die Knochen aus dem Leib, aber zufrieden, nun wenigstens Stall und Futter gefunden zu haben, brummte es dankbar. So niedergeschlagen das Mareli auch über diese jammervolle Kuh war, mit diesem seligen und gutmütigen Brummen hatte das Tier ihr Herz gewonnen, und schnell holte sie Heu und Wasser.

Niedergeschlagen und bekümmert streichelte sie das Tier.

Da mußte der Vater wohl vom Strasser nur wenig Geld geliehen bekommen haben, weil er dieses Stück, das kein Metzger mehr gekauft hätte, nach Hause brachte. Und wo war er so lange gewesen? War doch kein Wirtshaussitzer? Hatte er die Kuh von so weit hergeholt? Oder hatte man dem gutmütigen Irrfang dieses arme Vieh um teures Geld aufgebunden? Die traurigen Augen des Tieres sahen sie an, als wollten sie von einem kommenden Unheil erzählen.

In der Stube fand sie den Vater zusammengesunken auf der Wandbank. Er schlief und mußte sehr müde sein, da er nicht einmal den Hut abgenommen hatte. Sie rüttelte ihn an der Schulter.

„Vater, geh ins Bett!“

„Ja“, murmelte er schlaftrunken.

„Vater, wo ist die Kuh her?“

„Vom Scheibenhofer — nein — er hat sie mir zugebracht."

„Und das Geld?"

„Hat — er mir geliehen."

Ratlos setzte sie sich und fragte weiter: „Du hast mir versprochen, daß du dir von ihm kein Geld mehr ausleihen wirst."

„Das — Dirndl — das ist ja ganz anders —" Nun war er wieder wach und sah sie mit trüben Augen an.

„Wie ist es denn?"

Er wich ihrem Blick aus und murmelte: „Ich sag es dir noch — aber gell — wenn du auch den Sepp net willst — sei net grob zu ihm, solang wenigstens, bis ich ihm das Geld zurückzahlen kann. Das kriegt er diesen Sommer noch."

„Wo willst du es denn hernehmen?"

„Oh, das weiß ich schon. So müde bin ich, daß ich schon gar nimmer weiß, was ich rede." Er taumelte in die Kammer, und bald hörte sie ihn schnarchen. In den Vogelhäuseln an der Wand, in denen der Irrfang Schwarzblattl und Finken hielt, vor denen er oft stundenlang stehen konnte, zwitscherten die Vögel voller Sehnsucht nach der goldenen Freiheit in der Sonne.

Lustlos begann das Mareli die Tagesarbeit, sah noch einmal nach der Kuh und machte sich dann zum Kirchgang fertig. Ehe sie die Stube verließ und das Haus abschloß, blieb sie nachdenklich vor der Muttergottes unter dem Glassturz auf der Kommode stehen.

Was war geschehen? Und was war es, das der Vater nicht sagen wollte?

Er war also mit dem Scheibenhofer zusammen gewesen! Setzte ihm dieser wegen des Geldes zu? Wollte der Sepp den Vater damit unter Druck setzen, und sollte er dafür seine Tochter zum Guten stimmen?

Scheinheilig und gesittet hatte sich der Scheibenhofer angestellt und sich dem Vater und ihr gegenüber als braver und tüchtiger Bauer gegeben, bis er sie allein getroffen hatte und dann geglaubt hatte, es wäre nun soweit, daß er nicht mehr den redlichen Hausfreund zu spielen brauchte.

Und nun wollte der Vater, daß alles wieder beim alten bliebe und sie mit dem Scheibenhofer rede, als wenn nichts gewesen wäre?

Auf dem Weg über Wald und Tal, hinüber nach Lohberg, wischte sie sich die Tränen aus den Augen, um nicht verweint zu den anderen Kirchgängern stoßen zu müssen.

Während des Gottesdienstes faßte sie sich wieder. Hier, in diesem heiligen Raum, konnte sie wenigstens ihre Not in Gedanken abladen. Sonst war ja niemand, dem sie sich hätte mitteilen können, und hier, vor dem Herrgott, war selbst diese Einsamkeit erträglich.

Ohne aufzublicken wollte sie nach der Messe den Ort schnell wieder verlassen, aber am Kirchplatz rief der Scheibenhofer sie an. Breitbeinig und mit einem selbstgefälligen Lächeln stand er vor ihr und lud sie zum Kirchenwirt ein. Sein überlegenes und aufdringliches Gehabe trieb ihr das Blut ins Gesicht.

„Hab keine Zeit", lehnte sie schroff ab.

„Mußt wieder in den Wald rennen? Ist ja ein schöner Tag. Oder pressiert es zum Kochen? Der Vater wird keinen Hunger haben. Hat er net eine schöne Kuh heimgebracht?"

Seine Frechheit und sein Zynismus machten sie staunen. So war er noch nie gewesen, aber das stand ihm eher an als das Heucheln und Schöntun. Nun brauchte er sich ja nicht mehr zu verstellen. Dennoch begriff sie ihn nicht. War er so, seit sie ihm das Haus gewiesen hatte, oder meinte er, den alten Irrfang so in der Hand zu haben, daß er sich der Tochter gegenüber so gemein benehmen durfte?

„Was ich zu der Kuh sage? Ist ja von dir, diese Krucken, da kann es nix Gescheites sein."

„Oho, die hat ja auch nix gekostet, ist ja eine geschenkte Kuh!"

„So?" sagte sie verächtlich, „dann kannst sie dir wiederholen. Von dir will ich nix Geschenktes."

Sie ließ ihn stehen und rannte davon.

Pfingsten!

Das sind die Tage, an denen man, feiergestimmt und beglückt, sich des Sommers bewußt wird. Auf den buckligen Wiesen im Lohberger Winkel schäumte golden der Löwenzahn, und in den Hausgärten blühten die Pfingstrosen. Flur und Wald leuchteten vom hellen Gelb bis zum feierlich dunklen Grün der Grenzwälder hinauf.

Von diesem Festtag des Lichtes wollte der Maler Albert Lorenz keine Minute versäumen, zumal dieser Tag aus der Nacht blaute wie ein reiner Edelstein. Er saß schon auf dem Gipfel, mit dem Rücken an das Bergkreuz gelehnt, als im Westen noch die Sterne standen und sich der Tag erst durch einen blaßroten Streifen über dem Böhmerwald ankündigte. Als dann die Sonnenscheibe sich aus dem aufglühenden Dunst über den dunklen Wäldern heraufschob und zur blutroten Scheibe wurde, um sich strahlend und wärmend aus dem flutenden Wolkenfeuer zu erheben, erlebte er andächtig das schönste Schauspiel, das die Natur auf den Waldbergen zu geben hatte.

Sonnenaufgang!

Die Symphonie von Licht und Farbe empfand er so mächtig, daß alles um ihn in Bewegung zu kommen schien und sich die lautlose Stunde mit feinen, fernen Geräuschen füllte. Er glaubte das leise Rauschen der Lichtflut zu vernehmen, die über die blauen Berggipfel schäumte und über die Wälder in das Tal rieselte.

Viele Male war er schon hier oben gewesen, wenn die Königin des Tages ihren Thron bestiegen hatte, immer wieder faziniert von der Pracht, die durch nichts in der Welt zu überbieten war. Diesen Pfingstsonntag aber schien auch die Natur gebührend zu feiern, denn strahlend schön stieg das Himmelslicht auf und gab dem Land den festlichen Schein.

Aus dem Unterkunftshaus kamen die ersten Frühaufsteher auf den Gipfel, und aus dem Angeltal, drunten im Böhmischen, kam ein frischer Morgenwind gegen die Grenze herauf. Das verschlafene Reden der Bergwanderer, die den Sonnenaufgang bewunderten, klang dumpf und unwirklich auf dieser stillen Höhe. Er machte ihnen Platz und stieg zu seinem Häusl ab. Anderthalb Tage würde nun der Berg diesen Talmenschen gehören, die so verschieden waren. Die einen würden ihn mit Begeisterung erleben, die anderen von all der Schönheit nichts aufnehmen können. Das Reden, Lachen und Rufen wird um den Gipfel sein wie der Lärm der Möwen um einen einsamen Strand oder eine Felseninsel.

Mit dem steigenden Tag wuchs seine Unruhe. Das Kommen und Gehen draußen auf dem Steig störte ihn. Sollte er diesem Treiben ausweichen und ins Tal gehen nach Lohberg, oder sich in die Wälder verdrücken?

Das hatte er sich nun schon einige Sonntage vorgenommen und war doch geblieben. Warum sollte er es sich nicht eingestehen? Er war geblieben, weil er wartete und hoffte! Wartete auf das frische Waldlerdirndl aus dem Lamer Winkel, von dem er nur wußte, daß es Mareli hieß.

Würde es heute kommen?

Oder ging es gerade dort unten, wo die Kirche im ersten Morgenlicht weiß heraufschimmerte, zur Sonntagsmesse?

Er wollte sich nicht auf die Bank unter der Fichte setzen, denn dort mußten die Wanderer, die von Lam kamen, vorbei, und er scheute ihre Neugierde.

Über ihm, auf dem Gipfel, wurde es laut. Eigentlich waren diese Bergbesucher für ihn nur Störenfriede Ein Juhu vom Gipfel, laute Geselligkeit, ein Glas Bier im Schutzhaus, das machte ihre ganze Bergfahrt aus und nahm der Bergnatur das Schönste, die Ruhe. Nun lagerte gar eine Gruppe auf dem Wiesenfleck vor seinem Häusl, und verstimmt nahm er Rucksack und Skizzenbuch und verließ die Stube. Wie ein Flüchtender rannte er hinunter in den Ebenwald, der sich als grünfleckiger Rücken zwischen Berg und Tal breitete. Die Töne einer Ziehharmonika schnarrten und summten hinter ihm her, vom Bergwind zerrissen zu einer lästigen Disharmonie, bis ihn die Stille des Waldes aufnahm. Eine kleine weitab liegende Waldblöße bot ihm eine schöne Aussicht hinunter nach Lohberg und hinüber zum Arberstock. Eine Felskanzel erhob sich wie ein Turm über dem wuchernden Gefüchs und trug auf ihrem Haupt ein weiches Moospolster.

Hier verbrachte er die Stunden bis zum Nachmittag. Ringsum rauschte und raunte der grüne Forst, summten die Bienen und sangen die Vögel, und im halbwachen Dämmern verging die Zeit. Dann wanderte er zurück auf dem Weg, der von Lohberg aufwärts führte. Durch die Bäume spielte das Sonnenlicht und lag in hellen Flecken auf dem braunen Nadelboden. Das Laub der Buchen leuchtete grell auf, und über den Blättern lag ein seidenfeiner Glanz. Wie aus einem Torbogen kam er wieder auf einen freien Platz, blieb überrascht stehen und starrte zweifelnd dem Mädchen im Dirndlkleid entgegen, das vom Berg kam.

Er starrte sie wie eine Erscheinung an, und auch sie blieb verblüfft stehen, bis sie beide plötzlich auflachten, und er übermütig wie ein junger Bursche auf sie zusprang.

„Das ist mir ja den ganzen Tag vorgegangen, daß ich Sie heute noch sehen werde, Fräulein Mareli!"

„Das ist aber nur ein Zufall, denn ich bin schon auf dem Heimweg", begrüßte sie ihn fröhlich und reichte ihm die Hand. „Hab bei Ihnen droben schon an das Fenster geklopft, weil ich Ihnen grüß Gott sagen wollte. Dann hab ich mir gesagt: ist halt wieder nicht daheim."

Ihre Freude war ehrlich, und sie schien es gar nicht zu merken, daß er immer noch ihre Hand hielt, als er begeistert sagte:

„Jetzt kehren wir aber um und trinken bei mir einen guten Kaffee. Ich habe mich damals so geärgert. Ich suchte Sie in Lohberg, weil ich dachte, daß ich Sie beim Kirchgang wohl treffen würde —"

„Und ich wollt sie auf dem Berg besuchen."

„Also, Sie kommen doch mit?"

Ein Schatten flog über ihr Gesicht.

„Ich — möcht net wieder hinaufgehen und wär sowieso droben geblieben, aber — nein, nein, es geht net."

„Warum?"

„Vielleicht — ist da jemand droben, dem ich net begegnen will", lächelte sie und entzog ihm die Hand.

Er war enttäuscht.

„Darf ich Sie dann wenigstens noch ein Stückerl hinunterbegleiten?"

„Oh, freilich", antwortete sie schnell, „wenn Sie Zeit haben. Wenn es Ihnen nichts ausmacht, dann machen wir einen kleinen Umweg", schlug sie vor, und ohne seine Antwort abzuwarten, bog sie in einen schmalen Seitenpfad ein.

Es war ihm, als hätte er schon lange darauf gewartet, daß er ihr vom langen Winter auf dem Osser und vom schönen Frühjahr erzählen konnte. Er fand begeisterte Worte für den Sommer und konnte die Einsamkeit des Winters so düster schildern, daß sie ihn immer wieder erstaunt ansah. Als sie im Tal bei der Lohberger Hütte den Wald verließen, blieb sie stehen und streckte ihm die Hand hin:

„Nun hab ich Sie also doch noch getroffen, und das freut mich recht."

„Darf ich Sie denn net bis nach Haus begleiten?"

Sie schüttelte energisch den Kopf, und zum erstenmal bemerkte er wieder den kindlichen Trotz um ihre jugendfrischen Lippen.

„Nein, es ist besser, wenn uns niemand sieht — ich möchte kein Leutgerede." Sie verstummte jäh, und ihre Blauaugen blitzten im Zorn: „Sie haben es schön da droben, mich aber halten die Leute hier für närrisch, nur weil mich das Herumgehen freut, weil ich gerne im Wald bin und auf unsere Berge steige. Sie sagen, ich wäre bergnarrisch wie eine übergeschnappte Großstädterin und streunte herum. Weil sie es net verstehen und net sehen, wie schön der Wald ist."

„Aber Mareli! Lassen Sie doch die Leute reden! Gerade deswegen sind Sie ein so prächtiges Mädel, weil Sie nicht gedankenlos sind, und weil Sie ein Herz haben. Wer an der Natur seine Freude hat, hat immer ein gutes Herz."

„Ja, es wird schon so sein, daß diejenigen, die nur an Geld und Vergnügen denken, gar nimmer wissen, daß sie auch ein Herz haben."

„Und weil wir beide der gleichen Meinung sind, können wir da net gute Freunde sein, Mareli? Bergfreunde? Schau, ich bin da droben wie ein Einöder und hab kein Verlangen, mit den Menschen viel zu tun zu haben. Aber einen Menschen braucht man halt doch, einen Kameraden, mit dem man auch einmal reden kann. Du müßtest öfter auf den Berg kommen, und wir müßten uns öfter treffen. Geht denn das net? Wir könnten uns so gut verstehen. Ich bin alleweil ein anständiger Kerl gewesen, und ich werde es auch zu dir sein. Nimm es mir net übel, wenn ich dir das sage: seit dem Neujahrstag hab ich alleweil an dich denken müssen, denn das ist für mich halt ein besonderer Tag gewesen."

Ihre Augen wurden dunkel und erröteten, und fast bestürzt suchte sie nach Worten:

„Herr Lorenz — ich hab ja auch schon viel nachdenken müssen, seit dem Neujahrstag, und hab so gern daran gedacht. Aber — ich hab —" Ratlos schwieg sie und fuhr dann eifrig fort: „Ich komm wieder einmal, ja, ganz bestimmt, und dann setzen wir uns zusammen, und Sie erzählen mir vom Wald und von der Natur. Sie können das so gut, und ich höre es so gern — und Ihre Bilder möcht ich auch einmal sehen. Jetzt muß ich aber gehen."

Als er impulsiv nach ihrer Hand greifen wollte, steckte sie schnell die Daumen unter die Tragriemen ihres kleinen Rucksackes. Da bat er:

„Darf ich denn net wissen, wo du wohnst und wie du heißt? Können wir uns denn net einmal in Lohberg treffen oder sonst wo?"

Forschend blickte sie ihn an und schien ihm auf den Grund des Herzens sehen zu wollen, und es lag ein leichtes Mißtrauen auf ihrem Gesicht:

„Herr Lorenz, ich möcht net, daß Sie mit mir reden wie mit einem Mädel, das Sie schon lange kennen. Ich bin nur ein Holzhauerdirndl und bin net gebildet, und arm sind wir auch. Ich meine, da schickt es sich net, daß — nix für ungut."

Er versuchte ihren Gedanken zu folgen und den Sinn ihrer Rede zu ergründen.

„Bin ich zu frech geworden?" fragte er betroffen. „Freilich, das Du hätt ich mir net erlauben dürfen, aber mir ist einfach so, als tät ich Sie schon, wer weiß wie lange, kennen, und ich hätte halt gerne mehr von Ihnen gewußt: wo Sie wohnen, von Ihrer Arbeit und von Ihren Angehörigen."

„Hab nur einen alten Vater und keine Geschwister."

„Vielleicht mögen Sie meine Zudringlichkeit net, weil Sie schon verlobt sind?"

Erregt wehrte sie ab: „Ich bin net verlobt, das kennt man bei uns net, und wenn auch die Leut meinen, ich gehe mit einem —. Aber jetzt muß ich wirklich heim — und ich komme bestimmt wieder auf den Berg — vielleicht bald. Behüt Sie Gott."

Nun fing sie rasch zu gehen an, und betreten stand

er und sah ihr nach. Das Ende dieses Gesprächs hatte ihn völlig verwirrt. Auf einem Feldweg wanderte sie dem nach Lohberg führenden Sträßlein zu, und als sie dieses erreicht hatte, wandte sie sich noch einmal um und winkte zurück. Nun ging auch er langsam wieder durch den Wald aufwärts.

Dieses Mädel könnte mich verrückt machen, rechtete er mit sich selber, aber sie kann mich gut leiden, sonst wäre sie nicht wiedergekommen. Bin ich denn wirklich zu alt? Nein — aber da ist das andere! Was hätte es für einen Zweck! Und was würde sie sagen, wenn sie wüßte, was mir bevorsteht? Mitleid würde sie mit mir haben!

In seinem Häusl holte er das Bild hervor, das er aus dem Gedächtnis von ihr gemalt hatte, und stellte zufrieden fest, wie gut er dieses eigenartige bubenhafte und doch so hübsche Mädelgesicht getroffen hatte. Er hing das Bild wieder an die Wand über dem Tisch.

Im Schutzhaus auf dem Osser ging es an diesem Pfingstsonntagnachmittag hoch her. Auch die Bänke im Freien waren voll besetzt, und aus der rauchigen Gaststube klang das Spiel von Zither und Gitarre ins Freie. Dazu war ein Kommen und Gehen, ein Öffnen und Verschnüren von Rucksäcken und heiteres Lachen und Plaudern, wie es in einem Wirtshaus im Tal auch nicht anders sein konnte. In diesem Trubel fielen die zwei Männer nicht auf, die in der Ecke bei der Türe saßen, der Scheibenhofer aus dem Lohberger Winkel und der kleine Prokop von Hammern mit seinem unsteten Blick und den zuckenden Händen.

Mürrisch blickte der Scheibenhofer Sepp in das Treiben der jungen Leute und machte dem Prokop gegenüber von Zeit zu Zeit spöttische und abfällige Bemerkungen über die Stadtleute.

Der Prokop aber hatte andere Interessen auszuhandeln und mäkelte:

„Laß die Leut, gehen uns nix an! Bist schlecht aufgelegt heute?"

„Kann schon sein", knirschte der Sepp, „heut ist mir was über die Leber gelaufen, daß ich alles kurz und klein schlagen könnte."

„Was denn?"

Da lachte der junge Bauer häßlich auf, griff nach dem Bierkrug und leerte ihn auf einen Zug. Dann lehnte er sich zurück und preßte den breiten Rücken an die Wand, streckte die Hände in die Hosentaschen und schob die Füße unter den Tisch.

„Prokop, heut, meine ich, hab ich mein Dirndl gesehen, wie es an ein fremdes Fensterl geklopft hat. Verstehst! Ein Dirndl, das Fensterln geht, und das am hellichten Tag! Das wird, scheint es, jetzt Mode, daß die Weibsleut zu den Mannsbildern gehen. Ich hab das nur net gewußt. Aber daheim ist er net gewesen und hat das Fensterl net aufgemacht", lachte er grob.

Als der Prokop ihn mit seinem käuzigen Gesicht verständnislos ansah und seine Blicke umherschossen wie aufgescheuchte Hühner, fuhr er fort: „Deswegen muß sie also alleweil fort und im Wald herumstreunen, weil sie da einen hat! Und für mich hat sie net Zeit, verstehst, Prokop! Gradwegs zum Malerhäusl ist sie heraufgestiegen! Den Maler muß ich mir heut einmal anschauen, verstehst, Prokop!"

Der Böhmerwäldler machte ein saures Gesicht.

„Wirst doch net wegen einem Weibsleut das Geschäft vermasseln? Ist hinten und vorn nix ausgemacht. Ich hab die zwei Rösser stehen, und was ist damit?"

„Was willst? Ist ja erledigt. Du hast dein Geld und bringst die Roß bis zum Sollerbach unterm Schneiderberg. Bis um zwei in der Früh mußt du dort sein. Dort wartet der Irrfang und bringt sie in der Nacht noch ins Zeller Tal weiter."

„Ich trau dem Alten net, der hat zuviel Angst."

„Ach was, was ich dem gebe, dafür muß er eine ganze Woche arbeiten. Der braucht das Geld. Kennt keiner die Weg hinüber nach Oberried so gut wie der."

„Dann muß ich gehen, sonst wird mir die Zeit zu kurz."

„Hau ab!"

„Und laß den Maler in Ruh, sonst fallen wir auf. Können uns woanders net so gut treffen wie da heroben."

„Ich tue ihm schon nix, aber anschauen muß ich mir den Herrn."

Der Scheibenhofer lachte zornig hinter dem Prokop her, der das Schutzhaus verließ und sich seitlich im Wald auf die tschechische Seite schlug. Er verließ den Wald nicht, bis er bei der böhmischen Osserhütte herauskam und pfeifend, wie ein harmloser Spaziergänger, dem Wirtshaus auf der anderen Seite der Angel zustrebte.

Der Nachmittag ging in den Abend über, und auf dem Berg wurde es ruhiger. Der aufkommende kühle Nachtwind trieb die Berggäste ins Schutzhaus, soweit sie noch nicht wieder abgestiegen waren und die Nacht zum Pfingstmontag oben bleiben wollten. Diese Ruhe nützte Albert Lorenz, um auf der Bank unter der

Fichte eine Pfeife zu rauchen und mit anzusehen, wie sich das Tal einschattete und von den Bergkuppen der letzte Tagesschein wich.

Noch einmal klapperten Nagelschuhe auf dem Steig vom Gipfel herab. Da stieg einer noch in der Nacht ab. Es war ein kräftiger junger Mann, der die Felsstufen heruntersprang und es plötzlich nicht mehr eilig hatte, denn er näherte sich langsam und ging vom Weg herüber auf den Maler zu. Albert Lorenz erkannte ihn nun. Es war der junge Mann, den er schon in Lohberg und dann wieder im Schutzhaus mit dem Alten zusammen gesehen hatte, dieser Scheibenhofer, von dem ihm der Huber Sepp angedeutet hatte, daß er mit Grenzgängern von hüben und drüben Geschäfte machte.

„Guten Abend“, sagte dieser breit und faul und blieb stehen, als warte er auf eine Anrede. Lorenz erwiderte den Gruß kurz.

„Ist ein schöner Abend heute“, fuhr der Scheibenhofer fort, und seine schwere Zunge verriet, daß er über den Durst getrunken hatte. Der Maler empfand keine Lust, sich mit diesem Burschen auf eine Unterhaltung einzulassen. Dieser aber ließ nicht locker:

„Ich glaub, wir haben uns schon irgendwo gesehen.“

„Kann schon sein, erinnere mich aber nicht“, leugnete Bert Lorenz, um diese Unterhaltung nicht unnötig zu verlängern. Der junge Bauer aber schien gewillt, noch länger zu bleiben, und plötzlich ahnte Lorenz, daß dieser Betrunkene etwas von ihm wollte. Er stand auf, um in die Stube zu gehen.

„Sind Sie alleweil da heroben?“ fragte der Scheibenhofer lauernd weiter.

„Ja, vorerst schon.“

„Wird Ihnen da die Zeit net lang?“ Der hämische Unterton ließ den Maler aufhorchen. Dieser Mann war nicht in guter Absicht gekommen. Wenn er nur bald wieder seiner Wege ginge!

„Nein.“

„Da werden Sie halt oft einen Besuch haben“, lallte der Bauer hintergründig.

„Kann sein, aber ich bin lieber allein und möchte meine Ruhe haben“, antwortete ihm der Maler brüsk. Ob dieser Bauer den Wink verstand? Er ging zur Türe des Häusels und murmelte eine gute Nacht. Der Scheibenhofer folgte ihm.

„Nix für ungut, Herr“, tat er nun bieder und in geheuchelter Freundlichkeit, „gern hätte ich einmal gesehen, wie schön Sie es da drinnen haben. Darf ich net einmal schnell hineinschauen?“

Die gespielte Harmlosigkeit machte den Maler mißtrauisch.

„Na, dann kommen Sie halt für einen Augenblick herein“, sagte er verärgert und dachte dabei, daß er den lästigen Burschen im guten wohl am ehesten wieder losbrächte. Er ging voran, und dicht hinter ihm folgte der Scheibenhofer. Er atmete schwer und blieb bei der Stubentüre stehen, bis der Maler die Lampe angezündet hatte.

„Ganz schön ist es da, wie in einer Wohnung. Und die vielen Bilder! Ei ja, Sie sind ja ein Maler.“ Er sah sich um und unterdrückte einen Fluch. Mit einem langen Schritt war er beim Tisch und stützte sich mit den Fäusten auf die Platte, um das Mädchenbild in der Tischecke besser zu sehen. Ein böses und fauchendes Lachen stieß er aus, griff nach dem Bild, nahm es vom Haken und hielt es unter die Lampe.

„Da haben wir es ja! Schau, schau, das Mareli!" Sein Gesicht verzerrte sich in hilfloser Wut. „Da wird Ihnen freilich die Zeit net lang, da heroben, wenn Ihnen ein saudummes Holzhauerdirndl das Luder macht." Seine Hände zitterten.

Erschrocken und beunruhigt über die Veränderung, die angesichts des Bildes mit dem Burschen vor sich ging, überhörte Bert Lorenz den unflätigen und beleidigenden Sinn dieses Zornausbruchs.

„Wo haben Sie das Bildl her!" brüllte der Scheibenhofer.

„Na, erlauben Sie mal. Sie können auch höflicher fragen, und wenn Sie es wissen wollen: ich habe es gemalt." Worüber regte sich der Mann eigentlich auf?

„Das ist eine Unverschämtheit!" schrie der Scheibenhofer, und dem Maler kam nun auch der Zorn.

„Schreien Sie net so! Was wollen Sie denn? Kennen Sie das Mädchen?"

„Willst mich hanseln? Ob ich das Madl kenn?" Drohend hielt der Bauer dem Zurückweichenden die Faust vor das Gesicht: „Das ist meine Braut, verstehst! Mein Madl ist das, und gute Lust hätt ich und schlaget dir das ganze Häusl zusammen! Meinst du, ich weiß net, daß sie heut wieder da heroben gewesen ist?"

Nun ging dem Maler endgültig die Geduld aus: „Raus! Sofort raus!" Er riß die Türe auf, und als der andere noch zögerte, schob er ihn durch den Vorraum ins Freie und schloß hinter ihm ab. Der Betrunkene taumelte dem Steig zu, wandte sich noch einmal um und gellte:

„Wir zwei treffen uns noch! Dir werd ich es zeigen, du Stadtstingel, du verfluchter! Du sollst noch an mich denken!“ Tappend entfernten sich seine Schritte auf dem steinigen Weg.

Es war Nacht geworden, und in der Hüttenstube schien noch das wütende Geschrei nachzuhallen. Albert Lorenz saß niedergeschlagen auf der Fensterbank und überlegte.

So war das also! Dieser grobe Bauernbursche war der Bräutigam des blonden Mädchens? Dann verstand er freilich manches besser. Deshalb wollte das Mareli nicht mehr mit ihm auf den Berg zurückgehen, weil dieser Bursche heroben war! Sie mußte ihn also gesehen haben. Aber läuft man vor einem Mann davon, mit dem man verlobt ist? Deshalb hatte sie nicht gewollt, daß er sie noch weiter begleitete! Damit niemand sie zusammen sehen sollte!

Hätte sie das denn nicht sagen können, daß sie einen Bräutigam hatte? Einen Bauern! Als Bäuerin konnte er sich das Mädel nicht vorstellen. Was ging es ihn an?

Grillen!

Unnütze Gedanken waren es gewesen, mit denen er sich seit dem Neujahrstag herumgeschlagen hatte, und er kam sich recht lächerlich vor. Aus einer zufälligen Bekanntschaft und aus der Stimmung heraus hatte er sich selbst etwas aufgeladen, was er nun schnell überwinden mußte. Grillen waren es, Narretei! Nun mußte er zu sich selbst ehrlich sein. Wie ein junger Liebhaber hatte er sich benommen!

Sehnsucht — Liebe — es war zum Lachen!

Und trotzdem: ganz so konnte es nicht sein, wie dieser rüde Bursche es behauptete. Zu diesem so sehr für die Natur aufgeschlossenen Mädel paßte das einfach nicht! Aber warum sollte ein Holzhauerdirndl sich nicht mit einem großen Bauern zufriedengeben?

Die kühle Nachtluft und die Stille um den Berg gaben ihm allmählich die Ruhe wieder. Ein Nachtfalter taumelte durch das offene Fenster, tanzte um die Lampe und stürzte in die zuckende Flamme.

„Wärst du dort geblieben, wo du hingehörst, du armes Viecherl, dann könntest jetzt noch weiterleben. Für dich ist das Licht der Tod."

Aber auch die Erfüllung, mußte er denken, das Ende im Augenblick des größten Ereignisses.

Langsame und bedächtige Schritte hatten sich dem Häusl genähert, und nun flog ein Steinchen durch das Fenster.

„Fröhliche Pfingsten! Ist der Herr Einsiedel heute auch noch wach?"

Das war der muntere Pfannzelter, der Grenzaufseher, und seine fröhliche Stimme riß den Maler aus seinen Gedanken. Erleichtert sprang er auf und rief: „Kommen Sie nur herein."

Mit einem pfiffigen Lächeln schob sich der Aufseher in die Stube und schloß die Türe so hurtig hinter sich, als suchte er Zuflucht oder wollte sich vor jemandem verstecken. Dann ging er durch die Stube und schloß auch noch das Fenster.

„So, das hätten wir!" Er lachte und setzte sich an den Tisch. „Wissen Sie, Herr Maler, mein Herr Vorgesetzter sitzt da drunten auf der Bergwiese und hält sich den Bauch. Der hat wieder einmal was Unrechtes gegessen. Fühlt sich krank und will umkehren. Ha, und ich soll allein den Gang machen? Nee! Aber ich trau ihm nicht, und er traut dem Pfannzelter wahrscheinlich auch net, also ist es leicht möglich, daß er mir nachgeht. Eigentlich ist es uns ja verboten, allein zu gehen. Also, wenn es Ihnen nix ausmacht, dann bleib ich da. Hätt mir eh so gern einmal Ihre Bildl angeschaut."

Gar so sehr schien er seinen Oberaufseher nicht zu scheuen, denn er plauderte laut und unbekümmert drauflos, so daß ein Vorbeigehender ihn leicht hören konnte. Er stellte das Gewehr in eine Ecke und sah sich nun mit viel Interesse die Zeichnungen und Aquarelle an den Wänden an.

„Ich sag Ihnen, Sie können was!" Dann schnupperte er und fragte gutmütig spottend: „Was rauchen Sie denn da? Guten ungarischen Landtabak. Kenn ich. Holen Sie sich den selber von drüben?" Verschmitzt lachte er den Maler an. „Ist mir aber egal. Wegen einem Packl Tabak reg ich mich net auf. Aber der Feldmeier! Wenn der um die Wege ist, dürfen Sie net rauchen."

Albert Lorenz lachte und gab zu, daß er den Tabak beim Vogelwirt von einem Unbekannten erworben hatte.

„Ich will Sie net lang aufhalten, wissen Sie, weil mich dürstet, und wenn der Huber droben im Schutzhaus schon schläft, muß ich halt Wasser saufen."

„Gegen den Durst hätt ich schon was." Lorenz hob ein Bodenbrett auf und holte aus dem darunterliegenden Kellerloch eine Flasche Wein.

„Na also! Ich hab ja geahnt, daß Sie so was haben!" freute sich der Pfannzelter. „Wissen Sie, mir fehlt das Weinderl stark. An der Tiroler Grenze haben wir das alleweil haben können, echten guten Tiroler, aber da kennen die Leut nix als Bier. Ah, der Tiroler! Ich glaube, das war der Grund, warum ich hierher versetzt worden bin. Wissen S', da hab ich halt auf das gute Tröpferl oft geschlafen, wenn ich hätte wach sein sollen."

„Ist zwar nur für den Krankheitsfall bestimmt —" wollte der Maler lachend einwenden, aber Pfannzelter versicherte treuherzig:

„Mir ist heut schon den ganzen Tag net gut." Und mit einem lustigen Blinzeln prostete er seinem Gastgeber zu. Auf der Bank, an die Wand gelehnt, stand noch das Bild, das der Scheibenhofer vom Haken genommen hatte, und anerkennend bemerkte der Aufseher:

„Dieses Madl ist aber gut getroffen. Sauber und natürlich. Die kenn ich."

„Wissen Sie auch, wie sie heißt?" fragte der Maler schnell.

„Dieses hübsche, nette Maderl? Geh, das werden S' schon selber wissen."

„Eben nicht!"

„Das ist aber schad! Begegnet ist sie mir schon oft, aber wie sie heißt, weiß ich net."

Jede Pause benützte Pfannzelter, um sich einzuschenken, und sein pausbackiges Gesicht glänzte bald. Vertraulich erzählte er:

„Wissen S', Herr Maler, wir haben eine Nase bezogen, so groß wie ein Elefantenrüssel, weil nix los ist bei uns, und wenn wir net bald so einen kleinen oder großen Schmuggler fangen, dann steht schon wieder eine Versetzung bevor. Der Feldmeier ist schon ganz fertig und tät am liebsten gleich im Wald übernachten. Aber sagen S' einmal selber: was wollen denn wir zwei? Wenn uns da einer net direkt in die Arme rennt, dann erwischen wir nie einen der Burschen."

„Ich wünsch Ihnen viel Glück", lachte Albert Lorenz.

„Lachen S' net. Wenn da einmal der Feldmeier

hereinkäme, und es tät so stark nach dem ungarischen Landtabak riechen, dann sucht Ihnen der das ganze Häusl durch und durch."

„Na ja", gähnte der Maler.

„Herrschaft, ich babbele da, und die Zeit vergeht, und Sie möchten schon lange schlafen! Jetzt kann ich schon gehen. Bis ich hinuntertipple, ist die Zeit um und der Dienst aus." Er nahm Gewehr und Mütze, stand stramm, machte eine Kehrtwendung und polterte zur Türe hinaus. Auf dem Steig stimmte er noch einen Jodler an.

Das muntere Geplauder des Pfannzelter hatte Albert Lorenz gutgetan, und ihm kam es vor, als wäre er aus einem Halbtraum wieder zu sich gekommen. Dieser Pfingsttag hatte ihm gezeigt, daß er daran war, sich so in seine Einsiedlerrolle hineinzuleben, als bestünde die Umwelt für ihn nicht mehr, und daß er zum Eigenbrötler und Sonderling geworden war. Der Sommer wird aber alles anders bringen, wie er es sich gedacht hatte. An seinem Häusl vorbei werden nun täglich die Menschen wandern, Bekannte werden dabeisein, ihn besuchen und ansprechen, und er wird sich nicht dauernd vor ihnen verstecken können. Fremde werden ihm begegnen, und auf dem Berg wird keine Ruhe mehr sein. Die Mauer, die ihn im Winter vor der Umwelt getrennt hatte, war gefallen, und nun war er wieder mitten unter den Menschen. Er war darüber nicht unglücklich. Sie werden ihn nicht vertreiben können. Er war monatelang ein Gefangener des Berges gewesen, jetzt aber sah er auch für sich alle Wege frei. Wenn die anderen nun auf den Berg gingen, konnte er ja ins Tal gehen!

Nach einem kurzen Schlaf entschloß er sich, den schönen Pfingstmontag zu einer Wanderung zu benützen. Wenn er dann am Abend zurückkehrte, würde es auf dem Berg wieder ruhiger sein. Es gab talwärts noch viele Steige, die er noch nicht gegangen war, und wenn er in das Seitental des Lambaches abstieg, würden ihm wahrscheinlich keine Leute begegnen. Als die Sonne kam, schloß er die Fensterläden und sperrte das Häusl ab. Über ihm, auf dem Gipfel, sangen zwei junge Mädchen in den Morgen.

Auf den Schmielen und Berggräsern glänzte der Tau, und der Wald strömte den frischen Harzgeruch aus.

Das wundersam verschwiegene Tal des Lambaches, abseits der Wanderwege, fast im Rücken des Osser, blühte noch im späten Frühling und schenkte ihm einen herrlichen Tag und mit jedem Schritt neue Idylle. Er malte den Franz Dengscherz, den Schmied im alten Eisenhammer der Schmelz, und machte sich am Abend über Mariahilf wieder auf den Rückweg. Beim Vogelwirt waren bereits die letzten Gäste abgewandert, als er dort ankam.

„Heut haben Sie wohl viel Besuch aus Cham gehabt“, mutmaßte der Vogel, „sind etliche dagewesen, die sich nach Ihnen erkundigt haben. Ja, und ein Packerl ist auch da für Sie.“

„Da ist es ja ganz gut gewesen, daß ich net daheim war!“ freute sich der Maler, verstaute das Päckchen und frische Lebensmittel im Rucksack und verabschiedete sich. Bis er sein Berghäusl erreichte, war die Sonne schon hinter den Bäumen des oberen Waldes verschwunden. Unweit des Steiges war der schwarze Fleck einer Feuerstelle, und Papierfetzen zeigten, daß hier Leute gelagert hatten. Der Wald schien, müde von den zwei betriebsamen Tagen, aufzuatmen.

Erst als das Feuer im Ofen brannte und der Kaffee duftete, fühlte er sich wieder daheim. Nun fiel ihm das kleine Päckchen ein, und er holte es aus dem Rucksack. Er kannte die Handschrift der Frau Ertl und sah, daß sie ihm nichts als ein Bündel Briefe geschickt hatte, und auf einem beigelegten Zettel fragte sie, wann er denn zurückkommen wolle:

„Ihr Fräulein Braut, die Gerda, war schon öfters da und hat nach Ihnen gefragt, und gestern war sie da, und ich hab ihr versprechen müssen, daß ich Ihnen ein Brieflein von ihr nachschicke. Ich habe ihr wieder gesagt, daß Sie in München seien und ich nicht weiß, wann Sie wieder heimkommen. Ich soll Ihnen sagen, daß sie unbedingt mit Ihnen reden muß."

Die Welt ließ ihn nicht los, und er hatte sich eingebildet, daß man einfach nur auf einen Berg zu gehen brauchte, und dann wäre man für die anderen abgeschrieben. Es war also gar nicht so einfach, alle Bindungen zu lösen.

War er denn nicht selbst auf einmal wieder neugierig darauf, was daheim in Cham los war, wer ihm schrieb, und wie dort das Leben weiterging? Er betrachtete Gerdas Brief von allen Seiten und legte ihn weg. Eine Anwandlung, ihn ungelesen in den Ofen zu stecken, überwand er.

Was wollte sie noch?

Er dachte über jenen Wintermorgen nach, an dem er sie abgeholt und ins Geschäft begleitet hatte, um ihr zu sagen, daß er auf sie verzichten müsse, weil er ihr nicht zumuten könnte, einmal mit einem Blinden zusammenleben zu müssen. Wie es dann gekommen war, das saß noch als bitterer Stachel in seinem Herzen, denn daß sie ihm inzwischen den Laufpaß gegeben hatte und das, was er sich als Opfer aufladen wollte, lächerlich machte, schaffte ihm heute noch Unbehagen.

Das war vorbei, und die Zeit ließ sich nicht zurückdrehen. Er war froh darüber, daß er heute schon so viel Abstand von diesen bitteren Tagen hatte, um nüchtern daran denken zu können. Wenn ihn auch einmal Schmerz und Scham gequält hatten, nun war diese Wunde verheilt.

Er öffnete die anderen Briefe, Nachrichten von Kunsthändlern, Anfragen, Mitteilungen über verkaufte Bilder, Abrechnungen und Briefe von Bekannten, die wissen wollten, wie es ihm gehe und warum er nichts von sich hören lasse. Einige der Schreiben würde er beantworten müssen. Die Welt zog ihn wieder an.

Er hatte geglaubt, daß es nur seines Willens bedürfe, um alle Fäden zu durchschneiden. Nun gut, wenn es schon nicht auf einmal gehen wollte, so mußte er eben Zug um Zug die Bande lösen. Fast mechanisch hatte er inzwischen auch Gerdas Brief geöffnet, und nun las er kopfschüttelnd:

„Lieber Bert! Reue ist eine harte Strafe, mich aber hat der Herrgott mit mehr gestraft als nur mit Reue. Mir hat das Schicksal eine Lehre gegeben und eins ausgewischt, das ich nicht überwinden werde. Ich kann es nicht zu Papier bringen und werde erst wieder ruhig sein können, wenn ich mit Dir gesprochen habe und weiß, ob Du mich verachtest und verdammst oder ob Du mich verstehen wirst. Warum läßt Du nichts hören? Ach, warum hast Du mich nicht angehört, damals nach dem Begräbnis Deiner lieben Mutter! Alles wäre anders gekommen. Um unserer Liebe willen und im Gedenken an die schönen Stunden, die wir gemeinsam verlebten; gib mir eine Gelegenheit zu einer Aussprache. Wenn es auch die letzte sein sollte. Meine Not ist so groß, daß ich sie nicht allein ertrage und daran zugrunde gehe. Ich hab niemanden als Dich! Deine Gerda."

Fast konnte er nicht glauben, daß sie diesen Brief geschrieben hatte, aber er kannte ihre Handschrift zu gut. Er verstand den Inhalt dieses Briefes nicht. In welcher Not sollte sie sein? Und da brauchte sie ihn? Reue? Warum? Wollte sie, daß er wieder zu ihr zurückkehrte? Hatte sie mit ihrem blonden Jüngling eine Enttäuschung erlebt, und möchte sie, daß jetzt zwischen ihnen wieder alles gut sein sollte? Es konnte wohl nicht anders sein.

Warum sollte er sich noch einmal mit der Vergangenheit belasten! Er war froh, daß er sie überwunden hatte.

Hatte er sie überwunden?

Langsam riß er den Brief in kleine Stücke und warf diese in den Ofen. Er bedauerte, daß er ihn gelesen hatte.

Das waren keine fröhlichen Pfingsten gewesen!

Ehe er sich hinlegte, erlebte er aber doch noch eine kleine Freude. Aus der Stubenecke kam das Haselmäuschen und tat so vertraut wie ehedem, ehe es ausgewandert war, um dem Frühling zu folgen.

Die Nacht war ruhig auf dem Steig, und um den Berggipfel gab es keine Laute mehr. Trotzdem mied ihn der Schlaf. Das Erlebnis mit dem betrunkenen Scheibenhofer drängte sich wieder in den Vordergrund, und er gestand sich, daß er nur Ablenkung gesucht hatte, um dessen wilde Reden aus dem Kopf zu bringen, und nicht allein wegen der Bergwanderer den ganzen Tag im Wald und im Lambachtal herumgegangen war.

Er schalt sich einen Narren, der, weltfremd geworden, an unwirklichen Vorstellungen gehangen hatte. War doch alles so dumm und nüchtern in dieser Welt. Nur er hatte die Scheu des Mareli nicht zu deuten gewußt.

Sie gehörte eben einem andern, und er mußte sich gestehen, daß er nicht ehrlich gewesen war, als er ihr nur eine Bergfreundschaft vormachen wollte. Er war in sie vernarrt, und sie hatte es mit ihrem klugen und unverdorbenen Verstand gemerkt, daß er sie liebte. Zudringlich war er gewesen, und nun verstand er ihr Verhalten.

Drei Tage über Pfingsten hinaus saß der Scheibenhofer beim Kirchenwirt in Lohberg und kümmerte sich nicht um die begonnene Heuarbeit. Er überließ den Hof seinem mürrischen Vater, der schon über ein Jahr im Austrag war und es kaum erwarten konnte, daß der Sohn eine Bäuerin und damit die fehlende Arbeitskraft auf den Hof brachte.

Drei Tage hockte der junge Bauer in der Tischecke, kam aus dem Rausch nicht mehr heraus, döste unrasiert und verkommen, lärmte und verschlief die Nächte auf der Bank. Zwei Tage hatten es der Fuchsennaz und der Moser, zwei üble Burschen, mit ihm ausgehalten, dann hatten sie sich verdrückt, weil sie es nicht mehr verkrafteten, der Scheibenhofer aber blieb und war trotz guten Zuredens nicht weiterzubringen. Er war bleich geworden, und die Backenknochen ragten aus seinem düsteren Gesicht.

„Das Roßgeld wird vertrunken, dann gehe ich!"

lallte er und wollte jeden, der in die Gaststube kam, zum Mittrinken einladen. Sie gingen alle bald wieder und kehrten beim anderen Wirt zu, denn keiner wollte das prahlende Geschrei und Getue des Scheibenhofer sich anhören. Auch nicht, wenn er die Zeche bezahlte. Längst ging dem Wirt die Geduld aus, aber er wollte sich den guten Gast nicht vergrämen, hörte sich dessen wirres Gerede verdrossen an und war froh, wenn Rausch und Schlaf ihn wieder für eine Weile zum Schweigen brachten. Wenn ihn dann die brennende Kehle wieder weckte, begann er von neuem, sich mit jemandem auseinanderzusetzen, und führte Reden, die der Wirt nicht zu enträtseln vermochte.

„Ich hau ihm das Häusl zusammen, oder ich zünd es ihm an! Und heut noch geh ich und mache das andere aus! Da gibt es kein Nein, wenn der Scheibenhofer kommt, merk dir das, Wirt! An jedem Finger kann ich eine haben, und wo der Scheibenhofer anklopft, da gibt es keine Absage! Gegen so einen eingebildeten Bilderhausierer bin ich ein König, verstehst, Wirt — und heut noch geh ich und mach die Sache aus."

So lärmte er nun schon den vierten Tag und ging nicht. Bis es dem Wirt zu dumm wurde und er doch mit dem guten Zureden aufhörte und eine kräftigere Sprache redete.

„Drei Tage sagst du jetzt schon, daß du gehen und etwas ausmachen willst. Aber die Schneid fehlt dir halt, gell! Sonst wärst nämlich schon gegangen. Lieber läßt dich durch das Dorf tragen von den bösen Mäulern! Und was sagen die Leute? Der Scheibenhofer sauft und läßt seinen Alten, den eh die Arbeit und die Sorgen schon ganz krumm gemacht haben, mit der Heuarbeit allein. Ist das ein Bauer?"

„Wirt, greif mich net bei der Ehr an!" brauste der Scheibenhofer zwar auf, aber dann schwieg er und grübelte vor sich hin und stampfte nach einer Weile aus der Gaststube. Aber nicht heimwärts ging er, sondern über einen Wiesenweg und die Sommerauer Höhen hinüber zum Brammersbach. Er legte sich unter eine Haselstaude und schlief bis in den Abend hinein. Als er zu sich kam, setzte er, zornig vor sich hinbrummend, den Weg fort. Mit seinen langen Armen und den kräftigen Fäusten fuchtelte er, stolperte über eine Wurzel und fiel hin, raffte sich fluchend auf und steuerte taumelnd aus dem Wald dem Häusl des alten Irrfang zu.

Er polterte in die Stube und ließ sich auf die Bank sinken.

Betroffen sahen sich der Irrfang und seine Tochter an. Der da betrunken und verwildert ankam, war nicht der Scheibenhofer Sepp, wie er so oft zu einer Sitzweile gekommen war. Dieser Mann mit den blutunterlaufenen Augen, von dem der Wirtshausgeruch abging, und der völlig verwirrt schien, kam diesmal nicht in guter Absicht.

„Was willst?" knurrte der Irrfang nach einer langen Zeit des Schweigens.

„Was ich will? Das wirst gleich innewerden!" keuchte drohend der junge Bauer.

Wieder war das Schweigen und das Keuchen in der Stube. Das Mareli lehnte blaß an der Kommode, und ihre Blauaugen funkelten zornig.

„Dann sag halt, was du willst", sagte sie, und in ihrer Stimme klang der unterdrückte Zorn.

Der Scheibenhofer brauste auf: „Einen reinen Tisch

möcht ich einmal machen und net länger mehr einen Kasperl abgeben."

„Du bist ja besoffen", wies sie ihn kalt zurecht.

„Das geht dich nix an! Ist mein Geld, das ich versaufe!"

„Jetzt redest du wenigstens so, wie du bist. Das ist mir lieber als deine Scheinheiligkeit. Im Rausch lernt man halt die Menschen kennen."

Er ballte die Fäuste.

„Niemand macht einen Kasperl aus dir", bemerkte nun der alte Irrfang fast schüchtern.

„Hingehalten bin ich worden, und das Maul hat man mir gemacht, und die Unschuld hat sie gespielt und ist zu einem anderen gegangen! Ja — dein braves Dirndl!"

„Das glaub ich net", meinte zaghaft der Irrfang und sah seine Tochter an, die mit finsterem Gesicht und verschränkten Armen an der Kommode lehnte und darauf zu warten schien, bis der Scheibenhofer mit seinen Vorwürfen fertig war.

„Einen Narren habt ihr aus mir gemacht! Ist net ausgemacht gewesen zwischen uns zwei, daß das Mareli mich heiratet, und bin ich net alleweil hergelaufen?" tat nun der Scheibenhofer kläglich, und das gab dem alten Irrfang den Mut, nun seinerseits etwas hitziger zu werden.

„Ausgemacht ist gar nix! Hergelaufen bist, aber ernstlich hast kein Wort geredet! Hast gemeint, das wär selbstverständlich, daß sich das Dirndl nach dir die Finger abschleckt. Wie weit ihr zwei miteinander seid, das hat mich net bekümmert. Hat sie dir denn das Heiraten versprochen?"

„Wenn man alleweil ins Haus geht, und wenn die

Leut schon reden, nachher habt auch ihr euch denken können, was gehandelt wird."

„Gehandelt?" spöttelte das Mareli.

„Und was willst du heute?" forschte der Irrfang. „Zum Ausreden tät ich nüchtern gehen."

„Also sag, was du willst!" verlangte die Tochter des Irrfang kalt und abweisend. Der Franz fuhr wütend auf:

„Was hast du am Pfingstsonntag auf dem Osser getrieben?"

„Was ich getrieben hab? Da bin ich schon öfter droben gewesen und hat mich niemand darum gefragt."

Gehässig und hölzern lachte der Scheibenhofer: „Brauchst net so zu tun, ich weiß schon, was los ist! Mir ist am Pfingsttag ein Licht aufgegangen, und ich hab's erfahren, was ich die ganze Zeit für ein Hanswurst gewesen bin."

Ihr geringschätziges Lächeln reizte ihn, und er kam wieder ins Schreien: „Zu dem Maler gehst du hinauf, zu dem Kerl! Dieser Windbeutel und Hungerleider steht dir besser zum Gesicht als ein gestandener Bauer!"

„Da irrst dich, Scheibenhofer, und wenn es auch so wär, dann ging dich das nix an."

„Jetzt kenn ich deine Freud an der Natur, am Wald und am Berg — und warum bist du net ein einziges Mal mit mir gegangen? Warum hast du net mögen, wenn ich dich ins Wirtshaus oder auf eine Tanzmusik mitnehmen wollt?"

„Warum hätte ich mit dir gehen sollen?" fragte sie.

„Weil sich das so gehört hätte, und weil andere Burschen auch mit ihrem Mädel ausgehen, und weil —" Die Stimme schnappte ihm über, und sein Gesicht verzerrte sich häßlich. Die von den durchzechten Tagen und Nächten rotgeränderten Augen und die stoppelbärtigen Wangen gaben ihm das Aussehen eines alten Mannes. Dem Wutausbruch folgte plötzlich wieder der Katzenjammer und die Ratlosigkeit des Betrunkenen. Das übermüdete und alkoholverwirrte Gehirn ließ die Gedanken abreißen. Fast hilflos und bettelnd starrte er das Mareli an. Das Abendrot schüttete einen rosenfarbenen Schimmer in die Stube und über das Holzhauerdirndl, das angewidert in das verwüstete Gesicht des jungen Bauern sah. Er senkte den Kopf und starrte auf den Fußboden. Der Irrfang saß geduckt, als wartete er auf den Augenblick, da der Scheibenhofer rabiat und tätlich würde. In dieser Stunde würde der Haß aufstehen, das ahnte er, und die graue Sorge im Häusl bleiben, wenn der junge Bauer gegangen war. Im stillen wunderte er sich über die Gelassenheit seiner Tochter.

„Ich glaube selber", fing das Mareli nun mit ihrer wohltuend klingenden Altstimme, die immer ein wenig heiser war, bedächtig zu reden an, „daß einmal alles ausgeredet werden muß, was sich da, ohne daß ich es wollte, zusammengewirrt hat. Du bist zu uns gekommen, und ich bin net so dumm, daß ich net gewußt hätte, warum du gekommen bist. Ob es mir recht gewesen ist, darum hat mich niemand gefragt, und ich hab auch keinen Grund gehabt, zu dir unfreundlich zu sein. Ich hab gemeint, du würdest einmal anständig und wie es sich gehört eine Rede tun, und ich könnte dir dann reinen Wein einschenken." Ihre Stimme hob sich. „Du aber hast dir denkt, da braucht es keine Frage, und das Irrfangdirndl darf froh sein, wenn der Scheibenhofer sich mit ihr abgibt. Vor den Leuten hast du getan, als wäre alles ausgemacht, mit mir zu reden hast du gar net für nötig gehalten. Dann bist gekommen, als ich allein daheim war, und hast geglaubt, du kannst dir alles erlauben. Da hab ich dich kennengelernt, Scheibenhofer! Und heut hast du erst recht gezeigt, wie du bist. Und wenn du mich etwa heut fragen willst, ob ich Scheibenhoferin werden möchte, dann kannst dir denken, wie die Antwort ausfällt. Brauchst mich net zu fragen, denn jetzt ist sowieso die Stunde da, wo ich dir selber sag: Laß mich in Frieden. Diese Stund hab ich schon lang herbeigewünscht. Such dir eine andere!" Und fast drohend fuhr sie fort und trat vor ihn hin, trotzend und herausfordernd: „Wennst aber meinst, ich hätt mit einem anderen angebandelt, dann täuschst du dich. Den Maler droben hab ich zweimal gesehen, und er ist mir fremd. Das ist ein guter und anständiger Mensch, und damit ich es dir recht sage: Ich wäre froh, wenn ich so einen Freund hätte. Und überhaupt bin ich dir keine Rechenschaft schuldig."

Nun überkam den Scheibenhofer wieder die Wut, aber nüchterner geworden, schrie er nicht mehr. Er erhob sich und knirschte:

„Das ist deutlich genug gewesen, und verstanden hab ich es auch, hättest es net so protzig zu sagen brauchen. Ich weiß nur net, aus was für einem Grund du so stolz bist. Mit dir hab ich auch nix ausgemacht, da hast du recht. Aber daß ich ins Haus gekommen bin, dagegen hast kein Wörtl gesagt, weil ihr mich gebraucht habt, weil ihr mein Geld gebraucht habt, damit euch eure alte Hütte net über dem Kopf zusammengefallen ist! Da bin ich recht gewesen, was?" Nun wandte er sich drohend an den alten Irrfang: „Ich hab dich in der Hand, Irrfang, und ich drehe dir den Kragen um, wann ich will — und bedanken kannst dich bei deiner Tochter dafür. Du weißt schon, was ich meine. Aber darüber reden wir ein andermal. In vier Wochen will ich mein Geld haben, oder ich klag dich ein und laß versteigern."

Nun lief auch dem Alten der Zorn auf, und fest erwiderte er: „Du bekommst dein Geld bis zum August, und wenn du meinst, du kannst mich einklagen, dann tu es nur."

Boshaft lachte der Scheibenhofer: „Wo willst es denn hernehmen, du Notnickl! Ich bin lange genug ein Gimpel gewesen — und wenn ich einmal den Maler erwischen kann, dann —"

Er schwieg verdutzt, denn das Mareli war mit einem Satz bei ihm und fuhr ihn erbittert an:

„Was hat der damit zu tun? Du großer Scheibenhofer, räch dich nur, wie du kannst, aber nur an uns! Und merk dir das: wenn wir das Geld net herbringen und das Häusl net halten können, dann werden wir noch lange net zu Grunde gehen. Und jetzt, Vater, schaff ihn aus, der Lump hat bei uns nix mehr zu suchen."

Der junge Bauer machte eine Bewegung, als wollte er sie schlagen, aber er ließ die Hand sinken, zuckte die Schultern und schwankte zur Türe: „Na also, jetzt wissen wir Bescheid. Das Weitere werden wir ja sehen." Er warf die Türe ins Schloß, daß die alten Holzwände zitterten und das Bild der toten Irrfangin zu Boden fiel und das Glas zersplitterte. Draußen torkelte er über den Weg zum Brammersbach hinunter und sah nicht mehr zurück.

Es dunkelte in der Stube, und das Mareli zündete die Lampe an. Unbewegt stand der Irrfang, krumm und mit gesenktem Kopf und schien darauf zu warten, daß ihn nun auch seine Tochter ausschalt. Als diese nichts sagte, hob er das zertrümmerte Bild seines verstorbenen Weibes vom Boden auf und blickte darauf nieder:

„Hast uns du jetzt ein Zeichen gegeben?" murmelte er niedergeschlagen. Nun verlor auch das Mareli die Ruhe.

„Vater, hätt ich denn anders reden sollen? Hätt ich mich net wehren sollen? Hätt ich den Scheibenhofer heiraten sollen?"

„Ich weiß es net, aber das weiß ich, daß ich im Grab keine Ruhe gehabt hätte, wenn es mit euch zweien kein Gut getan hätte und du deiner Lebtag darunter hättest leiden müssen."

„Vater, ich such mir eine Arbeit, und die Beerenzeit kommt ja auch wieder. Von der Früh bis in die Nacht hinein werd ich in den Wald rennen und die Beeren verkaufen, nur damit wir diesem Lumpen das Geld geben können."

„Wenn die Mutter noch leben tät, die wüßte schon, was zu tun ist. Ich bin halt meiner Lebtag so ein Lapp gewesen, und hab nix kennt als die Arbeit und hab mit niemandem Streit gehabt", murmelte er betrübt. Er legte das Bild auf die Kommode und ging, gebukkelt, als hätte er eine schwere Last auf dem Rücken, auf und ab. Nur das leise Tappen seiner schleppenden Schritte und sein rauhes Atmen waren in der Stube. Seine Tochter sah ihm bekümmert zu und verlor nun völlig die Fassung:

„Vater — ich kann ja nix dafür! Ich mag ihn net, diesen Schuft! Soll ich alles wieder rückgängig machen? Soll ich zum Sepp gehen —" Ihre Stimme brach, und sie unterdrückte das Weinen.

„Nein, Dirndl. Ich bin froh, daß das jetzt aus der Welt geschafft ist. Lieber geh ich vom Häusl, als daß ich dich verhandeln tät. Ist schon richtig."

Er hielt an vor der Madonna im Glassturz, die im milden Schein der Lampe auf der Kommode stand, und sah nachdenkend darauf nieder.

„Bin alleweil rechtschaffen gewesen — aber das wird keine so große Sünde sein — wenn ich —" murrte er im Selbstgespräch.

„Was sagst du, Vater?" fragte sie bang.

„Ist nix."

Der Kummer des alten Mannes trieb ihr die Tränen in die Augen. Wie ein andächtig Bittender stand er tiefgebeugt und mit hängenden Armen, und der Lampenschein warf seinen Schatten lang und verkrümmt an die Wand. Ohne sich zu bewegen, fing er wieder halblaut zu reden an:

„Wenn ich am Samstag nach Neukirchen gehe zum Schwager? Ob der mir aushelfen könnt? Die Schwester in Lohberg hat selber nix. Und die andere Schwester in Zwiesel? Wird auch net viel haben. Also — geht es net anders — andere tun es auch — dann wird es net so schlimm sein. Eine Kerze stifte ich, und drei Wallfahrten geh ich zum Heiligen Blut —" Und als hätte ihn der stille und verstehende Blick der Mutter Gottes im blauen Mantel aufgemuntert, wurde er plötzlich heiter und zuversichtlich: „Wirst sehen, Dirndl, ich leg dem Scheibenhofer das Geld hin, und ich weiß, wo ich es haben kann! Alle meine Verwandten such ich auf, und wenn mir jedes ein wenig hilft, dann reicht es. Brauchst dich net zu härmen, ich mach das schon wieder recht. Gute Nacht."

Als er in der Kammer verschwunden war, löschte das Mareli die Lampe und ging vor das Haus. Die Frühsommernacht war warm und voller Leben. Der Brammersbach plauderte und schäumte, und die ersten Leuchtkäfer trugen ihre Laternchen über die Wiese. Droben auf dem Ossergipfel lugte ein Stern über den Felsgrat und flimmerte wie ein fernes Licht hinter einem Fenster.

Was hatte der Scheibenhofer in seinem Rausch gedroht? Dem Maler will er was antun? Was wußte er überhaupt von diesem Herrn Lorenz, und wie kam er auf den bösen Gedanken, daß sie mit diesem Bergmaler angebandelt hätte? Und wenn er es wahr machte und wirklich diesem Herrn Lorenz etwas antäte? Wer wäre dann schuld daran? Sollte sie den Maler warnen oder noch einmal mit dem Scheibenhofer reden — im guten reden — und ihm sagen, daß er den Mann in Ruhe lassen solle — ihn bitten?

Ratlos saß sie und ließ die kummervolle Nacht vergehen.

Die Tage auf dem Berg waren wieder ruhiger, und es kamen unter der Woche nur wenig Wanderer. An den Abenden litt es Albert Lorenz nicht mehr in seiner Hütte, und er verbrachte sie im Schutzhaus beim Huber Sepp und der freundlichen Hubermutter. Dann spielte der Sepp die Zither und Albert Lorenz dazu die Gitarre, und sie sangen die alten schwermütigen Lieder der Waldgebirgler. Einmal gesellten sich zu ihnen die beiden Grenzaufseher, und sogar der griesgrämige Oberaufseher Feldmeier war mit einer Unterbrechung des Dienstganges einverstanden. Der Pfannzelter unterhielt sie mit seinen Späßen und jodelte, glückselig darüber, daß er, statt im Wald und an der Grenze herumstolpern zu müssen, eine so heitere Gesellschaft fand. Nur der Oberaufseher kam nicht in Stimmung, saß stumm vor seinem Bier und sah gelegentlich auf die hochgezogene Oberlippe nieder, als wollte er sich vom Vorhandensein seines Bärtchens überzeugen oder sich damit die Nase kitzeln. Nachdenklich und voller Mißtrauen beobachtete er von Zeit zu Zeit den Maler. Er horchte auf, wenn der Huber Sepp etwas sagte, und schien sich zu überlegen, wem von diesen Osserbewohnern er am ehesten beim Schmuggel erwischen könnte. Er war davon überzeugt, daß der Hüttenwirt und der Maler mindestens Mittelsmänner im Handel mit Konterbande und bei anderen dunklen Grenzgeschäften waren. Da aber seine Beobachtungen nichts einbrachten, drängte er bald wieder zum Aufbruch und setzte mit dem tiefbetrübten Pfannzelter den Dienstgang fort.

An einem Sonntag war es nur eine Handvoll, die auf den Osser kam. Noch war nicht Ferienzeit und damit die große Wanderzeit im Waldgebirge, und von ein paar Menschen, die müde an seinem Häusl vorbei das letzte Steiglein zum Gipfel hinaufstiegen, wollte er sich nicht stören lassen. Auf der Bank unter der Wetterfichte versaß er den halben Vormittag und wechselte mit den Vorbeigehenden freundliche Grüße oder gab kurze Antworten, wenn sie, vor dem letzten und steilen Anstieg verschnaufend, ihn fragten, wie weit es noch zum Schutzhaus sei.

Als eine junge Dame sich auf dem Weg drüben von ihrem Begleiter trennte und zu ihm kam, erkannte er sie erst, als sie ihn schon fragte, wie es ihm gehe.

Es war sein Wintergast, Ilse Schuhmacher aus Regensburg.

Überrascht stand er auf und gab ihr die Hand. Befangen und prüfend sahen die schwarzen Augen ihn an.

„Ich mußte noch einmal kommen, um mich bei Ihnen zu bedanken. Sie waren so nett zu mir."

„Im Sommer ist der Osser viel angenehmer zu ersteigen, wie?" meinte er.

„Ach ja", sagte sie zerstreut, „aber ich wollte vor allem Ihr schönes Berghäusl noch einmal sehen und wissen, ob Sie immer noch da heroben sind."

„Warum sollte ich nicht? Es ist zwar nimmer so einsam und langweilig, aber um so schöner."

„Ich habe oft an Sie denken müssen, Sie aber werden mich wohl schon ganz vergessen haben", sprach sie mit leisem Bedauern.

„O nein, ich habe Sie in bester Erinnerung", erwiderte er verlegen und überlegte, ob er sie etwa zu einer Tasse Kaffee einladen sollte. Drüben am Steig stand aber ihr Begleiter und stieß ungeduldig mit der Spitze seines Stockes gegen die Steine.

„Wie geht es Ihrer Schwester und dem Herrn — Kurt, hat er wohl geheißen?" fragte er, um eine peinliche Pause zu überwinden.

„Das ist er", bedeutete sie mit einer Kopfbewegung nach dem Wartenden.

„Na, dann ist ja wohl alles in bester Ordnung?"

Sein verstehendes Lächeln ließ sie erröten, und sie biß sich auf die Lippen. Als der junge Mann auf dem Steig ungeduldig rief und fragte, ob sie nicht bald komme, weil er doch auf den Gipfel wollte, reichte sie dem Maler die Hand und verabschiedete sich:

„Sie sind halt doch ein seltsamer Mensch, aber ich

bin froh, daß ich Sie wiedergesehen habe. Vielen und herzlichen Dank, Herr Lorenz."

„Werden Sie glücklich", sagte er leise, und zögernd stand sie noch einen Augenblick, als wollte sie ihm noch etwas sagen. Dann ging sie mit einem gemacht heiteren „Auf Wiedersehen", und das junge Paar entfernte sich auf dem Weg zum Ossergipfel.

Irgendwie berührte ihn dieser Besuch seltsam. Schon bei den Abenden droben im Schutzhaus fühlte er sich wieder mitten unter den Menschen, und diese Begegnung mit seinem Wintergast zeigte ihm wieder, daß die Welt niemandem gestattete, sich völlig abzuschließen. Die Mauer, die er zwischen Tal und Berg aufgerichtet hatte, zerbröckelte, und er war nicht mehr der Einsiedler, der er sein wollte, sondern nur noch der Sonderling, der sich schon soweit von den Menschen entfernt hatte, daß er den Weg zu ihnen zurück nicht mehr finden konnte.

Sehnte er sich im stillen nicht doch nach dem Getriebe der Kleinstadt, und wenn er es nur für kurze Zeit wieder miterleben sollte?

Nein! Die Zeit des Sehens, die ihm noch gegeben war, wollte er nicht damit vertun, graue Häuser anzustarren und neugierigen Menschen über den Weg zu laufen. Seine Augen brauchten das heilsame und lindernde Grün der Natur, sein bedrücktes Herz den Anblick der Bäume, der Bergwiesen und Felsklippen und die tröstliche Sicht über das Waldgebirge in eine blaue Ferne.

Er bedauerte, daß er mit Ilse Schuhmacher nicht freundlicher gewesen war und sie nicht eingeladen hatte. Bestimmt wollte sie wieder die Stube sehen und vielleicht auch, was er inzwischen gezeichnet und gemalt hatte. Wenn sie zurückkamen, würde er beide zu einem Glas Wein in seine Stube bitten.

Sie kamen nicht mehr zurück und hatten einen anderen Weg ins Tal genommen.

Am Samstag kam der Irrfang schon kurz nach dem Mittag von der Waldarbeit heim. Wortkarg setzte er sich zum Essen und starrte auf den Teller.

„Ich geh heut noch nach Neukirchen", begann er endlich zu reden und sagte es in einem Ton, als wäre das längst abgemacht.

„Wegen dem Geld?"

„Auch so — ja — und ein bissel kann ich ja davon reden. Hundert Mark — wenn der Schwager die mir leihen tät, dann war es schon etwas."

„Da möcht ich gern mitgehen, aber es muß ja die Kuh versorgt werden, und das Haus können wir auch net allein lassen."

Er war sichtlich erleichtert, daß das Mareli nicht weiterfragte. Als er sich umgezogen hatte und seine Tochter verwundert fragte, warum er den Rucksack mitnehmen wolle, stotterte er: „Bin's halt so gewöhnt — und wenn der Schwager grad gebacken hat, dann möcht ich mir einen Laib Brot mit heimnehmen."

„Könntest aber auch morgen früh gehen, wirst doch müde sein", wandte das Mareli noch ein, aber der Alte hatte es so eilig, daß er nicht mehr darauf achtete. Er steckte die Finger in das Weihwasserglas am Türstock und bekreuzigte sich, warf noch einen Blick auf das Bild seines Weibes und hastete davon. Kreuz und quer folgte er den Waldsteigen, bis er in Schrenkenthal die Landstraße erreichte und bald darauf im Marktflecken Lam war. Der steil ansteigenden Ortsstraße folgend, ging er bis zum Hause der Lebensmittelhandlung Josef Weinberger, betrat aber nicht den Laden, sondern verschwand im engen Hof des Hauses und klopfte an die Türe eines kleinen Büros, das er über eine kleine Holztreppe erreichte.

Eine rauhe Stimme hieß ihn eintreten, und hinter einem alten und abgewetzten Schreibtisch hervor sah ihm ein dicker rothaariger Mann in mittleren Jahren entgegen.

„Ja, was führt denn heut den Irrfang zu mir?"

Verlegen drehte der alte Holzhauer den Hut in den Händen.

„Weinberger, ein Geschäft möcht ich mit dir machen. Wirst es net erraten, weil der Irrfang seiner Lebtag noch kein solches Geschäft gemacht hat. Aber ich muß schauen, daß ich zu Geld komme."

Der Weinberger zwinkerte: „Leicht kann ich mir es aber doch denken? Setz dich her da! Bist — drüben gewesen, hm, hast eine War?"

„Hab noch keine War, aber wollt nur fragen — wennst eine nimmst — und ob ich sie bringen kann. Weißt, Weinberger, hab Schulden auf dem Häusl, und die muß ich zurückzahlen. Hab meiner Lebtag keinen solchen Gang gemacht, aber jetzt zwingt es mich dazu."

Der Händler schmunzelte und spielte überlegend mit einem Bleistift: „Wegen dem Geschäft ist es net, Irrfang. Das können wir machen, aber das Risiko? Und ob ich mich auf dich verlassen kann? Schließlich hast ein Pech und laufst ihnen in die Hände und sagst dann aus, daß der Weinberger dir die War abnimmt. Jedem kann ich net trauen, das mußt verstehen."

„Die Zunge tät ich mir lieber abbeißen."

„Und wenn sie dich einsperren und dich tausendmal fragen, so lang, bis du es nimmer aushalten kannst?“

„Schwören kann ich es dir, und meineidig werde ich net, und wenn sie mich erschlagen.“

Immer noch zögerte der Händler: „Das Herüberbringen ist ja noch das einfachste, aber das Weiterbringen! Bin eh schon schwarz angeschrieben und muß ganz vorsichtig sein.“

Unruhig wetzte der Irrfang auf dem Stuhl: „Wenn es halt doch gehen tät, Weinberger. Auf mich kannst du dich verlassen.“

Der Händler wiegte zweifelnd den Kopf: „Gehen tät es, Irrfang. Ein paar Zentner Landtabak könnt ich brauchen, und selber hab ich auch einen großen Posten Apothekerware, die zum Hinüberbringen wär. Also ein doppeltes Geschäft. Auskennen tust du dich ja an der Grenze. Hm — probieren können wir es ja einmal. Willst ein Glasl Schnaps?“

Erleichtert atmete der Irrfang auf.

„Heut geh ich noch hinüber, wenn es dir recht ist.“

Der Weinberger wurde nun freundlich und schenkte dem Holzhauer das Schnapsglas immer wieder voll, während er ihm seine Anweisungen gab.

„— also, die War liegt beim Stingl, das ist das zweite Häusl im Osserhammer, links vom Wald. Dort lieferst auch das ab, was ich dir mitgebe. Was du herüberbringst, brauchst du nur bis Buchet zu tragen. Dort ist beim Simandl das Stalltürl offen, und da stellst die War hinein. Brauchst niemanden aufzuwecken, der Simandl weiß schon Bescheid. Aber laß dich ja net erwischen, vor allem such dir eine Ausrede für den Fall, daß es schiefgeht. Ich hab mit der Sache nix zu tun. Da hast du das Geld und einen Brief. Den Stingl triffst du drunten beim Wirt ‚Zum frischen Keller'. Da gehst hinein, kaufst dir eine Halbe Bier und stellst das Schnupftabakglasl neben das Bierkrügl hin. Dann meldet er sich schon." Er stand auf und ging an einen Schrank: „So, und jetzt gib mir deinen Rucksack."

Als der Irrfang aus dem Ort ging und die Landstraße gegen Schrenkenthal zurückwanderte, sah er nicht den schönen Sommertag und den steil ansteigenden Osser mit seinem grüngrauen Haupt. An einer Straßenbiegung sah er sich um, und als er sich überzeugt hatte, daß niemand ihn sah, sprang er seitlich in den Wald und stieg bergwärts. Auf schmalen und verwachsenen Pfaden, getreten vom Wild, von Jägern und Waldarbeitern, ging er durch den Osserwald. Unter dem Ossersattel überquerte er den Wandersteig und umging den Gipfel. Eine schmale Schneise deutete die Landesgrenze an, und nur der kreischende Ruf eines Sperbers störte die Stille, als der Irrfang auf der böhmischen Seite des Berges dem Tal zuwanderte.

Es war eine helle Nacht, als er den Weg zurück machte, und hoch über seinen Kopf hinaus ragte aus dem Rucksack der Packen. Vor sich hinflüsternd und immer wieder in den Wald horchend, betete er, stand erschreckt, wenn es im dürren Laub rauschte, und gelangte, als sich über dem Zwercheck schon der neue Tag ankündigte, nach Buchet. Leise knarrte das Stalltürl beim Simandl, und mit einem dankenden Stoßgebet lehnte der Irrfang seinen Packen an einen Heuhaufen, verschwand über die Wiese huschend wieder im Wald und kam am Vormittag des Sonntags erschöpft, aber zufrieden in seinem Häusl an.

Hundert Mark hatte er nun beim Weinberger gut,

hundert Mark! Und noch einige Gänge über die Grenze, und er würde dem Scheibenhofer das Geld auf den Tisch werfen.

Sommersonne brannte über dem Osser.

Der Juni brachte sie in den Höhepunkt ihres sengenden Lichts.

Kaum war spät in der Nacht der letzte Lichtstreifen am westlichen Himmel verschwunden, kam im Osten schon der Vorbote des neuen Tages. Kaum eine Spanne Zeit blieb der Natur zum Schlafen, und dann begann schon wieder das emsige Wachsen und Werden, der Freudenrausch des Lebens.

Mitten in diesem zur Reife und Vollendung strebenden und webenden Bergsommer erlebte Albert Lorenz die Tage wie eine Kette von Wundern.

Der Wald um die rauhen Felsschultern und steilen Hänge des Ossers dehnte und streckte sich, hob tausend grüne Arme dem Licht entgegen, trank gierig den Nachttau und prangte im grünen Wildwuchs. Prächtige Farne breiteten ihre Fächer auf den Lichtungen, Heidelbeersträucher wurden zum Teppich und hielten der Sonne ihre Beerchen entgegen, die ihnen zuerst das Scharlachrot und dann das Blauschwarz der Reife aufmalte. Pechnelken saßen wie blühende Blutstropfen am Rande der Blößen, die weißen Siebensterne waren wie glänzende Perlen im Schatten der Fichten verstreut. Selbst droben, wo der Felsboden nur mehr das Kummergras duldete, hielt der Augentrost noch seine kleinen geflammten Blütchen der Sonne entgegen, und am Bergweg leuchtete mit feierlich kaltem Blau der Eisenhut.

Und unter dem Moos und Nadelboden, im streifenden Schatten der hohen Tannen und Fichten, um Gräser und Blätter, wimmelte das tausendfältige Leben der kleinen Welt. Rote und braune Ameisen wanderten und schleppten, kleine Spinnen fädelten ihre Schleier, Raupen schoben sich über blanke Schmielen, und Käfer gruben im Boden. Darüber schaukelten winzige Falter, und über das gefallene Laub stolperte eine Kröte. Um die Felsen kochte die heiße Luft und ließ die Eidechsen wohlig erstarren, und vom Wald herauf dampfte der Moder.

In diesen Tagen litt es Albert Lorenz nicht unter dem Dach seines Häusels, und er tauchte in den prunkenden Wäldern unter wie in einer seligen Flut. Die große Bergblöße unter dem kleinen Osser zog ihn an, denn ihre leicht im Windhauch wiegenden glänzenden Schmielen und die eingestreuten dunkelgrünen Preiselbeersträuchlein hatten in ihrer Weite viel gepolsterte Fleckchen, auf denen sich der Tag verträumen ließ. Da und dort hatte eine Fichte versucht, sich auf dieser Hochfläche festzusetzen, und alle waren sie in grauen Flechten erstickt, noch ehe sie mannshoch geworden.

Es war ein Tag, an dem die Sonne unbarmherzig niederbrannte. Bergried, Baum und Fels strahlten die Hitze zurück, und trotz der Schutzbrille stach ihn die Helle schmerzhaft in die empfindlichen Augen. Er flüchtete wieder in den Wald, um im Schatten Schutz zu suchen gegen die blendende Lichtfülle, die gegen ihn andrang, daß er glaubte, sich mit den Armen dagegen wehren zu müssen, um nicht in diesem Strahlen unterzugehen. Geblendet stolperte er dahin, hastend, um den dichten Forst zu erreichen. Er sah die Wurzel nicht, die sich aufbäumte, als wollte sie sich aus dem

Boden winden. Taumelnd schlug er auf dem Waldboden hin.

In die Augäpfel schoß ihm ein Brennen, daß er sich krümmte vor Schmerz und die Fäuste gegen die Lider preßte. Hinter seinen Augen hatte sich der glühende Sonnenbrand festgesetzt und bohrte sich mit tanzenden Feuerkreisen und zuckenden Blitzen in sein Gehirn.

Wasser brauchte er, Wasser, um diesen Schmerz zu lindern und die kochende Glut zu löschen. Er erhob sich, nahm die Hände von den Augen und öffnete die Lider. Die lodernde Feuerwand wich nicht, sie stand zwischen ihm und dem hellen Tag.

Starr vor Schreck stand er und suchte sich zu fassen. War nun dies das Ende?

War nun sein Jahr des letzten Lichtes schon vorbei?

Wo war seine Brille? Kniend tastete er den Boden ab und brauchte lange, bis seine suchenden Finger die Brille fanden. Wieder zuckte der Schmerz auf und wollte seinen Kopf sprengen.

Gar nicht weit von hier wußte er eine kleine Moosquelle. Aber wo — in welcher Richtung war sie? Er stand in einer blutroten Leere. Die Angst ließ ihn keuchen und trieb seine Gedanken im Kreise. Er konnte sich nicht mehr vorstellen, was um ihn war. Dürres Geäst krachte unter den tastenden Füßen, und die Hände berührten die rauhe Rinde eines Stammes. Er klammerte sich an den Baum und hatte das Gefühl, daß dieser sein einziger Halt wäre und es ringsum in die unbekannte Tiefe ginge.

Wohin mußte er sich wenden? Weitab von allen Steigen war er, und selbst wenn er den Weg unter den Füßen hätte, würde er ihn nicht erkennen.

Und die Augen brannten, als müßten sie verglühen.

Hatte es ihn nun getroffen? Mitten im hellsten Licht?

„Reiß dich zusammen!“, sagte er laut.

Wasser brauchte er, um diesen Höllenbrand zu kühlen. Schritt für Schritt tastete er sich vorwärts, stieß an Wurzeln und Steine, fiel hin und raffte sich wieder auf, ging mit vorgestreckten Händen, griff an dürres Geäst. Stolperte, trat in Gruben und stieß an Bäume.

Die Zeit verging. War es schon eine Stunde oder mehr? Wo er hintrat, glaubte er den Boden unter sich sinkend. Er aber mußte aufwärts. Solange es aufwärts ging, hatte er Aussicht, den Gipfel zu erreichen, und vielleicht fand er zur Quelle.

Qualvoll vergingen die Minuten. Er verspürte es auf der Haut, daß er sich nun im Schatten des Waldes befand, und die Bäume standen dichter. Seine Füße sanken in weiches Moos, und erschöpft legte er sich hin. Es war kühl und feucht. Da rupfte er Hände voll aus dem Boden und legte sich die an den Wurzeln haftende frische Erde auf die Augen und fühlte erleichtert, wie die Schmerzen nachließen. Die Glut hinter seinen Lidern wurde dunkelrot und verglomm.

Ein kühler Lufthauch kam, und über ihm sangen wieder die Vögel. War der Tag schon vorbei? War es schon Abend? Er richtete sich auf und säuberte sich das Gesicht mit dem Taschentuch. Dann versuchte er die Lider zu öffnen. Sie waren schwer und schlossen sich wie im Krampf.

Und dann!

Über ihm stand in dunklen Umrissen die Krone eines Baumes. Er saß und wagte kaum zu atmen, wartete, bis sich die letzten grauen Schleier verzogen. Doch die Dämmerung blieb. Erst als er die Brille aufsetzte, stellte er überglücklich fest, daß die Sonne untergegangen war und die Mondsichel klar und deutlich am dunkelblauen Himmelsgewölbe hing.

Nun sah er wieder die Farne und Sträucher. War je eine Nacht so schön gewesen wie diese? Er war froh wie ein Mensch, der nach langer Krankheit wieder an die frische Luft kommt, wie einer, der dem Tode entronnen war.

Langsam suchte er durch den Wald aufwärts zum Steig, und die helle Nacht erschien ihm so wunderbar und feierlich, daß er die langen Stunden des Schrekkens und der Schmerzen vergaß.

Den Rest der Nacht saß er auf der Bank beim Häusl und hielt eine stille Zwiesprache mit seinem Herrgott. Nun wußte er, was eine Stunde, ja, eine Minute des Sehens war: Ein Geschenk des Schöpfers.

Nützen und Auskosten wollte er die Lichttage. Seine Bilder sollten zeigen, wie er die schöne Waldheimat in Farben sah, und alle die Motive prägten sich ihm ein, daß er sie auch noch vor den toten Augen haben würde.

Warum aber kam er nicht zur Ruhe? War es die Angst vor dem Tag, der ihn in die Finsternis stoßen würde? War es Unzufriedenheit mit einem unerfüllten Leben — ein Sehnen, das wie ein Stachel im Herzen saß? Wenn er sich selbst eine innere Ruhe vortäuschen wollte, dann tauchte ein Gesicht auf und lachte ihn an mit blauen Augen, ein blonder Mädchenkopf, ein Mund mit vollen Lippen, darüber ein Stupsnäschen. Wenn er sich selber zureden wollte, daß er sich mit seinem Schicksal abfinden müsse und ihm ja noch die herrlichen Tage geschenkt seien, inmitten der Bergnatur, dann kam die Erinnerung an Mareli, drängend und marternd, und zerhackte seine Gedanken, brachte ihn in Verwirrung und machte ihn elend.

Er hatte es aufgegeben, sie drunten im Tal suchen zu wollen, wollte sich vormachen, daß er sie wohl kaum mehr sehen würde, daß er doch alles überwinden müsse und es ein Altersunterschied von fast zwanzig Jahren sei, der alles unmöglich mache. Er hatte sie seit Pfingsten nicht mehr gesehen. Sie kam nicht mehr, und die Zeit würde auch ihn heilen von dieser Herzkrankheit.

Der alte Irrfang verfiel von Woche zu Woche. Er hatte keinen Rasttag mehr, denn jeden Samstag verließ er nach dem Mittag das Haus und kam erst am Sonntag wieder zurück. Eine versprochene Wallfahrt, ein Besuch der Verwandten — und in der vierten Woche fand er keinen glaubhaften Vorwand mehr, als das Mareli ihn bekümmert fragte:

„Wo gehst denn schon wieder hin, Vater?"

„Ei ja, es leidet mich halt nimmer daheim. Kann sein, daß ich am Abend schon wieder da bin", wich er aus.

„Kann ich dann morgen wieder einmal fortgehen? Möcht auf den Osser. Da droben muß grad der schönste Sommer sein."

„Muß ja jemand beim Haus sein und bei der Kuh", wandte er ein.

„Also kommst du net am Abend zurück?"

„Kann schon sein."

„Vater?" Schuldbewußt wich er ihrem fragenden Blick aus und zog sich hastig an.

Da wurde ihr zur Gewißheit, was ihr in den

letzten Tagen als dunkler Argwohn Kummer gemacht hatte. Warum brüstete sich der Vater immer wieder, daß er dem Scheibenhofer das Geld zum ersten August hinlegen werde, und wie froh er dann sei, wenn die Schuld vom Haus wäre.

Wo wollte er das Geld hernehmen?

Er ging über die Grenze! Der Vater schmuggelte!

„Vater, du gehst paschen!" rief sie ihn an.

Erschrocken fuhr der Irrfang auf: „Dirndl, wie kommst auf so was?"

„Denkt hab ich es mir schon länger, aber jetzt weiß ich es gewiß. Vater, tu uns das net an! Wenn sie dich erwischen, was ist dann? Du bist ein alter Mann und kannst net in die Arbeit gehen und noch einen Grenzgänger machen."

„Dirndl — das ist net so schlimm", sagte er nur und leugnete nicht.

„Warum tust du das, Vater?" fragte sie mit tränenerstickter Stimme.

„Weil der Scheibenhofer sein Geld will!" brauste er auf. „Meinst du, daß ich es gern tue?"

„Wenn es aber schiefgeht?"

„Das hab ich mir alles schon überlegt. Das Häusl laß ich mir net nehmen, der Mutter hat es gehört, und der Tochter muß es erhalten bleiben." Und begütigend fügte er hinzu: „Mußt dich net sorgen, Dirndl. Der Weinberger in der Lam hat mir das Geschäft zukommen lassen, und sobald ich das Geld hab, geh ich keinen Schritt mehr über die Grenze. Ich bin kein Pascher, ich kann das Schwärzen net, weil mich alleweil so die Angst packt."

„Vater, bleib da! Was liegt an dem alten Haus, ziehen wir halt in eine Wohnung. Vielleicht gibt die

Sparkasse in Lam dir das Geld zu einem billigen Zins, oder ich geh zum Scheibenhofer —"

Er wurde zornig, wie sie ihn noch nie gesehen hatte:

„Nix da! Mit dem Scheibenhofer redest mir kein Wort mehr! Und die Sparkasse? Dann ist es ja wieder eine Schuld — und jetzt hab ich die Gelegenheit — und eine andere Kuh brauchen wir auch — nein, die Mutter soll drüben in der Ewigkeit net sagen müssen, daß ich ihr Haus net hab halten können. Ich muß auch an dich denken, dein Heimatl ist es."

Grußlos ging er davon.

An diesem Tag versank für das Mareli der letzte Schimmer einer glücklichen Jugend, und übergroß wuchsen Not und Sorge und machten sie traurig. Wie eine Gefangene fühlte sie sich. Vorbei waren die Sonntage, die sie verwandern konnte. Sie mußte zu Hause bleiben und die Tage auf der Hausbank versitzen.

Drüben ragte der Osser auf, und dort oben war jetzt der schöne Sommer.

Dort hauste ein Mann, dessen eigenartiges Wesen sie bis in ihre Träume verfolgte, der so freundlich zu ihr gewesen war wie noch niemand, der so gut reden konnte und sie auch verstehen würde, wenn sie ihm ihre Not sagen könnte.

Es war Sonnwend, und einige junge Burschen aus dem Tal hatten auf dem Gipfel des Osser Astwerk zusammengetragen und aufgebaut. Aus Lam und Lohberg wanderten Bergfreunde an, um die kürzeste Nacht des Jahres auf der Höhe zu durchwachen, auf der es zwischen sinkender Sonne und dem Morgenrot nur fahle Dämmerung gab.

Das Getümmel und Gerede auf dem Gipfel, dazu die verwehenden Töne einer Ziehharmonika lockten den Bergmaler nicht. Er saß auf der Bank bei seinem Häusl und sah in die laue Nacht.

Seit dem Tag, da ihn der Sturz im Walde für Stunden in eine schmerzhafte Blindheit versetzt hatte, war er nicht mehr auf dem Gipfel und im Schutzhaus gewesen. Sein rechtes Auge hatte sich nicht wieder erholt, und flirrende Flecken störten ihn beim Sehen.

„Keine körperliche Anstrengung, sonst beschleunigen Sie die Sache nur", hatte der Professor in der Augenklinik ihm geraten, und er hatte diese Weisung ganz vergessen. Nun aber war er vorsichtig und unsicher geworden und nahm diesen Rat ernst. Wenn er zur Quelle ging, füllte er den Eimer nur mehr bis zur Hälfte, er machte kein Brennholz mehr, sondern sammelte gefallene dürre Äste und lag stundenlag auf dem Rücken, weil er glaubte, dabei eine Erleichterung zu verspüren.

Wenn der Abend kam, dann saß er im Freien. Lau und lind war dann die Luft, und der Wald atmete auf nach der Tageshitze.

Droben auf dem Gipfel hatten sie nun das Feuer angebrannt, und sie sangen das Lied vom Böhmerwald. Drüben auf dem Kegel des kleinen Osser leuchtete nun ebenfalls ein Sonnwendfeuer auf, und nun begannen in der Runde der Berge die roten Brände aufzuglühen, auf dem Arber und dem Keitersberg und dem fernen Falkenstein. Sie blinzelten lodernd, und ehe sie zusammensanken, waren sie noch eine Weile wie glühende, glotzende Tieraugen in der Nacht.

Nun würde sich das Jahr zur zweiten Hälfte neigen, würde der Sommer vergehen mit jedem Tag und im Herbst noch einmal aufblühen in den reifen Farben des Alterns, um sich dann wieder dem Winter zu ergeben. Was würde dann sein? Wie lange würde er es aushalten hier oben?

Bis zum letzten Tag des Sehens wird er bleiben, und was dann war, daran wollte er gar nicht denken.

Als das Singen und Musizieren, das Lachen und Rufen über ihm verstummte, weil das Feuer erloschen und die Feiernden in das Schutzhaus gegangen waren, ging auch Albert Lorenz in die Stube und legte sich hin. Es war schwül, und die Nacht war voller feiner Geräusche.

Wenn nun die Sonne ihren Höhepunkt überschritten und das Licht seinen höchsten Triumph hatte, dann kam auch für ihn die Wende seines Jahres. Mit jedem Tag würde es nun dunkler werden. War es Angst oder Ahnung — er fühlte, daß sich in diesen Tagen alles wenden würde, Licht und Leben.

Nein, er hatte keine Angst vor der Zukunft! Wie es kommen mußte, so wollte er es nehmen. Er hatte keine Wünsche und Forderungen mehr. Der Osser hatte ihm die Bergruhe gegeben, und alles, was ihn je bewegt hatte, lag nun soweit zurück, daß es ihn nicht mehr berührte. Mochten sie ihn für einen schrulligen Sonderling halten, und vielleicht war er das auch längst geworden, er würde das Jahr seines letzten Lichtes so zu Ende leben, wie er es sich vorgenommen hatte.

Als er erwachte, war heller Tag, und draußen gingen die letzten Burschen und Mädchen, die die Sonnenwende auf dem Osser gefeiert hatten, zu Tal. Bald würden wieder andere Menschen kommen. Er kannte diese Zeiten schon genau, wenn sie vom Zug von Lam heraufkamen und zum Abendzug wieder zurückgingen.

Der warmen Nacht war ein taufrischer Morgen gefolgt, und der Bergmaler war in bester Laune. Es war ein Montag, und es würde wenig Leute geben auf dem Berg. Fenster und Türen riß er auf, um den kühlen Morgen einzulassen, räumte die Stube auf und überlegte, wie er den Tag verbringen sollte, pfiff und summte vor sich hin und bemerkte plötzlich, wie aus der Ecke die Haselmaus kam, zipsend in der Stube herumrannte und ihr dann zwei kleinere Mäuslein folgten. Wie ein Kind freute er sich und sah dem Spiel der Tierchen zu. Fipsi hatte ihm einen Nachwuchs ins Haus gebracht! Er verhielt sich still, bis mit einem Male das fröhliche Treiben zu Ende war und die Haselmäuse in der Ecke verschwanden. Als er aufsah, stand in der offenen Türe ein Mädchen, bleich und dunkelhaarig, und rief leise seinen Namen.

Die Überraschung spürte er wie einen Kälteschauer, und als müßte er ein Trugbild wegwischen, fuhr er sich über die Augen.

„Gerda!"

„Bert!" ... Sie hauchte es nur und blieb mit gesenktem Kopf an der Türe stehen wie eine demütige Bettlerin.

Gerda! Seine Braut! Nicht mehr das lebensfrische Ladenmädel, das er so sehr geliebt hatte, nein, eine blasse junge Frau mit eingesunkenen Wangen und blutleeren Lippen. Ihre dunklen Augen standen unnatürlich groß in der Blässe ihres Gesichtes, die Backenknochen zeichneten sich ab, und der Mund war streng und herb. Mit schmalen Schultern stand sie wie eine Frierende. War das wirklich Gerda? Das blühende und immer heitere Mädel von der Waldschmidtstraße in Cham?

Das Schweigen wurde peinlich. Er erhob sich von der Fensterbank und ging ihr entgegen. Schüchtern und mit einem bangen, fragenden und bittenden Lächeln streckte sie ihm die Hand entgegen, eine Hand, weiß und schmal. Wie war diese Hand einmal fest und rund gewesen, wie die eines Kindes! Er spürte ihre Finger kalt in den seinen.

Was wollte sie?'

„Komm und setz dich, bitte!" Sie war ihm fremd geworden und kühle Abwehr klang in seiner Stimme mit.

Müde ging sie zum Tisch und setzte sich. Ihre Blicke wanderten durch die Stube. Schleppend begann sie zu reden. „Du wunderst dich, daß ich da herauf komme?"

„Ja, ich wundere mich", sagte er ungerührt.

„Ich — ich habe dich gesucht — und ich ahnte, daß du nicht in München oder anderswo bist, wie mir die Frau Ertl sagte, sondern daß du da heroben bist."

„Was führt dich herauf?" fragte er gleichgültig.

„Hast du meinen Brief bekommen?"

„Der Brief? Ach ja, ich habe ihn gelesen."

„Ich habe keine Heimat mehr, Bert, ich — meine Eltern —"

„Sind sie gestorben? Ist was passiert?"

„Gestorben sind sie nicht — aber es ist was passiert — und sie haben mich aus dem Haus —" Sie legte den Kopf auf die Tischplatte und fing haltlos zu weinen an.

Er stand ratlos und betroffen und wünschte sich in diesem Augenblick weit weg. Aus dieser Begegnung kam nichts Gutes. Was hatte er noch mit ihr zu tun, und was ging es ihn an, wenn sie Kummer hatte? Diese Szene peinigte ihn. Widerstrebend fühlte er das wachsende Mitleid mit ihr.

„Was ist denn? Willst du mir nicht erzählen? Du bist doch sicher heraufgekommen, um mir etwas zu sagen?“ Er sagte es ruhig und nüchtern.

Sie hob den Kopf und sah ihn mit tränenüberströmtem Gesicht an.

„Du bist so fremd — und ich wollte, ich wäre nicht heraufgekommen. Aber ich habe ja keinen anderen Menschen, zu dem ich gehen könnte! Mir ist bang gewesen vor dieser Stunde, aber ich weiß mir ja nimmer zu helfen.“ Wieder schluchzte sie auf: „Jetzt, wo ich da bin, weiß ich, daß ich gar nicht hätt kommen sollen, weil ich kein Recht mehr dazu habe, und weil alles vorbei ist.“

Er faßte sich. „Davon wollen wir nicht reden. Ruhe dich erst einmal aus, Hunger wirst du auch haben, und hier ist noch eine Tasse Tee.“ Geschäftig machte er sich am Ofen zu schaffen.

Sie schüttelte den Kopf. „Bert, solange ich nicht weiß — ob du mich gleich wieder wegschickst, habe ich keinen Hunger.“

Darauf antwortete er nicht, goß ihr den Tee ein und gab Brot dazu. Immer noch gleichgültig sagte er dann: „Warum soll ich dich gleich wegschicken?“ Um seine Verwirrung zu verbergen, trat er an das Fenster. „Jetzt aber iß erst einmal.“

Das war eine andere Gerda, ein völlig verändertes Mädchen. Er hatte sie noch nicht weinen sehen, solange er sie kannte, und ihr Kummer schaffte ihm Unbehagen. Hoffentlich ging dieser Tag schnell vorüber.

„Ich — hätte lieber nichts gegessen, mir ist gar nicht gut“, klagte sie.

Ohne sich umzuwenden drängte er, fast barsch: „Doch, jetzt trinkst du erst den Tee, was du mir sagen willst, kannst du nachher auch noch sagen. Du bleibst doch sicher bis zum Nachmittag."

„Ich weiß nicht — ich weiß überhaupt nichts mehr."

Als er nichts mehr antwortete, trank sie schweigend den Tee.

Voller Unruhe suchte er zu ergründen, was sie auf den Berg geführt haben mochte. Er kannte ihre häuslichen Verhältnisse und wußte, daß sie unter den Launen eines Stiefvaters oft sehr litt. War es nun soweit, daß sie es bei den Eltern nicht mehr aushalten konnte? Hatte es Streit gegeben?

Er merkte, daß sie aufräumen und die Tasse spülen wollte.

„Laß nur, ich mache das schon."

Sie wurde feuerrot. „Bitte, laß mich das tun."

Er ließ sie gewähren und fragte, als sie fertig war: „Willst du lieber hier bleiben, oder gehen wir auf den Gipfel?"

„Wenn es dir nichts ausmacht — aber lieber möchte ich in den Wald gehen oder hinüber auf den kleinen Osser. Ich möchte keine Menschen sehen."

„Gut, gehen wir."

Ihr Gesicht war gelb, und unter den Augen hatte sie blaue Schatten. Sich noch einmal in der Stube umsehend, fiel ihr Blick auf das Bild des Mareli und mit einem fragenden Ausdruck in den Augen sah sie ihn an. Er ging ihr voran aus dem Häusl.

Schweigend wanderten sie zum Sattel hinunter und stiegen über das Geröll und das aufgetürmte Gestein zum kleinen Osser auf. Sie atmete schwer und mußte öfter stehen bleiben.

„Bist du krank?"

Die Hände an die Brust drückend, murmelte sie: „Wenn es nur das wäre."

Dann saßen sie auf dem Gipfelstein und sahen hinunter ins Tal von Lam, wo sich der Ort wie ein Spielzeug um die Kirche mit dem roten Zwiebelturm baute. So blieben sie eine Weile stumm nebeneinander.

Sie schien zu warten, bis er sie zum Reden aufforderte.

Endlich sagte er: „Hat es daheim etwas gegeben? Mit dem Stiefvater?"

Kopfschüttelnd antwortete sie bedrückt: „Nein — aber — willst du mich überhaupt anhören?"

Er ballte die Fäuste auf den Knien, und sein Gesicht wurde hart: „Gerda, ich glaube, ich muß es wissen. Aber du wirst dich leichter reden, wenn wir uns vorher darüber klarwerden, wie wir zueinander stehen. Ich brauche nicht zu wiederholen, was wir uns in Cham gesagt haben. Wir sind auseinandergegangen, das weißt du ja, in Frieden auseinandergegangen. War das nicht so? Habe ich dir darüber je einen Vorwurf gemacht? Ich habe damals deinen Brief wohl zehnmal gelesen und habe dir recht gegeben. Jugend gehört zu Jugend, und das Alter hat kein Anrecht auf die Jugend: so hast du doch geschrieben? Ich war froh darüber, daß du es gewesen bist, die unser Verhältnis gelöst hat. Ich mußte es ja dir überlassen, und daß ich auf einmal für dich zu alt sein sollte, das hat mir eingeleuchtet. Es hat mich hart getroffen, das leugne ich nicht, aber es ist vorübergegangen, und ich habe hier heroben viel darüber nachgedacht und dir immer wieder recht gegeben. Es ist nun so lange her, und ich habe alles vergessen. Dennoch weiß ich nicht, ob es gut war, daß du da heraufgekommen bist. Kann sein, daß ich noch nicht ganz darüber weg bin."

Mit gesenktem Kopf hatte sie ihm zugehört, aber bei seinen letzten Worten sah sie auf und blickte ihn von der Seite prüfend an. Ein Hoffnungsschimmer zuckte in ihren Augen.

„Und nun rede, erzähle", fuhr er fort. „Was macht dir Kummer? Du bist ja völlig anders geworden, hast dich so verändert, daß ich dich kaum gleich erkannt hätte."

Leise begann sie, und ihre Wangen wurden rot. Ihre Worte klangen, als blieben sie eine Weile in der Bergstille stehen, ehe der leichte Wind sie forttrug.

„Bert, es fällt mir so schwer, dir alles zu sagen, und ich habe es mir viel leichter vorgestellt. Glaub mir, ich wußte wirklich nicht mehr aus noch ein, sonst wäre ich nicht gekommen, und wenn ich dich hier nicht getroffen hätte, ich weiß nicht, was dann mit mir geschehen wäre. Ich hab dir abzubitten, und ich weiß heute, daß es die unglückseligste Stunde meines Lebens war, als ich dir damals diesen Abschiedsbrief schrieb. Alles, was ich da geschrieben habe, war falsch. Heute kann ich mir das selber nicht mehr erklären — aber du warst so selten in Cham und immer wieder wochenlang fort — und als ich Fritz sah und kennenlernte — er war einfach ein Blender und konnte so viel reden. Im Café Krone habe ich ihn kennengelernt, und er war recht liebenswürdig, kam an meinen Tisch und heiterte mich auf. Ich erzählte ihm von dir, und da fing er an, auf mich einzureden, daß der Altersunterschied etwas Unmögliches sei und Jugend zu Jugend gehöre. Ein Mann, der bald Vierzig würde, könne nicht mehr lieben, weil er zu sehr an sich selber denke. Wir trafen uns öfter, er holte mich vom Geschäft ab —

es begann schon im November — und er fing immer wieder mit diesen Reden an, bis ich es selber glaubte. Du warst weg — ach, wenn du dagewesen wärst, dann wäre das alles anders gewesen! Ja, und dann schrieb ich dir den Brief, und es war sehr bitter, als ich es dir selber sagen mußte, weil wir uns trafen, ehe der Brief dich erreichte. Glaube mir, ich habe es schon bitter bereut, als ich am Grabe deiner Mutter stand. Ich wollte dir das sagen, aber du hast mich nicht angehört und mich stehenlassen. Ich nahm an, daß ich dich so sehr gekränkt hatte, daß nun alles unwiderruflich aus sei, und da versuchte ich dich zu vergessen. Fritz führte mich auf die Faschingsbälle, und wir gingen auch sonst zusammen aus. Einmal machte er mich so betrunken, es war am letzten Faschingstag, daß ich nicht mehr wußte, was um mich vorging. Da schleppte er mich zu sich auf sein Zimmer — und er redete ja immer von der baldigen Heirat — und ich weiß überhaupt nicht mehr, wie es dann kam. Bert — und dann — es blieb nicht ohne Folgen, und nach einigen Wochen wußte ich es. Ich ging zu Fritz — er tat ganz erstaunt und sagte, das sei einfach unmöglich — und war so unverschämt — fragte mich, ob ich nicht doch in der Zwischenzeit dich noch getroffen hätte. Ich war entsetzt und konnte mich selber nicht mehr begreifen. Ich haßte ihn. Er wich mir von diesem Tag an auch aus — und dann — im Mai, wurde er verhaftet, weil er bei der Bettfedernfabrik Geld unterschlagen hatte. Was ich in diesen Wochen gelitten habe, kann ich dir nicht sagen. Ich habe mich selber verflucht, war daran, in den Regen zu springen, habe nächtelang im stillen nach dir gerufen und war sogar bei der Frau Ertl, um zu erfahren, wo du bist. Ich konnte es vor der Mutter nicht mehr verbergen, und der Vater hat mich aus dem Haus gejagt. In Cham wollte ich nicht mehr bleiben — habe meine Stellung aufgegeben und bin zur Tante nach Kötzting. Sie war solange freundlich zu mir, bis sich herausstellte, daß ich in Kötzting keine Stelle finden würde, und sie wollte wissen — wer der Vater meines Kindes ist — ich habe es niemandem gesagt, auch meiner Mutter nicht — die Scham hätte mich umgebracht. Gestern hat sie mich aufgefordert, wieder zu meinen Eltern zurück oder woanders hinzugehen, wenn ich so verdrückt wäre und nicht reden wolle. Da bin ich gegangen. Mein Herz hat mir in der größten Not gesagt, daß du auf dem Osser sein könntest. Da bin ich heraufgegangen — einem Menschen wollte ich noch alles sagen und dann — ich weiß nicht, was werden soll. Ich gehe wieder — nur einen Tag möchte ich ausruhen, mich im Wald verkriechen. Nun weißt du es, und mir ist leichter — jag mich fort —"

Haltlos fing sie zu weinen an.

Als hätte er gar nicht hingehört auf das, was sie erzählt hatte, so saß er unbewegt und sah in die Ferne. Die Zeit verrann, und ihr Schluchzen verstummte.

Über dem Zwercheck stieg weißes Gewölk auf und schob sich in den blauen Himmel. Die Sonne wanderte über den Mittag. Ein kühler Wind kam von der Wolkenwand. Da stand er auf.

„Jetzt haben wir den Mittag versäumt, und diese Wolken werden wohl ein Gewitter bringen. Komm, wir müssen zurück."

Sein Gesicht zeigte keine Erregung, und scheu und verwundert folgte sie ihm, unglücklich und gedemütigt über sein Schweigen. Die Wolkenwand schob sich vor die Sonne, und ein Wind kam auf, als sie das Häusl erreichten.

„Wenn du ein wenig Geduld hast, dann gibt es Geräuchertes. Du solltest dich inzwischen ein wenig ausruhen. Mach es dir bequem." Fast verdrossen sagte er es, und zitternd vor Anspannung und Ratlosigkeit setzte sie sich auf die Fensterbank.

Warum schwieg er und wußte nichts zu sagen? Seine Ruhe kam ihr unheimlich vor. War ihm das alles gleichgültig? Wartete er nur auf die Stunde, da er sie wieder loswerden würde? Reglos saß sie und sah ihm zu.

„Wird zwar keine besondere Mahlzeit —"

Er sagte es nur für sich selbst und kehrte ihr geflissentlich den Rücken zu, sah sie auch nicht an, als er ihr das Geräucherte vorsetzte. Als sie nicht essen wollte, brummte er unhöflich:

„Jetzt iß endlich einmal!" Sie brachte nur mit Mühe einige Bissen hinunter. Wortlos räumte er den Tisch wieder ab.

Draußen hatte sich das brauende Gewölk auf den Berg gesenkt, und es wurde dunkel in der Stube. Der erste Wetterschein zuckte auf, und das Grollen kam näher.

Albert Lorenz nahm den Wassereimer und verließ die Stube, um zur Quelle zu gehen.

„Bin gleich wieder da", sagte er kurz und mürrisch.

Ein kräftiger Donner mahnte ihn zur Eile. Die Gewitterwolke, die sich am Ossergipfel verfangen hatte, hüllte ihn ein, daß er nur wenige Schritte weit zu sehen vermochte. Sie schob sich in grauen Schleiern heran und leuchtete in den Blitzen unheimlich rot. Erste große Tropfen fielen, klatschten auf die Steine und trommelten im Wald. Er konnte nicht abwarten, bis der schwache Wasserfaden der Quelle den Eimer füllte und ging wieder zurück. Auf dem Steig vor der Hütte tauchte aus dem brauenden Wolkennebel eine Gestalt auf.

„Gerda? Wo willst du hin?“

„Ich gehe wieder“, antwortete sie tonlos und müde.

Ein Donnerschlag zwang ihn, zu schreien: „Du bleibst da!“

Sie ließ es geschehen, daß er sie bei der Hand nahm und in die Stube zurückzog. Verschüchtert setzte sie sich wieder auf die Bank. Das Gewitter tobte nun um den Berg mit Blitz und Donner, und das Häusl erzitterte. Dazwischen folgten kurze, beängstigend stille Pausen. In eine Stille hinein bat sie:

„Laß mich gehen, Bert.“

„Bleib nur, du kannst doch jetzt nicht —“ Ein Donnerschlag verschlang seine Worte. Durch das offene Fenster fuhr ein kalter Windstoß, und sie schauerte zusammen. Er bemerkte es und schloß das Fenster. Nun kam der große Regen und schlug dumpf auf das Schindeldach. Durch das Rauschen und Brausen rief sie wieder:

„Warum läßt du mich nicht gehen! Ich habe eingesehen, daß du mir nicht helfen kannst — ich wollte deinen Rat — oh, ich hätte gar nicht kommen sollen — ich schäme mich —“

Rastlos ging er in der Stube auf und ab. Hatte er sie überhaupt gehört? Draußen wurde es heller, Blitz und Donner ließen nach, und der Regen hatte aufgehört, als er hart vor ihr stehenblieb.

„Ja, wir müssen darüber reden, und wir müssen einen Ausweg finden. Ich will dir ja helfen, Gerda, wenn ich dir überhaupt helfen kann.“

Er nahm neben ihr auf der Bank Platz, und seine Stimme klang nun bekümmert und weich:

„Hat das alles sein müssen, Gerda? Ich will dir keinen Vorwurf machen, dazu hab ich kein Recht. Jeder Mensch rennt seinem Glück oder Unglück nach, wie es ihm vorgezeichnet ist. Zurückdenken und alles immer wieder aufrühren, das nützt nichts. Es muß ja doch wieder weitergehen. Ich weiß nur noch nicht, wie es weitergehen soll, aber es wird mir schon einfallen. Weißt du, ich bin schon ein wenig weltfremd geworden und habe gemeint, nur ich habe Sorgen. Wenn du doch wieder zu deinen Eltern zurückgingest? Ich meine, bis alles vorbei ist?"

Verzweifelt schrie sie auf: „Nein, nein, nie! Die lassen mich nicht mehr ein! Der Stiefvater haßt mich, und die Mutter müßte alles entgelten."

„Es muß aber etwas geschehen."

„Ja, es muß was geschehen, und es hätte schon geschehen müssen, ehe ich da heraufgegangen bin. Aber ich habe nicht den Mut gehabt. Ich wollte dir nur alles erklären — du solltest nicht falsch von mir denken — ich wollte dich noch einmal sehen — und ich gehe ja wieder."

„Erst müssen wir wissen, was werden soll, dann kannst du gehen."

Verzweifelt und mit leidenschaftlichem Vorwurf sah sie ihn an:

„Warum hast du mich damals nicht mehr angehört, nach dem Tode deiner Mutter? Du bist weg und hast mich mit meinen Zweifeln allein gelassen. Es hätte alles anders kommen können. Ich hatte schon eingesehen, daß ich nur zu dir gehöre, und daß das mit dem Fritz ein Blödsinn wäre. Aber du wolltest nichts mehr von mir wissen, und ich habe es schließlich eingesehen, daß es dir gar nicht unangenehm war, daß wir uns trennten." Sie schlug die Hände vor das Gesicht, und ihre Schultern zuckten im verhaltenen Weinen.

„Ja", sagte er nach einer Pause ruhig, „ich wollte dich damals selbst bitten, unsere Verlobung zu lösen. Nicht, weil ich dich nicht mehr liebhatte, nein, das hatte einen anderen Grund. Ich frage mich heute selber, warum ich dir damals nicht alles gesagt und reinen Wein eingeschenkt habe. Ich kam damals gerade von der Augenklinik und wußte, daß ich mein Augenlicht nur noch einige Monate, und wenn es gut ging, vielleicht nur noch ein Jahr haben werde. Sollte ich dich an einen Blinden binden? Freilich, ich hätte es dir offen sagen sollen, war aber froh darüber, daß du selber Schluß machen wolltest, und das also gar nimmer wichtig war."

Sie ließ die Hände sinken und starrte ihn entgeistert an:

„Bert! Oh — das war es?"

Er lächelte trübe: „Ja, das war es. Konnte ich denn verlangen, daß du dich mit einem Krüppel verheiratest? Der einmal eine Familie ernähren sollte? Schau, Gerda, deswegen bin ich auf den Berg gegangen. Dieses Jahr meines letzten Lichtes wollte ich dort verleben, wo ich immer am liebsten war, mitten in der schönen Natur und in Ruhe. Was dann kommt, weiß ich ja selber noch nicht. Vielleicht bin ich bald ein armer Mann, wenn ich nicht mehr malen kann. Ich mußte dich freigeben, und du hast mir das erspart. Ich war später froh darüber. Verstehst du mich nun?"

Erschüttert flüsterte sie: „Ja, Bert, ich verstehe es." Doch dann schrie sie verzweifelt auf: „Nein, nein, ich kann es nicht verstehen. Ich hätte doch arbeiten können! Ich hatte ja eine Stellung und Verdienst — und ich hätte gearbeitet — Tag und Nacht — für uns zwei!"

Er schüttelte den Kopf: „Das sieht sich heute anders an, Gerda. Wenn du darüber solange nachdenkst, wie ich es getan habe, dann wirst du mir wohl recht geben müssen."

„Bert, ach — hast du mich für so klein und so wenig gehalten? Ich habe dich doch geliebt!"

„So?"

Das Gewitter hatte sich verzogen, und die Sonne schien wieder. Albert Lorenz verließ die Stube und hackte draußen Holz. Sie folgte ihm nach einer Weile und trug wortlos das gespaltene Holz in den Vorraum. Seinen Einwand, daß er das schon selbst besorgen würde, beachtete sie nicht. Er nahm die Hacke und ging in den Wald hinunter, um Astwerk zu holen. Als er mit einem Bündel zurückkam, saß sie auf der Bank unter der Fichte.

„Nun wird es aber Zeit zum Abendessen. Erbsensuppe gibt es. Komm."

Verwundert sah sie ihn an. Ruhig und fast heiter hatte er gesprochen, als wäre nie etwas zwischen ihnen gewesen. Berührte ihre Not ihn gar nicht? Sie folgte ihm in die Stube und machte Feuer im Herd. Er ließ sie gewähren, als sie auch die Erbsensuppe kochte. Auf der Bank sitzend rauchte er seine Pfeife und beobachtete sie stillschweigend. Jetzt erst sah er, daß man ihr ihren Zustand schon anmerkte.

Nach dem Essen fing er wieder zu reden an: „Heute kannst du nicht mehr hinuntergehen, den Abendzug erreichst du nicht mehr. Aber die Hubermutter hat sicher ein gutes Bett für dich. Wir gehen bald hinauf, denn du siehst ganz elend aus."

„Kann ich denn nicht bei dir bleiben?" fragte sie zaghaft.

Kurz und bestimmt lehnte er ab: „Nein!"

„Dann gehe ich trotzdem noch hinunter."

„Du bleibst, und morgen reden wir weiter! Komm!"

Das war ein Befehl, und sie fügte sich. Er begleitete sie zum Schutzhaus, und um allen Fragen zu entgehen, verabschiedete er sich schnell wieder von den Huberleuten und kehrte in sein Häusl zurück.

Seine Stube kam ihm nun fremd vor. Leer und nüchtern war der Raum, und auch in ihm selbst war alles verwirrt. Wie hinter einem Vorhang spürte er das vergangene halbe Jahr abgerückt, und die Ruhe und Einsamkeit waren zerstört. Er war wieder mitten in das Leben geschleudert, und es verlangte von ihm Entscheidungen.

Die Wende des Jahres hatte auch für ihn eine Wende gebracht.

Was er mit dem Neujahrstag zurückgelassen hatte, war nun wieder da, so gegenwärtig, als wäre er nie davon getrennt gewesen. Er rannte in der Stube auf und ab und fand keinen Ausweg.

Sollte er sie wieder weiterschicken in ihrem Elend? Sie war zu ihm gekommen! Durfte er sie in ihrer Not allein lassen?

Vor dem Bild Marelis blieb er stehen, und das Herz wurde ihm schwer, daß es ihn schmerzte. War er nicht selber in einer Seelennot, aus der ihm niemand heraushelfen konnte?

Dann warf er sich auf das Bett und starrte in die Dunkelheit. Im Halbtraum stieg die Erinnerung an seine Mutter auf, so stark, daß er die alte Frau in seiner Nähe zu verspüren glaubte. Deutlich hörte er sie sagen:

„Was der Mensch einmal begonnen hat, muß er zu Ende führen, und was er im Leben auf sich nimmt, muß er einmal verantworten. Deine Gerda ist ein gutes Mädel, aber sie braucht eine starke Hand. Du hast dich um sie angenommen, und da mußt sie halt fest bei dir halten."

Was würde die Mutter heute sagen? Was würde sie sagen, wenn sie die Gedanken kennen würde, die ihn in den letzten Monaten so gequält hatten? Er verstand sich selbst nicht mehr.

Ein Mädel hatte er aufgegeben, weil er sie nicht mit in sein Unglück nehmen wollte, und hatte dabei eine andere Liebe groß werden lassen und wollte, wenn es das Schicksal gefügt hätte, eine andere an sein Unglück binden! Gerda hatte er recht gegeben, daß Jugend zu Jugend gehörte, und — Mareli war sicher noch um einige Jahre jünger als Gerda.

Die Sonne weckte ihn, und wieder überkam ihn das Gefühl, daß etwas anders geworden war. Während er die letzten Tage tatenlos verbracht hatte, drängte es ihn jetzt, etwas zu tun. Während er sich wusch und den Kaffee kochte, wunderte er sich, wie gut ihm alles von der Hand ging. Es zog ihn ins Freie, und er begann die Äste kleinzuhacken, die er am Vortag gesammelt hatte.

Gerda würde wohl auch bald kommen. Wie ruhig er heute darüber nachdenken konnte! Er bemerkte auch gar nicht, wie sie vom Gipfelweg kam und plötzlich vor ihm stand.

„Guten Morgen!" begrüßte er sie ruhig. „Hast du gut geschlafen? Du siehst heute besser aus. Hast du schon

Kaffee getrunken? Ich hab in der Röhre einen für dich bereitgestellt.

Sie folgte ihm in die Stube. Sie sah nun wirklich wieder besser aus: nicht mehr so blaß, und ihre Bewegungen waren nicht mehr so müde. Überlegend beobachtete er sie und fragte plötzlich:

„Hast du deine Papiere bei dir?"

Fragend sah sie auf: „Warum — welche Papiere?"

„Ich meine — dieser Fritz wollte dich doch heiraten? Hast du dir dafür schon Papiere beschafft?"

Zögernd antwortete sie: „Ja — weil ich wirklich glaubte — ja, ich habe sie bei mir."

„Dann gib sie her."

Aus ihrer Handtasche kramte sie, was sie an Papieren hatte, und legte sie auf den Tisch. Er sah sie durch. Arbeitsbuch und andere Ausweise gab er ihr zurück und steckte die restlichen Dokumente ein.

„So, und jetzt gehen wir nach Lam hinunter. Deine Tasche kannst du dalassen, wir sind bald zurück."

Sie getraute sich nichts zu fragen und folgte ihm. Als er das Häusl versperrte, summte er sogar eine Melodie vor sich hin.

Im frischen Sommermorgen stiegen sie abwärts, den kürzesten Weg über den kleinen Osser und den Weiler Buchet. Er sprach nur wenig und war ihr meist vorausgegangen, bis er merkte, daß der Abstieg sie anstrengte.

„Bei dieser Gelegenheit wollen wir gleich auch einmal tüchtig einkaufen, vor allem Fleisch, das ist bei mir droben zu selten. Und auf dem Rückweg gehen wir über Mariahilf und sehen beim Vogel nach."

Sie nickte nur und wanderte wie im Traum neben ihm her.

Was wollte er, und warum war er heute so ruhig und freundlich?

Als sie durch Lam gingen, wurde er lebhaft, bewunderte die Blumen in den Gärten und bedauerte, daß es diese Farbenpracht der Blüten auf dem Osser nicht gebe. Auf dem Ortsplatz steuerte er der Gemeindekanzlei zu.

Sie blieb stehen und wollte draußen warten, aber mit einem Schmunzeln sagte er: „Komm nur mit, dazu brauche ich dich auch."

Als der Gemeindesekretär nach seinem Anliegen fragte, sagte er fest und schier ein wenig heiter:

„Wir möchten das Aufgebot bestellen, und hier sind unsere Papiere. Wir möchten uns auch hier trauen lassen und zugleich Antrag auf Aufgebotsverkürzung stellen. Sie können das Osserschutzhaus anrufen und uns sagen lassen, ob eine Verkürzung möglich ist, und wann wir getraut werden können."

Gerda preßte das Taschentuch vor den Mund und wandte sich ab, um die Tränen zu verbergen. Sie brachte noch kein Wort heraus, als sie schon auf dem Ortsplatz standen. Gutmütig redete er ihr zu:

„Ist ein bisserl überraschend, gell? Aber weine nicht, es wird bestimmt so richtig sein."

„Bert, ich —"

„So, und jetzt gehen wir auch gleich ins Pfarramt. Nimm dich nur ein wenig zusammen."

Etwas verwundert betrachtete der greise Pfarrer von Lam das Brautpaar, den ruhigen, selbstsicheren Bräutigam und die völlig verwirrte und verweinte Braut. Mit freundlichen Worten wies er auf die hohe Würde der Ehe hin, auf das Gebot der Treue und gegenseitigen Achtung, die Zusammengehörigkeit bis zum Tode.

„— und vor allem sollte es die Liebe sein, die zwei Menschen zusammenführt, nicht die Leidenschaft, die meist nicht lange anhält, sondern eine tiefinnere Verbundenheit und der Wille, sich gegenseitig in allen Lebenslagen beizustehen, was auch kommen mag. Eine gute Ehe erfordert gute Überlegung, und sie einzugehen verlangt auch einigen Mut. Ich glaube, daß Sie beide das alles wissen und auch überlegt haben, und daß die Tränen der Braut Glückstränen sind. Ist es so?"

Mit einem milden Lächeln hatte er sich an Gerda gewandt, und sich die Augen trocknend, hauchte sie ein leises: „Ja".

Der Pfarrer fuhr fort: „Männer wissen ja meist, was sie wollen, und sie kennen ihre Verantwortung. Sie wissen auch, daß es für sie vom Augenblick des Verlöbnisses an nur noch ihre Braut und ihre Frau gibt, und daß gerade die Treue das Fundament des Ehelebens ist. Ich bin mit einem Aushang von zehn Tagen einverstanden, und wenn alles klappt, dann traue ich Sie gerne, heute in zehn Tagen."

Sie bedankten sich bei dem liebenswürdigen Geistlichen und standen wieder auf dem Ortsplatz. Albert Lorenz sah mit einem verhaltenen Lächeln seine Braut an.

„So, das hätten wir nun."

Erregt faßte sie ihn am Arm, und in ihrem Gesicht vermochten Freude und Verwunderung noch nicht ganz Angst und Zweifel verwischen.

„Bert, ach, Bert, was hast du da getan! Ich werde dir das nie vergelten können — ich bin so froh — und ich schäme mich."

„Sei ruhig, Gerda. Du hast genug Aufregung hinter dir. Es ist schon so richtig. So — und jetzt wollen wir einmal den Tag richtig vertrödeln, essen gehen, Kaffee trinken, einkaufen."

Sosehr er sich bemühte, sie zu unterhalten und in bessere Stimmung zu bringen, sie blieb einsilbig. Oft sah sie ihn nur mit Dankbarkeit und Staunen an.

Wie wenig hatte er sich verändert! Sein hageres Gesicht war, wie sie es seit Jahren kannte, braungebrannt, das eines reifen Mannes, der wußte, was er wollte, ein wenig verträumt und doch auch wieder entschlossen.

An diesem Tag lebte auch sie wieder auf. Ihr Gang war nicht mehr schleppend, ihre Wangen färbten sich wieder, und wenn sie lächelte, war sie wieder die alte Gerda. Als sie heimwärts über Mariahilf aufstiegen und beim Vogelwirt zukehrten, hatte sie sich wieder soweit beruhigt, daß sie sich an der Unterhaltung mit dem Wirt beteiligen konnte. Der Vogelwirt kannte sie von früheren Berggängen und bemerkte, daß er sich schon gewundert habe, weil sie so selten heraufkomme. Seine Fragen wurden peinlich, und Albert Lorenz drängte zum Aufbruch.

Als sie das Häusl unterm Gipfel erreichten, sank die Sonne gerade hinter den Wald. Während sie erschöpft auf die Bank fiel, kannte er keine Müdigkeit, räumte die Einkäufe aus und ordnete alles in Schrank und Keller.

Nun überkamen sie wieder die Ereignisse des Tages, und bedrückt sah sie ihm zu. Sie hatte diesen Mann aufgegeben und alles das, was er ihr an Vertrauen und Zuneigung entgegengebracht hatte, so sehr enttäuscht! Und nun? Es konnte kein Scherz sein. Aber warum tat er so, als wäre sie gar nicht da?

„Bert, du mußt mich eigentlich verachten — aber du willst es mich nicht merken lassen."

Verwundert hielt er inne in seiner Beschäftigung mit den Einkäufen und sah sie an: „Wieso? Wie kommst du auf solchen Unfug?" Und gelassen fügte er hinzu: „Du könntest eigentlich jetzt das Kochen übernehmen, Tee und Wurst gibt es. Ich hole inzwischen Holz und Wasser."

Er wartete eine Antwort erst gar nicht ab und verließ mit dem Wassereimer die Stube. Als er zurückkam, war auch der Tisch schon gedeckt.

„Morgen fahre ich nach Cham", plauderte er ungezwungen, „habe da noch allerhand zu regeln und muß endlich auch einmal nach der Wohnung sehen. Weiß nicht, wie lange ich ausbleibe, drei, vier Tage vielleicht. Du bist einstweilen im Schutzhaus droben gut aufgehoben, und ein paar Tage Ruhe werden dir gut tun. Der Frau Huber hab ich es schon gesagt, daß du das Zimmer einstweilen behalten wirst — bis nach der Hochzeit."

„Kann ich denn nicht hierbleiben?" wandte sie schüchtern ein.

„Nein. Ich gebe dir den Schlüssel, aber wohnen und schlafen sollst du droben. Morgen früh sehen wir uns ja noch, ehe ich gehe. Deine Sachen werde ich bei deiner Tante in Kötzting abholen und irgendwo unterstellen. Geh jetzt, du bist müde — und mache dir nicht zuviel Gedanken."

„Ach, Bert!" Sie hob die Arme, um sie ihm um den Hals zu legen, überwältigt von dem seligen Gefühl, daß nun alle Not vorbei sei, aber er schien es nicht zu bemerken und wandte sich rasch ab. Da ging sie mit gesenktem Kopf und einem leisen Gutenachtgruß.

Durch das Lohberger Hochtal ging das Leutgerede. Was man schon seit langem hinter den Türen und in den Stuben getuschelt hatte, davon sprach man nun schon offen auf den Straßen, auf dem Kirchplatz und in den Wirtshäusern, aber nur wenn die Beteiligten nicht in der Nähe waren. Daß es nicht lange mehr so weitergehen konnte, war vorauszusehen, denn die Schwärzer trieben ja schon am hellichten Tage die Rösser und die Stiere, die in den Nächten über die Grenze gebracht wurden, hinüber ins Zellertal. Nun war die Zahl der Grenzaufseher auf das Doppelte verstärkt, und zwei Zivilbeamte der Zollfahndung hatten sich im Gasthof „Zur Post" einquartiert und waren den ganzen Tag unterwegs, gingen in die Ställe der Bauern und Häusler und nahmen den Viehbestand auf, um schon in den folgenden Tagen wiederzukommen und nachzusehen.

Die Gruppe der Wirtshausbrüder, die sich um den Scheibenhofer zusammengetan hatte, zerstreute sich, und sie taten auf einmal, als wären sie sich fremd, wenn sie sich begegneten. Die Krämer versteckten den böhmischen Landtabak, den sie bisher offen aufliegen hatten und verkauften, denn auch sie wurden von den Zollfahndern aufgesucht und kontrolliert.

Die Grenze war heiß geworden, und da man wußte, daß die Schwärzer ihr dunkles Gewerbe nicht aufgeben würden, weil sie ja leben wollten, ohne zu arbeiten, mußte bald einmal etwas passieren.

Nur den Scheibenhofer schien das alles nicht zu beeindrucken. Er war zum Säufer geworden und kehrte tagelang nicht auf seinen Hof zurück, tauchte in allen Wirtshäusern des Lamer Winkels auf und überließ es seinem alten Vater, sich um die Wirtschaft zu kümmern. Ein Außenseiter war er geworden, und die Leute rückten von ihm ab. Daß er mit dem Schmuggel Geschäfte machte, wußte man schon lange, und darüber verlor man kein Wort, daß er aber als angesehener Bauer in den Wirtshäusern herumtrank und seinen Vater so im Stich ließ, zog ihm die Verachtung der Waldbewohner des ganzen Winkels zu.

Über dem Lohberger Hochtal lag in diesen Julitagen die Spannung und die Scheu wie ein dunkler Schatten. Wo die Grenzaufseher oder die Zollfahnder auftauchten, verstummten die Gespräche und gingen die Leute auseinander. Sie wußten, daß man nach den verborgenen Führern des Schmuggels suchte, nach denen, die selber nichts riskierten, aber den Handel über die Grenze finanzierten und in Schwung hielten. Sie hatten die Verbindung in das Hinterland, ohne die jeder Schmuggel unmöglich war, und sie schafften auf unbekannten Wegen Vieh und Ware weiter. Die eigentlichen Grenzgänger waren meist doch nur arme Tröpfe, arbeitsscheue Burschen, für die ein Gang in der Nacht einen guten Wochenlohn bedeutete.

Dem Grenzoberaufseher Feldmeier nützte seine Emsigkeit wenig, denn sein hochfahrendes Wesen, seine Eitelkeit und Wortkargheit hatten ihn nicht in Kontakt mit der Bevölkerung gebracht. Anders war das beim lustigen Pfannzelter, der sich gerne einmal in den Wirtshäusern sehen ließ und aus Bemerkungen der Leute und eigenen Beobachtungen schon längst wußte, daß dieser nichtstaugende und versoffene Bauer, dieser Scheibenhofer Sepp, eine Rolle spielte. Pfannzelter aber behielt seine Vermutungen bei sich, blieb der freundliche Beamte, der immer heiter und verträglich, allen bekannt und überall wohlgelitten war.

Man wußte auch, daß der Pfannzelter wohl längst einem oder dem anderen der kleinen Schnapper hätte mit Erfolg auflauern können. Aber diese Gelegenheitsgrenzgänger brachten meist nicht viel mehr herüber als den Rauchtabak für den eigenen Verbrauch und gehörten nicht zu den Viehschmugglern. Was man nicht wußte, war, daß der Pfannzelter manche Nacht, wenn er nicht Dienst hatte, weite Spaziergänge machte, den Scheibenhof beobachtete und die Dörfer und Einöden aufsuchte. Besonders rührig wurde er, wenn der kleine verhutzelte Prokop sich im Lohberger Winkel sehen ließ, und an einem späten Abend blieb er ihm auf den Fersen und beobachtete, wie sich der Scheibenhofer bei den Totenbrettern bei Sommerau mit ihm traf. Er konnte zwar nicht so nahe heran, daß er auch ihr Gespräch hätte hören können, aber es genügte ihm zu wissen, daß wohl bald wieder einmal etwas fällig war und er sich nur an den Scheibenhofer zu hängen brauchte, um dahinterzukommen.

Der junge Bauer hatte auf den Prokop schon gewartet.

„Hoffentlich hast du dich net recht umgetrieben, daß dich alle Leut gesehen haben."

„Hab es schon gehört, daß die Grenze heiß ist", feixte der Prokop und setzte sich neben dem Scheibenhofer in das Gras, „aber ich bin doch kein Wickelkind!"

„Im Sommer wird nimmer viel zu machen sein, und wenn wir die Grenzer net wieder losbringen, seh ich auch für den Herbst schwarz."

„Wird so schlimm net sein, und wenn es schiefgeht — so schnell wie ich kann doch keiner laufen. Bringen wir die Ochsen halt stückelweis herüber, dann ist net soviel hin, wenn sie uns einen abnehmen."

„Man müßt ihnen einmal einen Dummen liefern

und dann eine Weile stillhalten, damit sie glauben, sie hätten dem Schmuggel ein Ende gemacht. Dann täten sie die Verstärkung und die Zollfahnder schon bald wieder abziehen. Du hast doch gesagt, daß du den Irrfang öfter drüben gesehen hast?"

„Sicher, und ich weiß auch, daß er mit dem Stingl vom Osserhammer zusammenkommt. Tabak oder so was Ähnliches, und wenn ich mich net getäuscht hab, dann hab ich ihn auch schon mit dem Hucken im Wald gesehen. Hat ziemlich aufgelegt gehabt."

„Das mußt noch alles genau herausbringen, vor allem, wo er herüben hingeht. Geh ihm einmal nach, und wenn wir es wissen, dann lassen wir ihn springen. Den Tip geb ich dann den Grenzern."

„Hm, so einfach ist das net"

Der Scheibenhofer drängte: „Ach was. Der Irrfang kann nur in der Samstagnacht gehen. Unter der Woche ist er in der Arbeit. Er ist sicher, weil er das Geld braucht.. Bis zum August will er mir tausend Mark zurückzahlen, da muß er sich dranhalten. Wir müssen aber auch wissen, wo er die War hinbringt, sonst ist es den Grenzern zu wenig. Denen ist der Mittelsmann wichtiger als der Schwärzer."

„Aufpassen kann ich ja, aber —"

Der Scheibenhofer kannte seinen listigen Partner.

„Fünfzig Mark kriegst, wenn ich einmal weiß, wie ich den Irrfang tanzen lassen kann, und noch einmal fünfzig, wenn die Verstärkung und die Zollfahnder weg sind. Aber ich muß mich auf dich verlassen können. Da hast du eine Anzahlung, und jetzt verschwind, und daß du mir ja herüben in keinem Wirtshaus einkehrst. Wenn es geht, komm ich am Samstag selber hinüber, dann treffen wir uns."

Flink wie ein Wiesel huschte der Prokop davon, und selbst der aufmerksame Pfannzelter sah nur den huschenden Schatten. Er folgte dem Scheibenhofer, aber dieser ging geradewegs dem Kirchenwirt von Lohberg zu.

Albert Lorenz war wieder auf den Berg zurückgekehrt. Fast eine Woche war er ausgeblieben.

Das Getriebe in der Stadt Cham war ihm fremd und lästig erschienen, und er reiste gerne wieder ab, als die notwendigen Veränderungen in der Wohnung eingeleitet waren und er der guten Frau Ertl das Restliche überlassen konnte. Die heiße Luft in den Gassen lastete auf ihm wie ein Alpdruck. Seine Unterhaltung mit Gerdas Tante in Kotzting war kurz und bündig, und er schickte die Sachen seiner Braut zu einer Schwester seiner Mutter nach Bodenmais, fuhr auch selbst dorthin und wanderte über den kleinen Arber zurück in den Lohberger Winkel.

Zufrieden stellte er fest, daß Gerda inzwischen die nervöse Unruhe überwunden hatte und wieder besser aussah. Tagsüber waren sie zusammen, und am Abend begleitete er sie hinauf ins Schutzhaus. Sie hatte sich um das Kochen und den kleinen Haushalt angenommen, und er verbrachte die Zeit mit Holzsammeln und tat, als hätte er für ein ganzes Jahr vorzusorgen. So verbrachte er die Tage im Walde und kam eigentlich nur zu den Mahlzeiten in die Hütte. Gerda fing an, seine Wäsche in Ordnung zu bringen und zu waschen, er schleppte das Wasser herbei. Er war zwar etwas wortkarg, gab aber freundlich Antwort, wenn sie ihn um etwas fragte.

Eines Mittags kam der Huber Sepp vom Schutzhaus

herunter, traf den Maler im Freien und bestellte ihm, daß morgen die Trauung stattfinden könne. Da legte er die Axt hin und kehrte in die Stube zurück.

Pfeiferauchend saß er am Tisch und sah ihr nachdenklich zu, wie ihre Finger die Nadel führten, um einen seiner Socken zu stopfen.

Sie redeten nur wenig, und seine Antworten waren zerstreut.

Seit sie auf dem Standesamt waren, hatte er nicht mehr von der Hochzeit gesprochen und nichts über ihre Zukunft gesagt. Das machte sie still und bekümmert. Ein schwerer Seufzer hob ihre Brust.

Hatte er ihre Gedanken erraten?

„Gerda, es wird gut sein, wenn du dich heute zeitig hinlegst. Morgen gehen wir schon um fünf Uhr nach Lam hinunter. Der Bürgermeister hat uns um sieben Uhr bestellt, und dann ist auch gleich die kirchliche Trauung."

Sie wischte sich mit dem Handrücken über die Augen. „Ach, Bert, ich weiß nicht — wird es gut sein? Wird es wieder gut werden?"

„Aber geh, mach dir keine unnötigen Sorgen. Oder hast du es dir anders überlegt? Willst du mich nicht mehr?" Er sagte es heiter und gutmütig.

Die Hände an die Augen pressend, schluchzte sie auf: „Bert, warum bist du so zu mir — so herb und doch so gut? Warum hast du nicht wenigstens ein böses Wort für mich, warum schimpfst du mich nicht aus? Ich glaube, mir wäre leichter — und wenn du dann wieder der Alte sein könntest. Oh, ich möchte am liebsten sterben. Du verachtest mich doch!"

Er setzte sich zu ihr und zog ihr die Hände von den Augen.

„Nun sei einmal gescheit, Mädel. Vielleicht bin ich schon ein Sonderling geworden und denke zuviel an meine Sorgen. Aber das wird ja auch wieder anders. Will ich denn nicht dein Bestes? Ich meinte ja nur, ob du dir gut überlegt hast, daß du einen Mann heiraten willst, der vielleicht morgen schon blind ist. Aber meine Bilder sind gut verkauft, und was ich hier noch habe und noch malen werde, ist auch noch etwas wert. Du darfst nicht alles so traurig und trübe sehen. Ich weiß bestimmt, daß alles noch gut wird."

„Ich tue ja, was du willst, und bin auch schon wieder ruhig. Ich werde es ja in meinem Leben ohnehin nicht mehr gutmachen können, was ich angestellt habe. Ach, wenn ich dich nicht hätte —" Sie legte die Arme um seinen Hals und sah ihn an, dankbar und zweifelnd, ängstlich und bittend. Verwundert sah sie sein Lächeln.

„Na also, Mädel! Ist ja alles gut!" Und als wäre der Bann gebrochen, plauderte er angeregt weiter, erzählte, daß er den Pfannzelter getroffen habe, einen recht zünftigen Grenzaufseher, und daß dieser und der Bürgermeister ihnen in der Kirche die Trauzeugen machen wollten.

„Es ist eigentlich schade, daß du kein Brautkleid mit Schleier tragen wirst, aber mir ist eine stille Trauung lieber, was sagst du dazu?"

In dieser Stunde wuchs in ihr das Glück und die große und echte Liebe zu diesem Mann, der so eigen sein konnte.

Grau und nebelig begann der Tag, und es nieselte leicht, als sie das Standesamt verließen und zur Kirche gingen, schweigend und in sich gekehrt die Braut, gutgelaunt, sich mit Pfannzelter unterhaltend der Bräutigam. Es war kühl in dem alten Gotteshaus, als der Pfarrer sie traute, und nur einige ältere Frauen saßen in den Betstühlen. Ihre Hände zitterten, als Albert Lorenz seiner jungen Frau den Ring ansteckte und in ihren Augen standen wieder die Tränen. Wie eine Träumende ließ sie sich von ihm nach der Messe aus der Kirche führen.

Ein wenig enttäuscht meinte der Grenzaufseher Pfannzelter, als sich Albert Lorenz, für den Beistand dankend, von den Zeugen verabschiedete:

„Wird da gar nix gefeiert?"

„Das wird nachgeholt, lieber Herr Pfannzelter, meine Frau ist nicht recht gesund, und ich möchte sie nicht zu sehr anstrengen."

„Ich komme bald wieder einmal bei Ihnen vorbei, wenn Sie noch länger da droben bleiben", versicherte Pfannzelter. Dann verließ das junge Paar Arm in Arm den Ort und wanderte zurück auf den Berg.

„Du willst noch länger droben bleiben?" fragte Gerda schüchtern.

Noch mit keinem Wort hatte er sich darüber geäußert, wie sie nach der Hochzeit leben wollten, und sie hatte sich nicht danach zu fragen getraut.

„Ja, Gerda, aber wir werden das alles heute noch genau besprechen. Um mich geht es jetzt nicht. Vor allem mußt du bald deine Ruhe und Ordnung wieder haben, und ich habe das schon alles bedacht und geregelt."

Warum sagte er nicht, wie er es geregelt hatte? Sie fühlte sich zurückgesetzt. Hatte er kein Vertrauen zu ihr? Der Aufstieg durch den tropfenden Wald kam sie hart an, und als er es merkte, führte er sie fürsorglich.

Sie sprachen wenig, und als er äußerte, daß für sie das Berggehen bald zu schwer sein würde, wußte sie nichts darauf zu sagen. Als er, vielleicht um sie aufzumuntern, fragte, wie sie sich nun als Frau fühle, gab sie ihm zur Antwort:

„Glücklich, Bert, weil ich nie geglaubt hätte, daß es doch noch so kommen würde. Und an die Zukunft will ich gar nicht denken."

Es ging schon gegen Mittag, als sie im Osserhäusl anlangten. Besorgt drang er darauf, daß sie sich hinlegte, und übernahm es selbst, für sie beide ein Essen zu bereiten. Der Weg ins Tal und wieder zurück war für sie sichtlich zuviel gewesen, denn blaß und erschöpft lag sie und fror in der kühlen Stube, bis die Ofenwärme wieder den Raum füllte. Das Essen brachte er ihr ans Bett, und nachdem er selbst gegessen und dann aufgeräumt hatte, setzte er sich zu ihr, nahm ihre Hand und streichelte sie. Es war die erste Liebkosung, seit sie das Schicksal wieder zusammengeführt hatte.

Ein leichter Regen plätscherte über das Dach und rauschte in der Fichte, und das tiefgehende Gewölk machte den Tag trübe.

„Nun sind wir also Mann und Frau. Bist du froh darüber?"

„Ja, ja, Bert, ich kann dir gar nicht sagen, wie froh ich bin."

„Nun höre, Gerda. Jetzt müssen wir uns doch über die Zukunft klarwerden. Wir haben die Wohnung meiner Mutter in Cham, und ich habe sie ein bisserl nett einrichten lassen. Ich bin auch bei deinen Eltern gewesen, ganz kurz und offiziell, und habe ihnen gesagt, daß wir heiraten. Ich soll dich von deiner Mutter grüßen. Sie wäre zu unserer Hochzeit gekommen, aber ich habe ihr weder den Tag noch den Ort genannt und gesagt, daß wir uns ganz im stillen trauen lassen wollen. Ich habe ihnen auch gesagt — daß — wir ein Kind erwarten. Wenn sie es auch schon wußten, so wollte ich doch — na ja, ist gut. Bei deiner Tante in Kötzting habe ich es noch kürzer gemacht und einfach die Sachen meiner Braut verlangt. Sie wollte wahrscheinlich sehr viel reden und sich entschuldigen: ich habe sie stehenlassen und bin auf gar nichts eingegangen. Deine Sachen sind jetzt bei der Schwester meiner Mutter in Bodenmais."

„In Bodenmais?" unterbrach sie ihn.

„Ja, und da werde ich dich morgen hinbringen. Du wirst dort gut aufgehoben sein, bis — das Kind da ist. Da weiß ich dich in guten Händen."

„Und du, Bert?" forschte sie erschreckt und ängstlich.

„Ich bleibe hier."

Sie hatte sich aufgerichtet und sank nun leichenblaß wieder in die Kissen zurück.

„Ich soll nicht bei dir bleiben?" murmelte sie verständnislos und verzweifelt. „Ich soll gehen?" Dann fuhr sie auf: „Aber warum denn dann das alles? Hättest du mich dann doch gleich gehen lassen! Warum — warum?" Sie drückte stöhnend die Fäuste gegen die Schläfen. „Ich — hätt mein Leben wegwerfen sollen, es ist nichts mehr wert."

Wieder faßte er ihre Hände: „Gerda, sei gescheit und nimm dich zusammen. Denke an dein Kind, Gerda! Es soll ja unser Kind sein. Wir wollen doch zusammenhalten? Ich will dir doch nicht weh tun!"

„Freilich tust du es!" Ein herztiefes Weinen erschütterte die junge Frau. „Ich hatte geglaubt, es könnte alles wieder gut werden und war noch nie so glücklich wie in diesen Tagen und heute vor der Trauung. Die Hände hätte ich dir küssen mögen vor Dankbarkeit und Liebe. Ja — ich weiß jetzt erst, was du mir bist. Kannst du denn gar nicht vergessen und verzeihen? Bert, ich möchte ja bei dir bleiben! Können wir denn nicht beide nach Cham zurück?"

„Gerda, laß mir Zeit, laß mir diese Tage auf dem Berg. Auch du mußt erst deine schwere Zeit hinter dich bringen. Soll ja nur alles zu deinem Besten sein. Ich male hier weiter, mehr noch als bisher. Wir werden einmal froh sein, wenn wir die Bilder verkaufen können. Wenn alles vorbei ist — und wenn wir zu dritt sind, dann wollen wir es schön gemütlich haben in unserer Wohnung in Cham. Dann wird auch niemand etwas zu reden haben, und wir werden ganz für uns leben. So habe ich mir das gedacht. Ich habe dich ja gern, Gerda, und ich habe dir doch nichts zu verzeihen, im Gegenteil: es ist viel an mir gelegen, daß es so gekommen ist."

Ruhig geworden, lauschte sie seinen Worten wie eine Verdurstende, die ein fernes Wasser rauschen hört.

„Ja, du hast recht. Entschuldige, daß ich so bin, so ungeduldig und so glückshungrig."

„Laß es gut sein, Gerda, es wird wieder alles gut werden. Ich glaube es und wünsche es von ganzem Herzen."

Erschöpft schlief sie nach einer Weile ein. Es wurde Abend, und er wagte nicht, sie zu wecken. Der Regen hatte aufgehört, und draußen zog wieder die helle Sommernacht auf. Auf der Fensterbank sitzend, überkam ihn der Schlaf, bis das Pfeifen und Zwitschern einer Drossel ihn am frühen Morgen weckte.

Gerda war schon aufgestanden und hatte sich so leise umgetan, daß er gar nicht gestört wurde, als sie den Ofen anschürte und Kaffee kochte. Sie war ruhig und gefaßt und konnte über seine Überraschung sogar lächeln.

Scherzend lobte er sie und versicherte ihr, wie er sich freue, wenn sie einmal in einer richtigen Wohnung zusammen sein könnten und er eine so tüchtige Frau um sich hätte.

Dann machten sie sich reisefertig, und mit einem wehmütigen Blick sah sich Gerda noch einmal in der Stube um.

„Mir ist, als ob ich nie wieder da hereinkommen würde", seufzte sie.

Er legte den Arm um sie: „Sei nicht böse, Gerda, aber wenn du später einmal alles überdenken wirst, dann wirst du wohl selber einsehen, daß es so das beste war. Du mußt auch mich verstehen. Ich bin halt so ein Mensch und selber noch nicht zur Ruhe gekommen. Aber das weiß ich, wenn wir wieder beisammen sein können, dann erst werde auch ich wieder meinen Frieden finden." Liebkosend strich er ihr über das Haar und drückte sie an sich.

Während sie zur Bahn nach Lam gingen, redete er viel und versuchte sie aufzuheitern, und dankbar ging sie auf seine Späße ein. In ihren Augen aber blieb eine leise Trauer. Mit Bahn und Omnibus fuhren sie über Kötzting und durch das Zellertal nach Bodenmais.

Auf dem Weg zur Wohnung der Tante klagte Gerda:

„Ich weiß nicht, wie ich das alles überstehen werde. Alles wäre gut, wenn ich bei dir sein könnte. Bert, gehen wir nach Cham in die Wohnung. Was hält dich denn noch da droben auf dem Osser? Bitte, bitte, überlege es dir noch einmal! Laß mich bei dir sein!"

„Mach dir keinen unnötigen Kummer, und mach es auch mir nicht schwer. Du weißt nicht, was ich alles in mir vergraben mußte. Du wirst wieder froh werden und auch ich — und ich freue mich ja darauf, wenn wir wieder einmal ganz beisammen sein können. Du brauchst dich um nichts zu sorgen. Ich komme dich besuchen, und du schreibst mir und — hast du noch einen Wunsch?"

„Ich habe nur den einen, deine Frau zu sein. Du hast recht, und ich bin so unvernünftig, aber ja — ich sehe es ein. Du meinst es gut."

Eine freundliche alte Frau nahm sie auf, und sie hatte für Gerda schon ein Zimmerchen vorbereitet.

Albert Lorenz hielt sich nicht lange auf und fuhr mit dem nächsten Postomnibus schon zurück. Er fühlte sich erleichtert und innerlich zufrieden. Da war nun ein Mensch, eine junge Frau, die an ihm hing und an ihn denken würde, und da war nun eine Aufgabe, eine Verantwortung. Sollte es ihn reuen? Nein! Er hatte einem jungen Menschenkind in seiner Not beigestanden und damit seinem Leben selber eine Wendung gegeben. Die Unrast und Ratlosigkeit in sich hatte er überwunden.

Nun würde er die Zeit nützen und wieder malen und dabei ruhig die Zeit abwarten, da ihn sein Schicksal ereilen würde. Das rechte Auge schien sich von Tag zu Tag mehr zu verschleiern.

Mit jeder Woche würde das Jahr schneller seinem Ende zugehen.

Spät in der Nacht kam er auf dem Berg an, und

der Aufstieg war schwer gewesen. Wenn er diesen Weg nicht so gut gekannt hätte, wäre er wohl in die Irre gegangen.

Und auch die Petroleumlampe in der Hüttenstube brannte nicht mehr so hell wie früher.

Nun war er wieder allein, und die Stille wurde ihm unerträglich. In der Luft war noch ein feiner Hauch von Parfüm.

Kopfschüttelnd sah er sich um. So sehr er sich hier geborgen fühlte, in den vielen Wochen und Monaten, so leer und düster mutete ihn nun alles an.

Welch gewundene Wege ging das Schicksal doch!

Alles war anders gekommen, als er es sich gedacht hatte, ganz anders.

So hätte es auch kommen können, wenn sein Augenleiden und der Tod seiner Mutter ihn damals nicht so verwirrt hätten. War es eine verrückte Idee, auf den Berg zu gehen?

Nein, ihn reuten diese Monate nicht.

Im Irrfanghäusl auf dem Wiesenfleck am Brammersbach kehrte die graue Sorge ein.

Wie eine Kranke, den Blick kaum mehr vom Boden hebend, ging das Mareli ihrer Arbeit nach, brachte Gras ein von den Waldhängen für die Kuh, die fast keine Milch gab und hustend im Stalle stand, heute auf der Wiese um das Haus und wartete kummervoll von einem Wochenende zum anderen.

Der alte Irrfang war in diesen Wochen mehr und mehr verfallen und hatte keine Ruhe mehr, da er am Samstag nach dem Mittag verschwand und am Sonntag erst wieder zurückkam. Sein bärtiges, verwittertes Gesicht war wie grauer Stein geworden, und die

Falten, die der Bart nicht verdeckte, gruben sich immer tiefer ein. Er war stumm geworden, kam krumm und zerschlagen von der Waldarbeit, und der Schlaf überfiel ihn oft schon während des Abendessens.

Der Juli ging zu Ende, und da nahm sich die Tochter noch einmal den Mut, ihrem Vater von den Gängen über die Grenze abzureden. Die Angst, die sie in diesen Samstagnächten auszustehen hatte, prägte sich in ihrem schmalen Gesicht, das die gesunde Röte verloren hatte. Es war ein Freitag, und der Irrfang war unruhig, flüsterte leise vor sich hin und ging ratlos in der Stube auf und ab. Da vermochte sich das Mareli nicht mehr zurückzuhalten.

„Vater, kannst du net einmal daheim bleiben — am Samstag meine ich — ich habe so viel Angst, und die Grenzstreifen sind verstärkt."

Unwillig schüttelte er den Kopf: „Ich kann jetzt net aufhören. Dem Scheibenhofer leg ich am Ersten das Geld hin. Zweimal muß ich noch gehen, und dann — nix als Schlafen tu ich dann und auf eine andere Kuh sparen."

„Wenn du das Geld noch net ganz hast, dann leih dir wenigstens den Rest aus. Ich will selber gehen — zum Strasser geh ich, der borgt uns das schon."

Der Alte brauste auf: „Und was ist nachher, wenn ich nimmer in den Wald gehen kann? Im Herbst krieg ich die Rente, und wie soll ich dann dem Strasser das Geld zurückzahlen können?"

„Das kann ja auf dem Haus bleiben, so viel ist es doch wert?"

„Kein Pfennig ist auf dem Haus gewesen, wie ich hereingeheiratet hab, und darf auch keiner drauf sein, wenn du es einmal kriegst. Das bin ich der Mutter schuldig."

Nun wurde auch sie heftig: „Alleweil wegen dem alten Haus! Ich will davon schon gar nix mehr hören! Warum verkaufst du es net? Wir können doch in eine Wohnung gehen? Ziehen wir nach Lam, da werde ich schon Arbeit finden! Ich möcht aus dieser Einschicht heraus."

Der Irrfang ging in seine Kammer. Im Kerzenlicht holte er ein Ledersäcklein aus dem Strohsack und schüttete seinen Inhalt auf das Bett.

Achthundert Mark. Am Sonntag hab ich neunhundert Mark, und in der nächsten Woche — dann leg ich es ihm hin und spuck ihm vor die Füße — und wenn ich eine Kuh will — vielleicht geh ich dann doch noch einmal hinüber. Ist doch ein leichtverdientes Geld? Den Staat macht es net arm und eine Sünde kann das net sein, steht nix davon in den zehn Geboten." Zufrieden versteckte er das Geld wieder im Strohsack. Das Dirndl halt — daß es gar net einsehen will, warum ich das tu! Ist es ihr leid, weil sie daheim bleiben muß und net in den Wald und auf die Berg rennen kann? Je, das kann sie dann wieder genug.

Am nächsten Tag kam der Irrfang nicht von der Waldarbeit heim, sondern ließ seiner Tochter nur durch einen Arbeitskameraden bestellen, daß er einen Gang zu machen habe.

Das Mareli kannte sich aus. Er wollte ihren Vorwürfen ausweichen. Warum hatte sie gar niemanden, der ihr helfen könnte? Am Montag würde sie zum Strasser gehen, auch wenn es dem Vater nicht recht ist.

Wenn sie eine Freundin oder einen Freund hätte, mit dem sie sich aussprechen könnte!

Sehnsüchtig sah sie hinüber zum Osser.

Dort droben war einer, zu dem sie Vertrauen hätte,

und der sie sicher verstehen würde. Aber wann sollte sie wieder Zeit finden, zu ihm hinaufzugehen?

Ob er an sie dachte? So viel, wie sie an ihn denken mußte?

Wie ein welliges, steiles Dach fällt der Osser auf der böhmischen Seite zum Angeltal ab, das tiefeingeschnitten die Wasser der Angel in das böhmische Land hineinführt. Wo der Berg seinen breiten Fuß ins Tal setzte, lag der Weiler Osserhammer mit alten Holzhäusern und ein wenig tiefer, dicht am anderen Ufer der Angel, in den Berghang gebaut das Wirtshaus „Zum frischen Keller“.

Der Irrfang hatte sich dort erstmals mit dem Stingl vom Osserhammer getroffen und sich dann nur noch selten in der Wirtsstube sehen lassen, weil er den Stammkunden dieses abseitigen Wirtshauses nicht traute. Dort war vor allem der Prokop anzutreffen, und fast an jedem Tisch wurde flüsternd gehandelt und geschachert, wurden Geschäfte abgeschlossen, wechselten Geldscheine, heimlich unter dem Tisch zugeschoben, ihren Besitzer, und draußen im Stall standen oft für ein paar Tage Ochsen, Rinder und Pferde, die dem Wirt nicht gehörten. Von diesem Handel wußten aber nur die Eingeweihten, die alle Zeichen kannten und sich oftmals von Tisch zu Tisch nur mit Blicken, Räuspern und Hutrücken verständigten.

An diesem Samstag, an dem der Irrfang gleich von der Waldarbeit weg beim kalten Brünndl über die Grenze gegangen war, trieb ihn der knurrende Magen beim Sonnenuntergang in das Wirtshaus „Zum frischen Keller“.

Er hatte noch Zeit, und der Stingl vom Osserhammer, von dem er die Ware übernahm, war auch nicht zu Hause gewesen, als er dort vorbeikam.

Vielleicht saß der Stingl sowieso beim Wirt?

Der muffige Geruch von feuchten Mauern und schimmelnden Fußböden, der beizende Niederschlag sauren Bieres und kalten Tabakrauches empfing ihn schon im Hausgang, und hinter der Gaststubentüre ging es laut her. Er überlegte, ob er nicht doch wieder umkehren und im Wald droben warten sollte, bis es dunkel war, dann aber trat er doch ein und setzte sich bei der Türe an einen freien Tisch. Als er verstohlen die Anwesenden musterte, schrak er zusammen. Seine Blicke trafen in das spöttische Gesicht des Scheibenhofer, und neben diesem saß der Prokop. Der Irrfang ließ sich ein Bier geben, und es dauerte nicht lange, bis sich der Scheibenhofer erhob und grinsend zu ihm an den Tisch kam.

„Was suchst denn du da?“ fragte er hinterhältig.

„Einen Besuch mach ich“, antwortete der Irrfang unwillig.

„So? Den Besuch machst du aber oft? Schier jeden Samstag — soviel ich weiß.“

Der Irrfang verfärbte sich und stopfte umständlich seine Pfeife, nahm einen tiefen Zug aus dem Bierglas und tat, als wäre die Unterhaltung für ihn beendet. Nun aber setzte sich der Scheibenhofer erst dicht neben ihn und sagte, vertraulich tuschelnd:

„Bist auf dem falschen Weg, Irrfang. Das geht nicht gut hinaus. Wir leiden keinen Schnapper. Entweder du machst mit uns, oder du laßt es bleiben. Ich hab ein Geschäft für dich. Zwei Öchsl hab ich da stehen. Der Prokop treibt bis an die Grenze mit, und dann hol ich dich ab.“

„Laß mich du in Ruhe! Mit dir will ich nix mehr zu tun haben.“

Der Scheibenhofer zahnte böse.

„Tu net, als wärst noch net über die Grenze gegangen und hättest noch kein Vieh getrieben! An dem Strickl hängst bei mir, und ich kann dich aufschnappen lassen, wann ich will.“

Der alte Holzhauer versuchte, sich zu wehren:

„Umgekehrt ist es aber auch — wenn ich ausrede, bist du dran.“

Nun lachte der Bursche hämisch: „Kannst es ja probieren! Wirst es beweisen müssen. Nur, wenn du was erzählst, damit kannst du mir net an. Aber ich hab meine Beweise und meine Zeugen. Du hast die Rosse ins Zellertal hinübergebracht und dafür das Geld bekommen. Ich weiß davon überhaupt nix. Und weil wir grad vom Geld reden — der Erste ist vor der Tür! Kannst zahlen?“

„Du kriegst dein Geld, und jetzt möcht ich meine Ruhe haben.“

„Wo hast du denn auf einmal das Geld her? Ich weiß es ja — und wenn du mir sagst, für wen du gehst, und wer deine War nimmt, laß ich dir sogar einen Hunderter nach.“

Der Irrfang legte das Geld für das Bier auf den Tisch und verließ das Wirtshaus „Zum frischen Keller“.

Zum Prokop an den anderen Tisch zurückkehrend, flüsterte der Scheibenhofer diesem zu: „Heut ist er dran, geht grad alles hinaus, wie ich es mir gedacht hab. Dem Feldmeier hab ich einen Zettel geschrieben, daß er heute beim kalten Brünndl einen großen Fang machen kann.“ Er lachte heimtückisch. „Den größten Schwärzer vom Lohberger Winkel kann er fangen, hab ich ihm geschrieben, natürlich ohne meinen Namen hinzuschreiben — und wie ich den Feldmeier kenne, sitzt der heute nacht da droben."

„Ist ein Narr, der alte Irrfang, und dumm", meinte der Prokop kopfschüttelnd, „wer geht schon in der hellen Mondnacht hinüber! Da ist er heut dran."

Indessen war die Sonne untergegangen, und der Irrfang ging wie ein harmloser Waldgeher über den Osserhammer dem Walde zu, sah sich verstohlen um und verschwand im Unterholz, das bis an den Weg reichte. Vorsichtig schlich er zurück und kauerte sich, angestrengt horchend und die Gegend beobachtend hinter einen Baum am Waldrand über den alten Häusern des Osserhammers.

Drüben am Weg gingen zwei tschechische Grenzer gegen den Wald. Die scheute er nicht, denn sie machten am Abend ihren geraden Kontrollgang bis an die Grenze und kehrten dort auf demselben Wege wieder zurück. Was aus ihrem Lande gebracht wurde, interessierte sie wenig, und eingeführt wurde auf verbotenen Wegen fast nichts. Die Apothekerware, die er für den Weinberger herüberbrachte, mußte viel wert sein, weil der Weinberger dafür so gut zahlte. Was die gut verschnürte und versiegelte Schachtel, die er nun einige Samstage schon herübertrug, enthielt, wußte der Irrfang nicht und brauchte es nicht zu wissen. Es war ein leicht verdientes Geld. Ob der Weinberger ihm überhaupt den Landtabak abnehmen täte, wenn er die Apothekerware nicht herüberbrächte?

Es war völlig still um die Häuser des Osserhammers, und er konnte nicht mehr länger warten, weil sonst der Mond über Eisenstraß aufsteigen würde. Wie ein Schatten huschte er hinunter, drückte sich an die Wand eines der niederen Holzhäuser und klopfte an ein

Fenster. Lautlos wurde die Haustüre aufgetan, und er schlüpfte hinein. Im Dunkeln sprach ihn einer mit rauher Stimme an:

„Bist du narrisch? Im Mondschein willst hinüber?"

„Kümmere dich net, die Wege, die ich kenn, die kennt kein anderer."

„Mir ist es gleich!"

Durch den stockfinstern Hausgang tasteten sie sich in einen angebauten Schuppen. Dort erst zündete der Stingl eine Kerze an.

„Zähl das Geld auf. Tausend Packl, wie allemal."

Während der Stingl zehn Packen Landtabak mit je hundert Päckchen aus einem Heuhaufen grub, zählte der Irrfang das Geld auf das Brett, auf das der Stingl die Kerze geklebt hatte. Kein Wort wurde mehr gesprochen, nur als der alte Holzhauer den Tabak in einem Sack verstaut und diesen im Rucksack tragend sich aus dem Schuppentürl schlich, zischte der Stingl:

„Schau dich gut um, hast wohl gehört, daß die Grenze heiß ist!"

Als der Irrfang im Walde verschwand, kündete über der Höhe von Eisenstraß der Mond durch einen Schein seinen Aufgang an. Um der tschechischen Streife nicht in den Weg zu laufen, blieb er im Walde und stieg vorsichtig und jedes Geräusch vermeidend, bergan. Wenn der Mond ganz da war, wollte er überhaupt die Steige meiden und zwischen den Bäumen und durch das Unterholz bis zum Hochwald hinaufgehen. Auf jedes Ästchen achtend, setzte er Schritt für Schritt über Moospolster und Nadelboden.

Er hatte keine Angst. Nun war er diesen Weg schon so oft gegangen und hatte keine Mütze gesehen. Wahrscheinlich kannten die Grenzaufseher einige Stellen, an denen die Schwärzer über die Grenze wechselten, daß sie aber um Mitternacht ausgerechnet beim kalten Brünndl sein könnten, das müßte schon ein ganz großer Zufall sein. Sie gingen eine Stunde vorher auf dieser Osserseite, wie ihm der Weinberger genau beschrieben hatte, und die nächste Streife kam dann erst am Morgen wieder. Mit Ochsen und Pferden mußte man auf den Steigen bleiben, und die Tiere machten auch ein Geräusch, das in der Nacht einige hundert Meter weit zu hören war. Er aber, der Irrfang, schlich ja lautlos wie ein Fuchs über die Grenze.

Die Rucksackriemen drückten.

Der Mond schien nun durch die Bäume und begann sein täuschendes Spiel. Es knackte in den alten Fichtenstämmen, wenn sich die Spannung der Tageshitze löste, und mit der vom Boden aufsteigenden Kühle knisterten Laub und Geäst. Der Irrfang kannte die Waldgeräusche. Wer ein ganzes Leben lang mit dem Wald zu tun hatte, den vermochte ein im Schlaf flatternder Vogel, ein huschender Fuchs oder das Schreien eines Käuzchens nicht zu erschrecken. Aber steil und weit war der Weg, und der saure Schweiß drang beißend in die Augen. Auf den kleinen Blößen wurde es, nun taghell, und die Felsabstürze bekamen in ihren Klüften scharfe Schatten.

In einem Gefüchs von Farn und jungen Buchen, auf halber Höhe des Ossers, lagerte er, um die Mitternacht abzuwarten.

Die Begegnung mit dem Scheibenhofer ging ihm nicht aus dem Kopf. Konnte der ihm etwas anhaben? Wohl kaum, denn er steckte selber zu weit in diesen dunklen Geschäften, und der Viehschmuggel war weit schwerwiegender als der Warenschmuggel. Der Scheibenhofer mußte selber den Mund halten und froh sein, wenn man ihn nicht erwischte. Aber die Freundschaft, die er geheuchelt hatte, solange er noch glaubte, sein Schwiegersohn zu werden, war in offenen Haß umgeschlagen, und das schaffte dem Alten Unbehagen. Die Drohung des Scheibenhofer machte ihn unsicher.

Und der Stingl hatte gemeint, es wäre verrückt, im vollen Mond über die Grenze zu gehen? Freilich war es verrückt, und wenn nicht der Erste so nahe wäre und er das Geld nicht so notwendig brauchte, hätten ihn sowieso keine zehn Rösser auf den Weg gebracht. Heute und am nächsten Samstag — und dann! Nicht einmal in die Nähe der Grenze würde er dann mehr kommen, und wenn der Weinberger den Trägerlohn verdoppelte, nichts wird ihn mehr auf einen Schwärzergang bringen.

Die Nacht war so hell, daß der Wald lebte und rauschte wie am Tage. Das Mondlicht versilberte die Baumkronen, und der Himmel war blau, als käme schon der Morgen. Er mußte im Walde bleiben und durfte keinen freien Steig benützen, die Bäume boten in jedem Fall eine Deckung.

Nun war er ausgeruht und stieg das letzte Stück gegen die Grenze an. Es ging gegen Mitternacht. Über Felsgestein kletternd und sich durch einen dichten Bestand verkümmerter Jungfichten zwängend, erreichte er den Kamm und stand vor der hellerleuchteten Waldschneise, die hier oben die Grenze anzeigte. Drüben, wo die Fichten eine dunkle Pforte bildeten, lag das kalte Brünndl. Es war nun so still, daß er seinen eigenen Herzschlag hörte.

Er verhielt eine lange Weile und hatte nun plötzlich Angst, hatte das Gespür, als müßte hier irgendwo jemand hinter den Bäumen stehen, und er mußte an den Scheibenhofer denken. Ein Stoßgebet zur Muttergottes von Neukirchen betend, kauerte er hinter einem Felsblock und zwang sich, seinen hastigen Atem zu bändigen. Angst hatte er, eine unheimliche Angst.

Junges Buschwerk in der Grenzschneise als Dekkung benützend, kroch der Irrfang über die Grenze und richtete sich drüben zwischen den Bäumen wieder auf, wollte gerade das Stück bis zum kalten Brünndl abwärts gehen, um auf den Pfad zu kommen, der von dort zum kleinen Osser hinüberführte, als ein Geräusch ihn erstarren ließ. Es kam aus der Richtung, in die er wollte, und es war ein schwerer Tritt auf dürres Astwerk gewesen. Ein harter Laut, wie ihn nur ein Nagelschuh auf einem Stein erzeugen konnte, folgte und dann war es wieder still.

War es ein Grenzgänger?

Oder die Streife? Schritt für Schritt zog er sich zurück gegen den großen Ossergipfel, geduckt wie ein Tier. Der aus dem Rucksack ragende Packen riß knakkend einen dürren Ast ab, und nun wurde es laut unter ihm. Schnelle Schritte näherten sich.

Der Irrfang sprang auf und rannte bergaufwärts. Das konnte nur die Streife sein! Einen Augenblick horchte er zurück, und ein Trampeln verriet ihm, daß er gehört war und seine Verfolger es nun eilig hatten. Er hetzte weiter, und mit keuchenden Lungen, sprang über eine Waldblöße und zuckte zusammen: Ein heiseres Halt ertönte hinter ihm, und dann peitschte ein Schuß durch die Stille. Als er den Wald erreicht hatte, schlug er einen Haken und lief ein Stück auf einem vermoosten Wildpfad, stolperte über Steine, sprang über einen Felssturz und war wieder unter dichten hohen Bäumen. Seitlich polterten nun Steine, und er atmete auf. Sie waren von seiner Richtung abgekommen und rannten nun wohl dem Osserweg zu, um ihn dort abzufangen.

Die Knie zitterten ihm, daß er kaum mehr gehen konnte. Es blieb ihm nur mehr der Weg zum Gipfel oder ein Versteck. Aber der Baumbestand lichtete sich nun in dieser Höhe so sehr, daß er den hellen Mondflecken nicht mehr ausweichen konnte.

Sollte er seine Last wegwerfen und alles im Stich lassen? Sollte er sie unter einem Felsen verstecken und an einem anderen Tag abholen? Ohne Rucksack konnte er angehalten werden. Dann war er einfach auf dem Weg zum Osser. Gingen ja so viele auf den Berg. Ob sie es aber ihm in seinem pechigen Arbeitsgewand glauben würden? Kaum! Die Ware mußte er auf jeden Fall losbringen.

Dicht unter dem Gipfel schleichend, schob er den Rucksack unter eine breitwuchernde Legföhre und verdeckte ihn mit Ästen. Dann horchte er wieder in die helle Nacht.

Hier warten bis der Morgen kam? Der Hunger plagte ihn, und die Kehle war wie ausgedörrt. Ganz schwindlig war ihm schon. Außer dem Glas Bier im Wirtshaus hatte er nichts im Magen. Schon seit dem Samstagmorgen nicht mehr, und jetzt ging es schon in den Sonntag. Wenn droben im Schutzhaus noch jemand wach wäre?

Vorsichtig schlich er sich unter den Bäumen vorwärts und stand plötzlich auf dem Steig, der vom Ossersattel zum Gipfel des großen Osser führte, sprang, als er nicht weit im Mondschein die zwei Beamten der Streife auf dem Steig stehen sah, in den Wald zurück. Nun verlor er die Nerven und rannte wieder zwischen den Bäumen dahin, gegen den Gipfel, stolperte und fiel über die großen Felsblöcke.

Völlig erschöpft warf er sich hinter einen Felsen. Drüben am Steig hörte er durch das Dröhnen seines Herzschlages Männerstimmen.

Hatten sie ihn gesehen? Dann hatten sie ihn auch erkannt, denn sein Bart würde ihn verraten. Nun fühlte er sich so elend, daß er kaum mehr die Kraft hätte, weiterzulaufen, wenn sie ihn hier suchen sollten.

Durch die Bäume sah er den Gipfelfelsen mit dem Kreuz hoch aufragen, und droben standen, sich gegen den Himmel abzeichnend, die beiden Grenzaufseher. Wenn er sich jetzt bergabwärts davonschlich? Aber nun waren sie wieder verschwunden, und es bestand Gefahr, ihnen in die Hände zu laufen.

Diese taghelle Mondnacht hatte dem Maler im Osserhäusl keinen Schlaf gebracht, und er wollte sie lieber draußen auf der Bank unter der Fichte verbringen, als sich schlaflos auf seinem Lager wälzen.

Das Leben und Weben der Julinacht war schon mild und voller Sattheit, das Jahr hatte die Zeit des stürmischen Werdens und Wachsens hinter sich und drängte zur ruhigen Reife. Der Mond stand nun schon hoch oben und versilberte den Felsgipfel des kleinen Osser und setzte Millionen Lichter auf die Wipfel der Bäume.

Es mußte schon weit nach Mitternacht sein.

Etwa ein Dutzend Wanderer war am Abend von dieser Seite auf den Osser gegangen; sie schliefen um diese Stunde wohl unter dem Dach des Schutzhauses und ahnten nicht, was die schöne Nacht an lichten Wundern zu verschenken hatte.

Irgendwo im Wald unter dem Gipfel fiel ein Schuß. Das mußte auf der Bergseite gegen Lambach gewesen sein und vielleicht gar nicht weit. Der peitschende Knall gab kein Echo. Lange war es still, dann vernahm er weit unten gegen den Sattel ein hartes Klirren, und der Talwind trug ferne Männerstimmen heran.

Wilderer? Kaum. Hier oben gab es nichts zu jagen, denn die Rehe standen im Niederwald. Also die Grenzstreife!

Gab es also doch Schwärzer, die den schweren Weg über den Berg gingen, weil er ihnen sicherer erschien? Wieder blieb es lange ruhig.

Die Nacht aber war gestört, und angespannt horchend vermeinte er viele Geräusche zu hören. Wo der Wald hinter dem Häusl bis an die aufragende Felswand zum Gipfel heranreichte, bewegte sich ein Schatten, und wie ein Betrunkener taumelte ein Mann die wenigen Schritte auf ihn zu.

„Ich kann nimmer, Herr", röchelte er.

Albert Lorenz sprang auf: „Was wollen Sie denn, was fehlt Ihnen?"

„Geben Sie mir ein Versteck, Herr, lassen Sie mich in Ihr Häusl, die Grenzer —"

Nun, da er ihm nahe stand, erkannte Lorenz den Mann. Das war dieser alte Holzhauer, der Irrfang, den er in Lohberg und im Schutzhaus droben mit dem Scheibenhofer zusammen gesehen hatte.

„Mensch, warum bleiben Sie net im Wald und verstecken sich?" flüsterte er erregt.

„Herr, ich — geben Sie mir einen Schluck Wasser — sie sind ja net weit."

„Kommen Sie schnell!" rief der Maler leise und zog den Alten ins Häusl. „Da hinauf!"

Im Vorraum half er ihm, über das aufgeschlichtete

Holz unter das Dach zu steigen. „Ruhig bleiben, auf alle Fälle, und net rühren."

Er sperrte ab und schlich in die Stube, setzte sich auf die Fensterbank und horchte. Über die Lichtung vor dem Häusl kamen schräg durch die Schmielen stapfend zwei Männer auf den Steig zu, und während einer dort stehenblieb, kam der andere nach einem leisen Wortwechsel näher und klopfte an die Wand. Leise fing Albert Lorenz an, sich auszuziehen und erst auf das wiederholte Pochen meldete er sich gähnend und öffnete das Fenster. Unter sich erkannte er im Mondlicht den Grenzoberaufseher Feldmeier.

„Guten Abend", sagte er verschlafen. „Sie sind noch unterwegs? Wünschen Sie etwas?"

„Ja", erwiderte der Oberaufseher und sah mit seinem fahlen Gesicht zu ihm auf. „Haben Sie vor einer Weile nichts gesehen oder gehört?"

„Erlauben Sie — ich habe geschlafen", erregte sich Lorenz.

„Sie haben also nichts bemerkt?" fragte der andere halblaut und lauernd.

Die frostige und zynische Frage ärgerte den Maler.

„Ich habe Ihnen doch gesagt, daß Sie mich eben aufgeweckt haben."

„Ich glaube Ihnen nicht", lächelte Feldmeier böse und winkte den Pfannzelter heran. „Ich sage Ihnen, daß hier ein Mann war, und daß er hier verschwunden ist."

„Und ich sage Ihnen, daß mich das gar nicht interessiert, und daß ich meine Ruhe haben möchte", erboste sich Lorenz und schloß das Fenster. Er vernahm noch das Murmeln der beiden, heftig und befehlerisch der Feldmeier, besänftigend der Pfannzelter. Dann kamen die Schritte an die Haustüre, und ein Gewehrkolben donnerte gegen das Holz:

„Aufmachen!"

Albert Lorenz lief es eiskalt über den Rücken. Nun nützte nichts mehr. Gut, dann hatte er einfach eben erst die Türe abgesperrt, als an die Wand geklopft wurde, und der Irrfang konnte sich ja ohne sein Wissen eingeschlichen haben.

Haussuchung? Noch war es nicht soweit, und so einfach ging das auch nicht.

Er öffnete und nahm all seine Beherrschung zusammen: „Was wollen Sie denn noch? Diese Art verbitte ich mir."

„Tut mir leid", sagte Feldmeier kalt und ging an ihm vorbei durch den Vorraum in die Stube. Langsam folgte ihm der Pfannzelter und meinte entschuldigend:

„Wenn der Herr Kollege einmal nachsehen will, na ja, bei Ihnen ist ja nix. Machen S' halt einmal ein Licht."

Mit zitternden Händen, und von Feldmeier mißtrauisch beobachtet, zündete der Maler die Petroleumlampe an.

„Was haben Sie da zu suchen?" fuhr nun Lorenz barsch auf.

Feldmeier lächelte höhnisch und zog die Oberlippe auf.

„Allerhand, Herr Lorenz. Wollte mir das schon lange vornehmen, und nun, da gegen Sie eine Anzeige gemacht wurde —"

„Anonym", bemerkte Pfannzelter harmlos tuend und duckte sich, als Feldmeier sich mit einem mißbilligenden Fauchen nach ihm umwandte.

„Jedenfalls haben Sie ohne Haussuchungsbefehl kein Recht, hier hereinzukommen“, wehrte sich der Maler, und das spottende Lächeln des Oberaufsehers vertiefte sich.

„Sie brauchen gar nicht so aufgeregt zu tun. Das Recht haben wir.“

„Ich werde mich über Ihre Rüpelei beschweren!“

„Tun Sie das nur, mich geniert das nicht.“ Und sich an Pfannzelter wendend, ordnete er an: „Sehen Sie sich im Vorraum und unterm Dach um, ich nehme diesen Raum.“

Nun würde die Entdeckung des alten Irrfang unvermeidlich sein. Mit geballten Fäusten und bis zum Zerreißen angespannten Nerven, setzte sich der Maler auf die Bank und sprach kein Wort mehr. Während Pfannzelter aus der Stube ging und mit der Taschenlampe den Vorraum ableuchtete, begann Feldmeier mit einer gründlichen Untersuchung der Stube, sah in alle Ecken und unter die Betten, in den Schrank und unter den Ofen und bemerkte das Bodenbrett, das das Kellerloch abdeckte. Er hob es auf und leuchtete hinein, klopfte Stubenboden und Wände ab. Lorenz hörte, wie draußen Pfannzelter auf das aufgeschlichtete Holz stieg, um unter den kleinen Dachraum zu leuchten. Er hielt den Atem an. Ungläubig starrte er den Pfannzelter an, als dieser in die Stube zurückkam und schulterzuckend seinem Oberaufseher berichtete:

„Nichts.“

Nun gab es auch Feldmeier auf. Unzufrieden kaute er an der Unterlippe und überlegte:

„Herr Lorenz, Sie stehen im begründeten Verdacht, daß Sie nicht nur wegen des Vergnügens hier heroben sind, sondern dunkle Geschäfte machen. Ich frage mich überhaupt schon lange, was Sie hier heroben eigentlich wollen. Das darf man wohl fragen?"

Lorenz hatte sich wieder gefaßt. „Ich bin Ihnen keinerlei Auskunft schuldig, und so ganz umsonst werden Sie meine Nachtruhe nicht gestört haben. Sie werden noch von mir hören."

„Meinetwegen!" fauchte der Oberaufseher böse. „Gehen wir."

Grußlos verließ er das Häusl, und Pfannzelter folgte ihm. Hinter dem Rücken des Oberaufsehers blinzelte er dem Maler noch zu. Albert Lorenz horchte, bis er ihre Schritte auf dem Steig nicht mehr hörte, sperrte die Haustüre ab und setzte sich wartend wieder auf die Fensterbank. Er traute diesem Feldmeier nicht und lauerte noch auf jedes Geräusch, bis schon der helle Morgen gekommen war. Dann erst nahm er den Wassereimer und ging zur Quelle am Ossersattel hinunter, unauffällig sich umsehend und horchend.

Da war er ja in eine schöne Sache hineingeschlittert! Er war zum Helfer eines Schmuggels geworden und damit mit dem Gesetz in Konflikt gekommen. Zum erstenmal in seinem Leben.

Hätte er denn anders handeln können? Einem völlig Unbekannten hätte er wahrscheinlich nicht geholfen, aber als er den Mann erkannte, hatte er impulsiv gehandelt und ihn versteckt. Dieser Alte mit seinem ehrlichen Gesicht konnte keiner der großen Schwärzer sein, und warum sollte er einem armen Teufel nicht helfen?

Dieser Pfannzelter! In den vergangenen Stunden hatte er über diesen heiteren Mann gerätselt. Er mußte doch den Alten unter dem Dach bemerkt haben? Sicher — und sein Zublinzeln, als er ging, hatte wohl nichts anderes bedeutet, als daß er sagen wollte:

„Freunderl, diesmal hab ich dir geholfen und dem Oberaufseher einen Possen gespielt."

Das Leben um den Berggipfel erwachte, und die ersten frühen Sonntagswanderer kamen aus dem Tal. Nun erst wagte er es, den alten Irrfang aufzufordern, aus seinem Versteck hervorzukommen.

Zitternd und völlig verzagt kam der Alte in die Stube und sah sich verschreckt um.

„Herr —" stammelte er und wollte etwas Dankendes sagen, aber Lorenz unterbrach ihn gutgelaunt:

„Setzen Sie sich, und trinken Sie einen Kaffee. Das ist ja noch einmal gut gegangen. Reden Sie jetzt net lang, aber merken Sie sich: Sie sind von mir herbestellt, weil ich Sie malen will und damit wollen wir dann gleich anfangen. Haben Sie mich verstanden?"

Folgsam schlürfte der Irrfang den vorgesetzten Kaffee und nahm dann beim Fenster Platz, so wie es ihm der Maler befahl. Albert Lorenz hatte inzwischen das Skizzenbuch schon bereitgelegt und beobachtete nun interessiert das vollbärtige Gesicht des Holzhauers.

„Haben Sie den Schreck nun schon überwunden?"

„Ja, Herr, aber jetzt erst. Was ich da droben ausgestanden habe — wie mich der Aufseher angeleuchtet hat. Ich verstehe das net — der muß mich doch gesehen haben!"

Bert Lorenz lachte: „Darüber wollen wir uns nicht den Kopf zerbrechen, lieber Irrfang. So heißen Sie doch?"

Der Alte riß erstaunt die Augen auf. „Sie kennen mich?"

„Wenigstens weiß ich, wie Sie heißen, und ich habe Sie schon öfter gesehen." Er dachte angestrengt nach, während er die ersten Striche auf das weiße Blatt skizzierte. Woran erinnerten ihn diese frischen und leuchtenden blauen Augen?

„Lieber Mann — wie kommen Sie auf diese krummen Wege? Das geht doch einmal daneben und dann? Ist es das wert?"

Bekümmert und verlegen antwortete der Irrfang: „Freilich ist es ein krummer Weg, aber was tut man, wenn einen die Not dazu zwingt. Sie sind ein guter Herr, und Ihnen kann ich es ja sagen —"

Nun erfuhr der Maler von der Not des Holzhauers, wie ihm der Schnee das Dach eingedrückt habe und er sich das Geld für die Reparatur vom Scheibenhofer hatte aufdrängen lassen, der es nun bis zum Ersten zurückhaben wolle, anderenfalls er ihn einklagen werde. Zweimal wollte er noch über die Grenze gehen, das Geld verdienen und es dem Scheibenhofer hinlegen, und dann würde er keinen Schritt mehr als Schwärzer tun. Er gestand auch, daß er den Rucksack mit der Schmuggelware im Walde versteckt habe. Aber noch fehlten ihm hundert Mark, und nun getraue er sich wirklich nicht mehr hinüberzugehen.

„Lassen Sie die Finger von solchen Geschäften. Das ist nichts für einen alten Mann. Sie wissen ja, was herauskommt, wenn Sie erwischt werden? Man wird Sie nicht nur einsperren, sondern Sie so hoch mit Geldstrafen und Zollhinterziehungsgeldern belasten, daß Sie ein armer Mann sind. Sie riskieren zuviel. Wenn es sich nur noch um hundert Mark handelt — ich werde sie Ihnen borgen, und Sie zahlen mir zurück, wann Sie können."

„Sie? Sie wollen — oh, Herr, wie könnt ich das von Ihnen verlangen!"

„Na ja, ist ja gut." Er legte das Skizzenbuch beiseite und nahm aus seiner Brieftasche das Geld. „Aber nur, wenn Sie mir versprechen, daß Sie diese Schwärzerei bleiben lassen!"

„Herr, ich hab es verschworen und hätt es auch so nicht mehr getan. Ich bin wirklich zu alt dazu — aber ich hab es tun müssen. Das Häusl gehört ja meinem Dirndl."

„So — und nun machen wir wieder weiter."

Geduldig saß der Irrfang, und schweigend zeichnete Albert Lorenz weiter, immer das zerfurchte Apostelgesicht vor Augen mit dem wachen Blick und dem grauen Haarkranz um den kahlen Kopf. Als er gewahrte, wie der Irrfang plötzlich überrascht in die Tischecke blinzelte, sah er sich um. Es war das Bild des Mädchens mit der roten Wollmütze, das den Alten so interessierte!

„Kennen Sie vielleicht das Fräulein?" fragte Albert Lorenz.

„Das Fräulein — Sie kennen es doch, sonst hätten sie es ja net malen können."

„Nein, ich kenne es eben nicht, habe es nur zweimal gesehen und nach dem Gedächtnis gemalt. Weiß leider ihren Namen nicht!" erklärte der Maler bedauernd.

Der Irrfang wurde nachdenklich und schien nach einer Antwort zu suchen.

„Bekannt kommt sie mir vor — muß da drunten von der Lohberger Seite her eine sein." Das Staunen und Wundern blieb in seinen Zügen.

„Der Scheibenhofer war einmal hier, total betrunken und hat behauptet, es wäre seine Braut."

Da rumpelte der Irrfang auf: „Net wahr ist es! Das ist eine Lüge!"

Nun war es an Lorenz, sich zu wundern, jedoch wollte er nicht mehr weiterfragen. Es hielt ihn etwas zurück, hier zuviel Neugierde zu zeigen. Er arbeitete stumm weiter, bemerkte aber, daß der Blick des Mannes immer wieder zu dem Bild zurückkehrte und er mit gefurchter Stirne über etwas grübelte. Dann fragte der Irrfang:

„Herr, mir geht die Geschichte im Kopf um — und wenn doch alles verraten ist — oder wenn sie den — ich meine wenn sie den schnappen, der mir die Aufträge gegeben hat — oder wenn der Scheibenhofer gegen mich einen Zeugen machen möchte —“

Fragend sah Lorenz ihn an.

„Ja Herr, ich — sie werden doch einen alten Mann net einsperren und strafen — die werden doch einsehen, daß ich mir nur ein Geld verdienen wollte, weil ich es gebraucht habe.“

Albert Lorenz klärte ihn auf: „Das Alter schützt Sie nicht, mein Lieber. Da kennt die Justiz keinen Unterschied. Solange Sie leben, unterstehen Sie den Gesetzen und haben die Folgen zu tragen. Also lassen Sie es endgültig sein.“

„Solange ich lebe?“ Wieder war dieser sinnende Ausdruck im Gesicht des Alten, und nach einer langen Weile forschte er weiter: „Und wenn einer nicht mehr lebt, dem kann man doch auch nichts nehmen? Oder?“

„Wenn er nicht verurteilt ist, kaum.“

Die Zeichnung wurde fertig, und es war schon weit im Vormittag.

„Ich werde Sie nach dieser Zeichnung malen und da könnten Sie mir einen Gefallen tun, wenn Sie vielleicht in drei Wochen wieder einmal für ein paar Stunden heraufkommen würden."

„Sooft Sie es haben wollen, Herr. Aber ich muß Ihnen doch eine Quittung geben — über die hundert Mark", meinte der Irrfang.

Albert Lorenz winkte ab. Es war vielleicht gar nicht gut, wenn er eine Quittung oder einen Schuldschein dieses Mannes in Händen hätte, was andere schließlich als Beweis ansehen könnten, daß er mit ihm dunkle Geschäfte gemacht hat.

„So, jetzt können Sie heimgehen und — vergessen Sie nicht — nie wieder!"

„Tausendmal Dank, Herr, nie wieder — ich werde Ihnen das net vergessen."

Erleichtert verließ der Irrfang die Stube und trabte über den Steig in den Wald hinunter davon. Kaum hatte ihn der Wald aufgenommen, blieb er stehen und überlegte. Sollte er den Rucksack und die Ware droben liegenlassen? Wenn er nicht ablieferte, wurde ja wieder der Tausender nicht voll. Querab durch den Fichtenforst wandernd fand er eine kleine, von der Sonne beschienene Blöße und streckte sich dort in das Berggras.

Am frühen Nachmittag klopfte es wieder an die Stubentüre, und ohne die Einladung zum Eintreten abzuwarten, steckte der Grenzaufseher Pfannzelter den Kopf herein, spitzbübisch lachend und mit unschuldiger Miene fragend: „Kann man eintreten?"

Schon war er auch in der Stube und setzte sich in die Tischecke.

„Dienstfreier Sonntag heute", plauderte er gutgelaunt, „und da wollt ich Sie wieder einmal besuchen."

„Freut mich!“ lachte der Maler und holte aus dem Kellerloch eine Flasche Wein, schenkte ein und setzte sich seinem Gast gegenüber.

Ohne Umstände griff Pfannzelter nach dem Glas und kostete, die Augen spaßig überdrehend.

„Sie sind aber einer!“ meinte er zweideutig.

„Warum?“

„Meinen Sie denn, der Pfannzelter sieht nix und hört nix? Also erzählen Sie mir mal ein bisserl was.“

„Hab es mir ja gedacht, daß Sie — Mensch, Sie haben mir viel erspart.“ Nun beichtete er, wie es dazu gekommen war, daß er zum Helfer eines kleinen Schmugglers wurde, und was ihm der Irrfang von seiner Not erzählt hatte.

„Hab es mir ja gedacht, daß es nur ein armer Schnapper ist, und Sie selber wollte ich ja net um alles in der Welt wegen einem kleinen Schmuggel in Unannehmlichkeiten bringen. Ich glaub Ihnen auch, daß alles so gewesen ist. Aber wissen Sie, Herr Lorenz, dieser lederne Hecht, dieser Feldmeier, der leider mein Vorgesetzter ist, hat einen ganz großen Pick auf Sie, und seit ihm da vorgestern jemand einen Zettel ins Haus geschickt hat, daß um Mitternacht zum Sonntag am kalten Brünndl einer der größten Schwärzer Ware herüberbringt, seither ist er ganz wild — und auf dem Zettel sind sogar Namen gestanden. Also der Schwärzer soll Irrwisch oder so ähnlich heißen, und der Maler auf dem Osserhäusl unterstützt und finanziert den Schmuggel. Der Feldmeier will sogar was unternehmen, daß Ihnen der Aufenthalt hier oben verboten wird.“

„Aha, da bin ich also selbst ein ganz großer Schmuggler?“

„O je, Sie haben es ja gar net nötig. Aber ich bin kein guter Staatsdiener, bin aber froh, daß ich heute nacht net so gut gesehen hab. Ich sag Ihnen, in der nächsten Zeit ist der Teufel los im Lamer Winkel."

Der Maler holte noch eine zweite Flasche aus dem Keller, und sie saßen zusammen, bis sich die Sonne zum Untergang anschickte und der Grenzaufseher Pfannzelter sich auf den Heimweg machte.

Die Sonne war schon untergegangen, als der alte Irrfang aus einem tiefen Schlaf erwachte. Die Tannen und Fichten um die kleine Waldblöße standen wie dunkle Wächter, und unter ihrem Geäst nistete schon die Nacht.

Heute ging der Mond eine Stunde später auf, und bis er über den Osser heraufkam und in das Tal von Lam hineinleuchtete, mußte der Tabaksack im Stadel des Simandl in Buchet sein. Diesen letzten und schwersten Gang mußte der Irrfang noch machen. Dann würde er sich in einigen Tagen beim Weinberger in Lam das Geld holen und dem Scheibenhofer die Schuld zurückzahlen.

Nun war er wieder ausgeruht, aber der Schreck der letzten Nacht steckte noch in ihm und mahnte ihn zu doppelter Vorsicht. Er brauchte zwar nicht mehr über die Grenze zu gehen, doch mußte er auch die Wege in Grenznähe meiden. Heute ängstigten ihn die Waldgeräusche, und wenn unter seinen Schuhen ein Ast knackte oder ein Stein rollte, schoß es ihm heiß über den Buckel. Unendlich lange schien ihm der Weg bis hinauf unter den Berggipfel und noch länger der Abstieg quer durch den Wald.

Als die Mondscheibe gerade über dem kleinen Osser stand, schlich er aus dem Wald und huschte in den Stadel des Simandl in Buchet.

Auf dem Heimweg über Schrenkenthal flüsterte er dann halblaut betend vor sich hin, ein Wallfahrer, der die große Not hinter sich wußte und dem Herrgott dafür danken wollte.

Als er den murmelnden Brammersbach erreichte und an ihm aufwärts seinem Häusl zuging, schien der Mond schon hell über den Lohberger Winkel und vergoldete das Hochtal. Noch nie war eine Nacht so friedlich und feierlich gewesen, noch nie der Wald und das schmale Bachtal so schön.

Auf der Hausbank saß das Mareli und lief ihm entgegen.

„Vater, weil du nur da bist! Was ich ausgestanden habe — wo bist du so lange gewesen?"

„Komm, Dirndl", sagte er froh, „jetzt haben wir es hinter uns."

Sie folgte ihm in die Stube.

„Zünde kein Licht an, Mareli, es ist hell genug, und ich geh eh gleich ins Bett."

„Ist es gewiß das letztemal gewesen?" fragte sie bang.

Er lachte: „Ja, Dirndl, ich hab das Geld beisammen, und die letzten hundert Mark hat mir einer geliehen, aber wer das ist, das sag ich dir net!"

Befreit atmete sie auf.

„Heut ist gegen Mittag einer dagewesen, ein Grenzaufseher Feldmeier und hat nach dir gefragt."

Dem Irrfang gab es einen Ruck. „Und was hast du gesagt?"

„Daß du nach Heiligenblut wallfahrten gegangen bist. Er hat gesagt, er wisse Bescheid und wollte nur nachsehen, ob du zu Hause seist. Hat dich jemand gesehen, Vater? Oder will dich einer hinhängen?"

Der Irrfang wurde bleich und schüttelte nur den Kopf. Wie kam der Grenzaufseher auf ihn?

„Ich weiß net — ich weiß nix —", murmelte er. „Heut kann ich nix mehr denken. Morgen geh ich net in die Arbeit. Muß nach Lam und trag dann das Geld zum Scheibenhofer. Es muß einmal Ruhe werden, sonst bringt es mich um." Als hätte er noch den schweren Rucksack auf dem Rücken, so krumm und müde schlurfte er in die Kammer.

Zeitig war er am Montagmorgen schon unterwegs nach Lam und ließ sich vom Weinberger den Schwärzerlohn geben.

„Jetzt müssen wir einmal eine Weile aussetzen, Irrfang", sagte dieser, „bei euch droben sind ja die Grenzer und die Gendarmen Tag und Nacht unterwegs. Also, Irrfang — und wenn es alles kostet — wir zwei haben nix miteinander zu tun gehabt, verstehst!"

„Ja, ja", brummte der Holzhauer, „so viel Charakter hab ich, daß ich keinen verrate."

Geraden Weges ging er zurück über Lohberg hinaus zum einschichtigen Scheibenhof.

Es war nur der alte Bauer zu Hause, der ihm greinend von seinem Sepp lang und breit erzählen wollte, der überhaupt nur mehr in den Wirtshäusern sich herumtreibe und daheim alles verkommen lasse.

„Jeder rennt selber seinem Unglück nach", wich der Irrfang aus, „und keiner läßt sich aufhalten." Er zählte das Geld auf den Tisch, ließ sich eine Quittung geben und ging schnell wieder davon.

Was ging der Scheibenhofer ihn noch an? Gar nichts! Und daß er ihn einmal als Schwiegersohn haben wollte, begriff er heute nicht mehr. Er trachtete heimwärts und beeilte sich, als sei jede Minute kostbar, die er eher zu Hause war.

Solange hatte er auf diesen Tag gewartet, und nun war er gar nicht froh. Oftmals sah er sich um, ob ihm niemand folgte, und als er in seine Stube kam, schüttelte ihn, trotz des schwülen Tages, ein kalter Frost.

„Dirndl, jetzt haben wir es hinter uns", versuchte er sich zu freuen, „das Häusl ist wieder schuldenfrei, und alles ist wieder gut."

„Gott sei Dank! Die Bangnis hat mich auch schon ganz krank gemacht", gestand das Mareli.

Unter den Glassturz, zu Füßen der Madonna, legte der Alte einen Taler und sagte versonnen:

„Das ist für die Kerze nach Heiligenblut, Mareli." Er bekreuzigte sich und faltete die Hände: „Und sollt ich net dazu kommen, die Kerze hinzutragen, dann mußt du es tun, und für die Mutter laß eine Messe lesen. Und wenn mit mir was sein sollte — und wenn du jemanden brauchst, der dir hilft und einen Rat gibt, dann geh auf den Osser zum Maler."

„Vater, du kennst ihn doch gar net!"

„Aber er kennt mich, weiß aber net, daß ich dein Vater bin." Ein Schauer schüttelte ihn. „Gar net gut ist mir. Werde mich ein wenig hinlegen."

Was meinte der Vater eigentlich? Sie scheute sich, noch einmal nachzufragen, und als er in die Kammer gegangen war, litt es sie nicht mehr in der Stube. Die Knie angezogen und die Hände verschlungen, saß sie auf der Wiese vor dem Haus und vermochte die Worte des Vaters nicht zu ergründen. War nun alle Sorge vorbei? Warum redete der Vater dann so daher? Wie kam er zu dem Maler? Nun würde ja der Vater am Wochenende wieder daheim sein, und am nächsten Sonntag könnte sie wieder auf den Berg gehen. Ob der stille Mann da droben noch an sie dachte?

Würde er sie für zudringlich halten, wenn sie wiederkam? Sie konnte ja an seinem Häusl vorbeigehen, vielleicht bemerkte er sie.

Die Hitze der Hochsommertage brütete im Lamer Winkel und lastete auf den Menschen. Sie spürten, daß diese Tage voller Unheil waren und warteten auf das Gewitter, das diesen drückenden Traum zerstören würde.

Nicht nur die Zollfahnder und die Grenzer waren dauernd unterwegs, sondern auch die Gendarmen begannen Gerüchten und Verdächtigungen nachzugehen, und die Erhebungen und Vernehmungen wurden nicht nur im Lamer Winkel, sondern auch drüben im Zellertal durchgeführt. Bauern schlachteten Ochsen, über deren Herkunft sie keinen Nachweis führen konnten, und manche Angaben über Kauf und Abstammung von Pferden waren falsch und wurden von den Zollfahndern widerlegt.

Man wartete munkelnd und tuschelnd, scheu und verschreckt auf den Blitz, der alles aufhellen und an den Tag bringen würde. Die Wirtshäuser blieben leer, und verdrossen und einsilbig begegneten sich die Leute. Niemand wollte hineingezogen werden und keine unbedachte Rede tun.

Nur der Scheibenhofer war noch in den Wirtshäusern zu finden. Er hatte sich nun im Gasthof „Zur Post“ eingenistet und riß dort seine vertrunkenen Sprüche, besonders wenn die Zollfahnder, die Grenzer oder Gendarmen zugegen waren.

Nachdem er die Montagnacht irgendwo im Freien

gelegen und seinen Rausch ausgeschlafen hatte, ließ er sich wieder einmal zu Hause sehen. Der alte Scheibenhofer hatte schon auf ihn gewartet. Zornbebend stellte er den Sepp zur Rede:

„Die Dirn ist weg und der Kleinknecht auch, daß du es weißt! Und ich habe eine Stube in der Sommerau und zieh heute um. Wer das Vieh futtert und die Arbeit tut, das ist mir egal. Ich hab meinen Ausnahm zu verlangen, und das tu ich auch. Da hat der Irrfang tausend Mark zurückgezahlt — und jetzt sind wir geschiedene Leut. Lang wird es eh nimmer weitergehen mit dir und dem Hof!"

Er legte das Geld auf den Tisch und verließ die Stube. Draußen spannte er das Roß ein und lud auf den Wagen die wenigen Möbelstücke, die er in seinem Stübl hatte.

Finster vor sich hinbrütend, saß der junge Scheibenhofer am Tisch. War er schuld, daß alles so gekommen war? Wie ein Wurm bohrte der Zorn in ihm, der Zorn auf ein blondlockiges Holzhauermädel und ihren alten Vater.

Den Kopf in die Hände stützend, murmelte er vor sich hin:

„Ihr habt mich so weit gebracht! Das Mareli hätt mich zurückhalten können, und ich wär ein redlicher Bauer geworden. Ausgenützt habt ihr mich, weil ihr mein Geld gebraucht habt — notige Bande, notige! Das Geld —" Er rumpelte auf. „Jetzt ist es mir gleich, alles ist mir Wurst, aber — meinetwegen kümmert sich um den Hof, wer will."

Am hellen Vormittag erschien er schon wieder beim Postwirt und fand, was er suchte: die beiden Zollfahnder. Mit einem bösen Lächeln setzte er sich zu ihnen an den Tisch und achtete nicht der verständnisvollen Blicke, die sie wechselten.

„Ich weiß schon, meine Herren, was Sie suchen, wir alle da im Lohberger Winkel wissen das, und vielleicht kann ich Ihnen eine Auskunft geben — nur damit nicht Unschuldige in Verdacht kommen. Unter den Hofgesessenen sind keine Schwärzer, das dürfen S' mir glauben. Das Geschäft machen die kleinen Fretter, die auf einmal so viel Geld haben, daß man sich wundern muß. Mir hat der Holzhauer Irrfang vom Brammersbach drüben gestern tausend Mark bar auf den Tisch gezahlt, eine Schuld, ein Geld, das ich ihm geliehen hab. Tausend Mark, und vor ein paar Wochen hat er noch keine einzige Mark zurückzahlen können."

„Wenn Sie damit jemanden anzeigen wollen, dann gehen Sie zur Gendarmerie. Wir möchten von Ihnen nicht belästigt werden", ließ ihn der ältere der Herren abblitzen. Sie standen auf, zahlten und gingen.

Nun wurde es auch dem Postwirt zu dumm, der das Gespräch mitgehört hatte:

„Scheibenhofer, du bist ein Lump! Und ich will dich bei mir herinnen nimmer sehen! Deinen Verstand hast du schon versoffen, und von mir kriegst du keine Halbe Bier mehr. Raus!"

Ernüchtert starrte der junge Bauer den Wirt an und wollte aufbrausen. Dieser aber holte unter der Schenke den Ochsenfiesel hervor und drohte ihm:

„Wenn du es absolut haben willst, daß ich dir die Tracht Prügel gebe, die einem Schuft und Leuteverkäufer gebührt, mir soll es recht sein."

Der Scheibenhofer stürzte aus der Türe. Zähneknirschend vor Wut stand er auf der Straße. War es schon soweit, daß er sich aus dem Wirtshaus weisen lassen mußte?

Er, der Scheibenhofer!

Galt er nichts mehr im Lohberger Winkel? Hatten etwa gar die Finanzer einen Verdacht gegen ihn? Hatte er nicht für jedes Stück Vieh in seinem Stall den Herkunftsnachweis führen können? Oder — hatte sich jemand bei den Erhebungen der Gendarmen verplaudert? Warum wichen ihm die Lohberger aus? Der Katzenjammer brummte in seinem Kopf, und der Durst plagte ihn.

Dumm war er gewesen, dumm! Hätte er nicht das Maul halten können? Nun mußten sie auch auf ihn aufmerksam werden! Daheim hätt er bleiben sollen wie die anderen. Wer weiß, welche Dummheiten er in seinen Räuschen dahergeredet hatte!

Daheim war der Hof, und der Vater war weg! Niemand da bis auf einen alten Knecht!

Den Bauern wollte er zeigen, der nichts zu fürchten brauchte, und herumhorchen wollte er in den Wirtshäusern — und, hatte er sich damit etwa verdächtig gemacht?

Geradewegs ging er heimwärts, und an diesem Tag arbeitete der junge Scheibenhofer wieder auf seinem Hof, unlustig und träge, unruhig und immer wieder auf den Weg lauernd, der vom Sträßlein zu seinem Hof hinaufführte.

Am Nachmittag holten die Gendarmen den Irrfang von der Waldarbeit auf dem Hörndl weg. Er sagte kein Wort, legte die Axt hin und folgte ihnen. Das Mareli erfuhr es erst am Abend, als die Gendarmerie das Irrfanghäusl auf den Kopf stellte und von ihr wissen wollte, wo der Vater Schmuggelware versteckt habe. Als sie gegangen waren, brach sie zusammen und kniete weinend vor der Muttergottes im Glassturz.

Vom Keitersberg her kam ein kühler Wind auf und brachte ein Gewitter, das in der Nacht sich im Lohberger Hochtal austobte, in zuckenden Blitzen und grollenden Donnerschlägen.

Als am Morgen das Mareli zur Tante nach Lohberg hinüberrannte, um ihr die Verhaftung des Vaters mitzuteilen, standen dort die Leute in aufgeregt diskutierenden Gruppen beisammen.

Am Abend noch hatten Gendarmerie und Zollfahnder zugeschlagen. Den Scheibenhofer, den Fuchsennaz und fünf andere junge Männer hatten sie geholt, und ein Bote aus Lam berichtete, daß man dort den Weinberger und noch zwei andere verhaftet habe.

Der Alpdruck war von den Leuten im Lamer Winkel genommen, und es war, als hätte das nächtliche Gewitter mit allem Unguten, das in diesen Sommerwochen auf den Menschen lastete, aufgeräumt und die Luft gereinigt.

Zwölf Männer aus den Dörfern des Lamer Winkels und des Lohberger Hochtales waren in das Amtsgerichtsgefängnis in Kötzting eingeliefert.

Um den Ossergipfel tobten die Gewitter, als wollten sie mit sengenden Blitzen und rüttelndem Donner den Wald verbrennen und den Fels zertrümmern. In allen Farben spielte das zuckende Himmelsfeuer, und der mächtige Bergkegel zitterte. Lichtfluten zeichneten für Augenblicke die Umrisse der alten Wetterfichten wie phantastische Gespenster ab.

Gebannt von dieser entfesselten Urkraft der Natur stand Albert Lorenz am Fenster und sah in den

Feuerzauber. Kein Regentropfen fiel und verwehrte die Sicht, so daß mit jedem Blitz das Tal von Lohberg ganz nah und taghell aufleuchtete. Dann fuhr ein blauer Strahl in eine Bergfichte, kaum fünfzig Schritte unter dem Häusl, entfachte einen schwefelgelben Tanz um den Baum, und im Nachleuchten neigte sich der Baumgipfel und sank in den Grund.

Welch ungeheures Schauspiel! Wenn man das mit dem Pinsel festhalten könnte! Die Natur im vernichtenden Triumph ihres Lichtes, die tobende Feier der Elemente, in der alle Farben des Spektrums aufgelöst wurden in Hell und Dunkel. Ein sprühendes Feuerrad, eine geisterhafte Kugel kam vom Gipfel, rollte über die Blöße vor dem Häusl gegen den Sattel hinunter und zersprang mit einem harten Knall.

Der Maler fuhr zurück und preßte die Hände an die Augen. Das flackernde Licht des Kugelblitzes war vor dem Hintergrund seiner Augen stehengeblieben und wurde zum schmerzhaft brennenden Feuer.

Er tastete sich zu seinem Lager.

War es nun das Ende?

„Schonen Sie Ihre Augen vor allem vor grellem Licht!" Hatte er diese Warnung des Professors völlig vergessen?

Nun regnete es, und die großen Tropfen trommelten auf das Dach. Er raffte sich auf und suchte mit vorgestreckten Händen die Türe.

Wasser, kühles Wasser!

Im strömenden Regen stand er, das Gesicht gegen den Himmel gewandt, und ließ die kühle Flut auf seine Augenlider rieseln. Das Feuer in seinen Augen wurde dumpfrot wie Ofenglut, und die Schmerzen ließen nach. Völlig durchnäßt tappte er in die Stube zurück, band ein Tuch über die Augen, entkleidete sich und kroch frierend ins Bett.

Apathisch lag er da, bis das Nachlassen des Donners und die tropfende Stille ihm den Schlaf schenkten.

Der frühe Vormittag brachte neue Gewitter, die sich am Berggipfel stießen und mit ihrer Wolkenschleppe im Walde verfingen. Die Augenschmerzen waren vorbei, und er sah wieder den grauen Tag und die blendenden Blitze. Er wagte es nicht, die Augen offenzuhalten, bis das Donnern und Blitzen vorüber war. Dann erst kochte er sich einen Kaffee. Der erste Sonnenstrahl, der durch das Gewölk brach, machte ihn glücklich, und er freute sich darüber wie ein Kind über die Lichter des Weihnachtsbaumes. Nun nahm er sich vor, alles, was er tat, genau zu überlegen, ob es seinen Augen schaden konnte. Keine Anstrengung mehr und kein grelles Licht.

Und was war, wenn die Blindheit ihn doch überraschte?

Den Weg zum Schutzhaus würde er auch im Dunklen finden. Aber Lebensmittelvorrat brauchte er für längere Zeit. Was er noch besaß, reichte für keinen Tag mehr. Heute mußte er noch hinunter zum Vogelwirt.

Er rasierte sich und kleidete sich an, saß herum und konnte sich nicht aufraffen, den Weg nach Mariahilf anzutreten. Unruhig und zerfahren setzte er sich an die Staffelei und malte eine Weile am Bild des alten Irrfang. Dieses verwitterte und faltige Gesicht, in dem sich das harte Leben eines Holzhauers abzeichnete, hatte es ihm angetan. Die grauen Fäden im langen Bart und die guten blauen Augen, die von einem unbändigen Lebenswillen sprachen, hatten ihn fasziniert und besessen, diese Augen mit dem Ausdruck, wie er sie in Erinnerung hatte, hinzubringen, ließ ihn alles vergessen. Er hörte die Schritte draußen nicht und auch nicht das Klopfen an der Türe, sah nicht das eintretende Mädchen und war wie aus einem Traum gerissen, als er angesprochen wurde:

„Grüß Gott, Herr Lorenz."

„Mareli?" Er sprang auf. „Was führt dich heute herauf?" Und das verstörte und verweinte Gesicht bemerkend, fragte er: „Ist etwas geschehen?"

Verschüchtert und bittend, die Augen voller Tränen, sagte sie: „Herr Lorenz, mein Vater hat gesagt, ich soll mich an Sie wenden — wenn — Sie haben ihn verhaftet!"

„Verhaftet? Warum? Ach ja —" Er faßte sich und zog sie auf die Bank. „Setz dich und sag mir alles in Ruhe."

Ihr Blick fiel auf die Staffelei, und erstarrt blieb sie wortlos sitzen. Er bemerkte ihre Erschütterung:

„Was ist, Mareli?"

„Das da, das — ist mein Vater."

Nun war es an ihm, überrascht zu sein, und ungläubig forschte er:

„Das ist dein Vater? Ganz bestimmt? Heißt du dann — Irrfang?" Sie nickte. Er setzte sich neben sie und nahm ihre Hand: „Was ist nun los? Erzähle!"

Stockend erzählte sie von den Vorgängen im Lamer Winkel, und daß man auch ihren Vater vom Holzplatz weg nach Kötzting gebracht habe.

„Ich weiß net ein und aus — und deswegen bin ich gekommen."

Als sie schwieg, überlegte er lange, bis er aufstand und den Hut nahm.

„Komm, ich geh mit dir. Vielleicht bekommen wir den Vater aus der Untersuchungshaft. Hab nur keine Angst, das bisserl, das er geschmuggelt hat, wird nicht so viel ausmachen. Eine kleine Strafe vielleicht. Komm."

Albert Lorenz wußte, daß er einen schweren und aussichtslosen Weg ging, und es klang auch nicht überzeugend, was er seiner Begleiterin noch als Trost alles sagte. Sie gingen nach Lohberg, um sich bei der Dienststelle der Grenzaufsicht zu erkundigen, dann wollte Lorenz einen Rechtsanwalt in Kötzting anrufen, der sich dann um die Haftaussetzung bemühen sollte.

Sie hatte sich beruhigt und hörte ihm dankbar und voller Hoffnung zu. Im Hause ihrer Tante wollte sie auf ihn warten, um zu erfahren, was er ausgerichtet habe.

Im Dienstzimmer der Grenzaufsichtsstelle Lohberg fand er den Grenzoberaufseher Feldmeier und einen der Zollfahnder vor, die von seinem Erscheinen etwas überrascht waren. Als Lorenz den Grund seines Kommens erklärte und wissen wollte, ob man sich nicht für eine Entlassung des Irrfang aus der Untersuchungshaft verwenden könnte, antwortete ihm der Beamte der Zollfahndung:

„Bedauere, das ist aussichtslos. Er war keiner der kleinen Schwärzer, denn inzwischen wissen wir, daß er auch Pferde ins Zellertal hinübergebracht hat, und nach dem Geständnis des Händlers Weinberger hat er eine ganz nette Menge an Waren herübergeschmuggelt. Es besteht auch weiterhin Verdunkelungsgefahr, und —" Kritisch musterte er den Maler: „Warum sind eigentlich Sie darauf aus, daß dieser Irrfang aus der

Haft kommt? Ich finde da in einem Bericht des Herrn Feldmeier auch Ihren Namen genannt. Jedenfalls kannten Sie diesen Irrfang, und — haben Sie mit ihm Geschäfte gemacht?"

„Ach, das ist doch Unsinn!" erregte sich Albert Lorenz. „Ich habe ihn gezeichnet und gemalt als einen interessanten Waldler. Und ich habe ihm dafür hundert Mark gegeben."

„Etwas viel, meinen Sie nicht auch?" bemerkte Feldmeier und bürstete mit seinem Bärtchen die Nase.

„Das ist meine Sache", wies ihn der Maler zurecht, „ich habe ihm mehr gegeben als üblich, weil er mir von seiner Not erzählt hat."

„Ach!" wehrte Feldmeier mit einer wegwerfenden Handbewegung ab. „Der Mann hat eine Schuld von tausend Mark an den Scheibenhofer zurückbezahlt, da kann doch nicht von Not geredet werden."

Lorenz ignorierte den Oberaufseher und wandte sich wieder an den anderen: „Der Irrfang hat eine Tochter —"

„Sehr hübsch — weiß ich, weiß ich", mengte sich wieder der Oberaufseher ein, und in dem Maler stieg der Zorn hoch.

„Mit Ihnen unterhalte ich mich nicht, wenn Sie das zur Kenntnis nehmen wollen." Und sich wieder an den Zollfahnder wendend: „Ich möchte erreichen, daß die Tochter mit ihrem Vater sprechen darf."

„Darüber können wir hier nicht entscheiden, das ist Sache des Untersuchungsrichters."

„Würden Sie so freundlich sein und in Kötzting telefonisch anfragen, ob ein Besuch genehmigt werden kann?"

Der Beamte zögerte und griff dann zum Fernsprecher: „Gut, wir wollen wenigstens anfragen."

„Der Kollege Pfannzelter ist sowieso in Kötzting und dürfte bald zurück sein. Wollen Sie nicht warten, bis er kommt?“ bemerkte Feldmeier bissig.

„Anrufen kann ich ja deswegen doch“, antwortete der Zollbeamte verärgert.

Die Anmeldung kam zurück, und er verlangte den Amtsrichter, wollte ihm den Wunsch der Angehörigen des eingelieferten Holzarbeiters Irrfang unterbreiten, als er sich plötzlich unterbrach und sich auf die Lippen biß, und dann überrascht hervorstieß:

„Wie war denn das möglich! Während die Zellengenossen geschlafen haben? Donnerwetter — jawohl, werden die Gemeinde benachrichtigen, und sobald die Leiche freigegeben ist — werden verständigt — eine Tochter — wird heute noch veranlaßt —“

Albert Lorenz und Grenzoberaufseher Feldmeier sahen sich an, und dem Maler kroch der Schreck über den Rücken. Es konnte sich nur um den Irrfang handeln.

Draußen kam, das Fahrrad schiebend, der Grenzaufseher Pfannzelter, und als er das Dienstzimmer betrat, legte der Beamte der Zollfahndung gerade den Hörer hin. Er räusperte sich:

„Ja, meine Herren, nun ist die — Sachlage — völlig anders. Der Holzhauer Sylvester Irrfang lebt nicht mehr — hat sich in der Zelle erhängt. Wir sollen die Gemeinde und die Angehörigen verständigen.“ Er erhob sich und wandte sich an Feldmeier: „Ich gehe zum Bürgermeister, wenn Sie die Verständigung der Angehörigen —“

Der Pfannzelter hatte alle Farbe verloren. Hastig sagte er: „Ich glaube, es ist besser, wenn wir — ich meine, der Herr Lorenz und ich — das übernehmen.“

„Ja, ist vielleicht besser", nickte Feldmeier.

„Die Leiche ist freigegeben und kann zur Beerdigung im Heimatort abgeholt werden", bemerkte der Fahndungsbeamte, griff nach dem Hut und verließ das Dienstzimmer. Wortlos gingen auch der Aufseher Pfannzelter und Albert Lorenz. Auf der Straße blieben sie stehen und sahen sich an:

„Das ist schrecklich, das Madl tut mir leid."

Erschüttert stand Albert Lorenz, und plötzlich wurden ihm die Zusammenhänge klar. Darum wollte der alte Irrfang wissen, ob man einem Toten, der nicht verurteilt wurde, eine Strafe auferlegen oder ihm etwas nehmen könne. Um das Haus, in das er nur hineingeheiratet hatte, und das er als das Muttergut seiner Tochter betrachtete, erhalten zu können, war er zum Schmuggler geworden — und um so nicht durch die hohe Strafe und die Auflagen aus der Zollhinterziehung ganz zu verspielen, hatte er, keinen Ausweg mehr sehend, ein Ende gemacht. Für den alten Mann war mit seiner Verhaftung wohl alles zusammengestürzt.

„Herr Pfannzelter", sagte er gepreßt, „wenn Sie sich um die Tochter des Irrfang ein wenig annehmen könnten — Sie kennen meine Behinderung — sie hat nur noch eine alte Tante hier in Lohberg, und was jetzt zu tun ist —"

„Herr Lorenz, da können Sie sich auf mich verlassen. Ich nehme mir drei Tage Urlaub", versicherte Pfannzelter. „Ich bin ja selber ganz aus dem Häusl."

„Ja", seufzte Lorenz, „dann gehen wir."

In der Nähe der Kirche besaß die alte und kränkliche Schwester des Irrfang ein kleines Haus. Diesen Weg dorthin und die folgende Stunde in der kleinen Wohnstube prägte sich dem Maler Albert Lorenz so sehr ein, daß die Erinnerung daran ihn bis in die Träume verfolgte. Das zweifelnde, enttäuschte und vom Schmerz völlig verstörte Gesicht Marelis, als er sich verabschiedete und ihr sagte, daß der Pfannzelter sich um alles kümmern wolle und ihr alles abnehmen werde, verfolgte ihn. Er hatte dem guten Pfannzelter nur noch sagen können, daß er sich wegen der Kosten der Beerdigung an ihn wenden solle, dann war er zurückgerannt auf den Berg und atemlos und erschöpft wie ein Flüchtling in seinem Häusl auf das Bett gesunken.

Dem alten Irrfang konnte er nicht einmal das letzte Geleit geben. Er hatte keinen Anzug auf dem Berg, der für eine solche Gelegenheit gepaßt hätte. Den Tag der Beerdigung erfuhr er vom Huber Sepp vom Schutzhaus, und während man drunten im Tal ein Leichenbegräbnis beging, wie es in seiner Größe seit Jahrzehnten keines gegeben hatte, saß er auf dem Gipfel des Osser, den Rücken an das Gipfelkreuz gelehnt und bat den Herrgott, daß er dieser armen und guten Seele vor seinem Richtertisch gnädig sein möge.

Dann stieg er wieder zu seinem Häusl ab und malte am Bild des Irrfang weiter. Er wollte es dem Mareli schenken. Einmal würde sie ja doch wieder auf den Berg kommen?

Die Sommerfarben wurden satt und müde.

Nun gab es keinen Tag, an dem nicht einige Dutzend Bergwanderer den Ossergipfel bevölkerten, und oft saß der Maler im Osserhäusl am Fenster und sah die fröhlichen Menschen vorbeigehen.

Er hörte sie reden, hörte die entzückten Ausrufe der weiblichen Sommergäste, die sein Blockhaus herrlich fanden und glaubten, daß es wunderbar sein müsse, hier heroben die Zeit zu verbringen.

Und wartete!

Die Grenzstreife war ausgeblieben, und plötzlich tauchten zwei neue Grenzaufseher auf, die er noch nie gesehen hatte. Vierzehn Tage waren schon vergangen, seit man drunten in Lohberg den alten Irrfang begraben hatte, und seine Unruhe wuchs mit jedem Tag.

An einem Sonntag kam dann der Pfannzelter, und er war wieder der heitere junge Mann. Unter dem Arm trug er ein Brett und brachte dieses mit in die Stube des Malers.

Lachend entschuldigte er sich:

„Coll, hat lange gedauert? Aber wir sind neu eingeteilt worden, und ich marschiere jetzt auf dem Abschnitt Zwercheck herum, und schauen S', was ich da habe! Sie sind ein Maler, und da hab ich gemeint — hab dieses Brett vom Schreiner machen lassen — und weil es hierzuland schöner Brauch ist, habe ich gemeint, Sie sollten dem Irrfang sein Totenbrett malen. Wir stellen es dann drunten beim Sommerauer Kreuz auf."

„Gerne tu ich das. Und wie geht es dem Mareli?"

„No ja, sie ist schon ruhiger geworden. Die Kuh haben wir verkauft, und das Häusl werden wir auch verkaufen. Sie lebt jetzt bei ihrer Tante in Lohberg drunten."

Albert Lorenz horchte auf. Haben wir verkauft, werden wir verkaufen? Lächelnd meinte er: „Ist ein gutes Kind, das Mareli, natürlich und hübsch, naturfreudig und hat viel Herzensbildung."

„O ja", begeisterte sich Pfannzelter, „aber ein ganz

eigenes Madl. Als ich ihr erzählt habe, daß ich Ihr Trauzeuge gewesen bin, da hat sie mich angeschaut, als wär ich ein Schwindler, und hat es net glauben wollen. Danach ist sie tagelang ganz stumm gewesen. Ich glaube, das Madl hat Sie recht verehrt."

„Und wie steht es mit Ihnen?" schmunzelte der Maler, aber er wandte sich ab, um seine Betroffenheit zu verbergen.

„Ja, wissen S', Herr Lorenz. Ich tu mich schon die ganze Zeit um das Madl um, und ich sage es Ihnen ehrlich: ich hab das Mareli närrisch gern. Das wär eine Frau für den Pfannzelter!"

„Na, dann sehen Sie nur zu, daß Sie damit ins reine kommen. Und was macht der Kollege Feldmeier?"

„Oh, wir sind alleweil noch beinander, auch im neuen Dienst. Gar so übel ist der net, halt so ein richtiger Beamter und ein wenig stur. Der möcht es halt noch weiterbringen. Aber er hat selber schon gemeint, daß ich doch das Mareli heiraten solle, wenn sie mich will. Dann allerdings müßt ich mich halt weit weg versetzen lassen, weil das so eine Sache wäre, wenn ein Grenzaufseher die Tochter eines — na ja — aber gar so übel ist der Feldmeier net. Der Irrfang tut ihm ehrlich leid, und das erleichtert mein Gewissen ein bisserl. Sie wissen ja — aber was ist dran gelegen: Hätt ich den Irrfang von Ihrem Dachboden heruntergeholt, dann wär er halt ein paar Tage eher eingesperrt worden, und Sie wären in dem Schlamassel gewesen. Ganz taug ich halt net für mein Geschäft, und ich werde einmal umsatteln müssen. Möchte schon lange in den Innendienst, und wenn es etwas wird — ich meine mit dem Mareli — dann melde ich mich zum Zoll." Er nestelte an seinem Uniformrock und holte einen Zettel hervor: „Das geht Sie an, den Zettel hat der alte Irrfang noch bei sich gehabt."

Bewegt las Albert Lorenz die ungelenken Schriftzüge:

„Lieber Herr Lorenz, ich danke Ihnen, und ich glaube, daß Sie mich verstehen werden. Es hat alles so kommen müssen, und meine Tochter wird das Geld zurückzahlen. Helfen Sie ihr, wenn sie eine Hilfe braucht. Sylvester Irrfang."

„Mir ist niemand was schuldig", sagte er mit belegter Stimme. „Sagen Sie einen schönen Gruß an das Mareli, ich — habe sie recht gern gehabt, und Ihnen wünsche ich, daß Sie sich mit dem Mareli bald einig werden. Kommen Sie in einer Woche wieder, oder wann Sie wieder Zeit haben, bis dahin ist das Totenbrett für den Irrfang fertig. Auch das Bild Ihres Vaters können Sie dann dem Mareli mitnehmen."

„Wie lange wollen Sie denn noch da heroben bleiben, wenn ich fragen darf?" wollte Pfannzelter wissen.

„Ich weiß es nicht. Möglicherweise bis zum Winter, wenn — wie gesagt, ich weiß es nicht. Ich lebe hier mein Jahr des letzten Lichtes, lieber Herr Pfannzelter, und wenn das zu Ende ist, dann — ja, dann werde ich eben wieder abziehen müssen."

Verständnislos sah der Grenzaufseher ihn an. Lorenz holte eine Flasche Wein aus dem Kellerloch, und sie saßen noch plaudernd eine Weile zusammen. Dabei erfuhr der Maler, daß Ende September vor dem Landgericht in Straubing der große Prozeß gegen die verbliebenen elf angeklagten Schmuggler beginnen würde, und daß als die Hauptangeklagten der Bauer vom Scheibenhof und der Händler Weinberger von Lam mit hohen Strafen zu rechnen hätten. Von Grenzgängern spüre man jetzt nichts mehr. Erst mit dem Ende des

Prozesses werde noch einmal das Elend über einige Familien im Lamer Winkel kommen.

Als er sich verabschiedete, versprach der Pfannzelter, das nächstemal mit dem Mareli auf den Berg zu kommen.

Der Herbst kündigte sich an.

Der Sonnenhalbkreis war kleiner geworden.

Mit jedem Tag säumte sie sich mehr über den Wäldern aufzusteigen, und hatte es eiliger, hinter dem Höhenzug des Keitersberges wieder zu versinken. Heller und blauseidener wurde der Himmel, und das leichte Gewölk wurde zu langen weißen Fahnen. Die Tage wurden kühler, und in den Nächten zog nun oft wieder der kalte Wind aus dem Nordosten über den Ossergipfel.

An einem freien Tag war der Pfannzelter gekommen, um das Totenbrett zu holen. Allein — und Albert Lorenz fragte nicht, warum er allein kam.

Er hatte das Brett schön bemalt, unter das kleine Dächlein ein blutendes Herz und darunter den Namen und Todestag des Sylvester Irrfang gesetzt und das Sprüchlein „Echte Liebe währet bis zum Tode und über ihn hinaus“ hingeschrieben.

Er war wortkarg, und im Keller hatte er keinen Wein mehr.

Auch der Pfannzelter schien an diesem Tag den heiteren Ton nicht zu finden und betrachtete sichtlich verwundert den Maler, um dessen Kinn nun ein brauner Bart wucherte und dem die Haare lang und wirr ins Genick hingen.

Albert Lorenz gab ihm das Bild des alten Irrfang

mit, und es wurde kein Wort vom Wiedersehen und Wiederkommen gesprochen.

Zögernd fragte der Pfannzelter beim Abschied: „Soll ich net einen Gruß bestellen?"

„Ja, freilich, und sagen Sie gleich dazu, daß ich euch beiden recht viel Glück wünschen möchte."

Immer noch verhielt der junge Mann und meinte besorgt: „Wollen Sie denn gar net wieder ins Tal und ins Leben zurück? Sie haben sich so verändert. Tut Ihnen net gut, dieses ewige Alleinsein! Niemandem tut das gut."

Sie waren schon vor der Türe gestanden, und Albert Lorenz kehrte mit einem „Behüt Gott, Pfannzelter", in die Stube zurück.

Er fühlte sich erleichtert, und doch blieb in seiner Brust eine Trauer zurück, eine kleine Wunde, die noch nicht verheilt war.

Aber dieses Kapitel war abgeschlossen, und er selber war es, der es mit dem Gang zum Standesamt und zur Kirche beendet hatte. Sollte ihn das jetzt reuen?

Von Gerda hatte vor einigen Tagen beim Vogelwirt für ihn ein Brief gelegen, und er holte ihn wieder hervor. Ganz nahe mußte er ihn vor die Augen halten, um die schwimmenden Schriftzüge festhalten zu können.

„Mein lieber Bert, mein geliebter Mann, es geht mir gut, und in Gedanken bin ich immer bei dir. Deine Tante ist so nett zu mir wie eine Mutter. Ich aber bin in Liebe und Sehnsucht bei Dir und frage mich, wann wir uns wiedersehen werden."

Er hatte ihr versprochen, daß er sie in Bodenmais aufsuchen würde, und sie beklagte sich mit keinem Wort darüber, daß er nicht kam. Warum konnte er sich nicht aufraffen? Hatte es noch einen Sinn, hier oben zu bleiben?

Wenn sich solche Gedanken meldeten, brachte er es nun schon fertig, sie beiseite zu legen wie den Pinsel. Wenn ihn seine eigene Unentschlossenheit marterte, konnte er sich darüber hinwegsetzen und nur den Tag und die Stunde sehen. Aber es trieb ihn dann oft ins Schutzhaus, wo er dann stundenlang bei einem Bier saß und einsilbige Antworten gab, wenn der Huber Sepp versuchte, ihn aufzuheitern oder mit ihm ein ernstes Wort zu reden.

Nun ging er auch zweimal in der Woche hinunter zum Vogel auf der Rast, dem Wirt von Mariahilf, der ihm immer gerne alles besorgte, was er hier oben brauchte. Er legte sich einen Vorrat an, um in den regnerischen und kalten Herbsttagen versorgt zu sein. Die andere Zeit verwandte er zum Holzsammeln, und nur die hellen Mittagsstunden der Sonntage verbrachte er noch an der Staffelei.

Noch einmal wurde ihm das Geschenk der farbtrunkenen Waldnatur, denn nach einer kalten Nacht, die im Morgen den Berg schneeweiß mit Reif überstäubte, begannen Berg und Tal von neuem aufzublühen wie ein Garten voller Sonnenblumen und roter Rosen. Der Herbst färbte sich ein.

Goldgelb wurden die Birken im Niederwald und im Tal, und die Buchenschläge prangten im rostrot schimmernden Braun bis zum glühenden Purpur. In diesem Prunk standen steif und feierlich die dunklen Tannen und die olivgrünen Fichten. Die tiefstehende Sonne hob mit langen und harten Schatten Baum und Hügel, Berg und Tal heraus und leuchtete mild auf den vergilbten Wiesenbuckeln im Lohberger Winkel. Schon am kalten Morgen wanderte er fort, und das gefrorene

Berggras rauschte unter seinen Schritten. Noch einmal zog er an diesem Tag mit dem Malgerät in den Osserwald und versuchte mit fliegenden Händen, und verbissen in das Schauen und Malen, den goldenen Herbst festzuhalten. Kaum eine Woche dauerte die Pracht, dann fegten dunkle Regenböen über den Berg und legten sich wie ein Vorhang vor die Aussicht ins Tal.

Es wurde düster und grau um das Malerhäusl.

Hatte der tiefe Herbst diese Dämmerung gebracht, oder ließ nun die Sehkraft seiner Augen nach? Waren es Nebel, die alles grau und dunkel machten? Wenn er auch die Staffelei dicht ans Fenster rückte. Es nützte nichts.

Er legte den Pinsel hin, ordnete sein Malgerät, räumte es auf und legte seine Aquarelle und Zeichnungen in Mappen zusammen, die er sich über den Vogelwirt bestellt hatte.

Das war vorbei.

Er wunderte sich, daß es ihn nicht tiefer berührte.

Schwimmende Punkte und wehende Schleier hoben und senkten sich nun auch vor dem linken Auge, während das rechte nur mehr wie eine trübe Mattscheibe den Schein von grauem Licht sah.

Aus einem Buchenast hatte er sich einen Gehstock geschnitzt, ohne den er nicht mehr ins Freie ging.

Mitte Oktober zogen die Huberleute ab, und sie wollten diesen Winter auch nicht mehr auf den Berg kommen. Es rentierte sich nicht, und alles deutete daraufhin, daß es ein strenger und schneereicher Winter würde.

Der Huber Sepp beschwor den Ossermaler, im Winter nicht allein oben zu bleiben und ins Tal zu ziehen. Ihm, der Albert Lorenz gut und schon lange kannte, war es nicht entgangen, daß dessen Augenschwäche inzwischen so groß geworden war, daß er ohne den tastenden Stock nicht mehr zurechtkam. Albert Lorenz schüttelte nur lachend den Kopf.

„Kann sein, daß ich in der nächsten Woche schon komme oder erst um Weihnachten. Ein Stück weißen Winter möchte ich hier doch noch erleben."

Wenn erst der Schnee lag, würde es ja wieder heller, dachte er, und immer sah er ja noch so gut, um die Wege zu finden, die er zu gehen hatte. Zum Vogelwirt hinunter würde er den Weg auch als Blinder noch finden.

Der Huber Sepp verstand seinen alten Freund nicht mehr. Auch das Zureden der Hubermutter half nicht, und so ließen sie ihn allein zurück.

Schon die nächsten Tage brachten auf dem Osser den ersten Schnee, und er fiel in einer Menge und war so leicht, daß Lorenz knietief zur Quelle waten mußte. Nun kam er auch nicht mehr nach Mariahilf hinunter.

Eine Müdigkeit überfiel ihn, und der Magen streikte. Nur noch in kleinen Mengen konnte er vertragen, was er sich aus den Konserven zubereitete. Stundenlang vermochte er, ohne zu denken, auf der Fensterbank zu sitzen, sich am Ofen zu wärmen oder langgestreckt und die Arme hinterm Kopf verschränkt auf dem Bett zu liegen. Wenn er die Brille von den Augen nahm, dann stand er in einem grauen Meer, und die Gegenstände hatten keine Konturen mehr.

Schneestürme brausten um den Berg und drückten den Rauch in die Stube. Frierend stand er dann vor dem offenen Fenster oder verkroch sich hustend unter der Zudecke seines Bettes. Gebrauchte Wäsche hatte sich angesammelt und brachte einen dumpfen und üblen Geruch in Vorraum und Stube.

Wenn er wieder für eine Weile aus seiner Lethargie erwachte, fing er wie ein Wütender zu waschen und zu fegen an. Dann lag er wieder stockmüde, bis Hunger und Durst ihn auftrieben.

Die Zeitrechnung war ihm verlorengegangen, der Kalender verschwamm vor seinen Augen. Der Wechsel von Tag und Nacht berührte ihn nicht mehr, er schlief, wenn er müde war, und tappte manche Nacht wach unter dem trübroten Schimmer der Petroleumlampe in der Stube hin und her.

In einer langen Nacht begann er laut zu reden und freute sich, seine eigene Stimme zu hören, sagte Gedichte her und sprach mit den Menschen, die er kannte, die in seinen Lebenskreis getreten waren. Er erzählte seiner Mutter ausführlich, wie es ihm seit ihrem Tode ergangen war, sprach mit Gerda und Mareli und versuchte, ihnen seine Verwirrung zu erklären, und redete mit dem alten Irrfang.

Um plötzlich vor sich selbst zu erschrecken! Wurde er irre?

Nein! Von der Einsamkeit wollte er sich nicht mehr unterkriegen lassen.

Zu dem Einsamen drang die Kunde von den harten Urteilen im Prozeß gegen die Schmuggler des Lamer Winkels nicht. Obwohl die Angeklagten schwiegen und von nichts wissen wollten, ergab die Beweisführung, daß der Scheibenhofer der Anreger und Finanzier, der Zwischenhändler und Hauptverdiener am Viehschmuggel gewesen war und der Warenschmuggel zum größten Teil über den Händler Weinberger getätigt wurde. Zwei Jahre Gefängnis, die Verfahrenskosten und eine Riesensumme an Geldbuße und hinterzogenem Zoll erhielten die Hauptangeklagten. Wenn sie aus dem Gefängnis kamen, würden sie arme Leute sein, und das gleiche Schicksal traf einige kleine Häusler, die zwar nur geringe Freiheitsstrafen, aber so hohe Geldbußen erhielten, die sie um ihren Besitz brachten.

Dann kam der Tag, der Albert Lorenz noch einmal die herrliche Winterwelt zeigte, und der das letzte Licht seiner Augen löschte. Seiner Schätzung nach mußte es schon weit im Dezember sein, als die Nebel und die tiefgehenden Wolken verschwanden und die grelle Sonne eine gleißende Welle von Licht über den weißen Berg schüttete, kalt und blendend, stechend in Milliarden Schneekristallen, in Kaskaden über den Fels stürzend, zuckende Feuer auf den verschneiten Baumwipfeln entzündend.

Albert Lorenz rannte ins Freie und stand mit ausgebreiteten Armen. Er konnte die Bäume wieder sehen, die ferne hellblaue Bergkette, die Ströme des Sonnenlichts auf den blitzenden Schneedünen. Er spürte es wie das Rauschen und Brausen eines Vulkans, und rings um ihn schienen die Strahlenbündel hochzuschießen, und über ihn stürzte die ungeheuerliche Lichtflut zusammen.

Unerträglich wurde der Glanz, und ein Schatten legte sich über seine Augen, ein dunkler Vorhang, den er nicht mehr wegwischen konnte. Er verspürte keinen Schmerz und hatte nur das Gefühl, als wären seine Augen in diesem Sonnenfeuer geschmolzen und die Augenhöhlen leer.

In die Stube zurücktastend und sich auf die Bank kauernd, wartete er lange und glaubte, daß die Helle wiederkommen müßte. Es blieb dunkel um ihn.

Nun war es also aus!

Er suchte das Fenster und spürte die Wärme der Sonne, die durch die Scheiben schien, auf seinem Handrücken, aber kein Schimmer zeigte ihm das Fenster an.

Zitternd vor Erregung überlegte er. Vielleicht war doch wieder eine dunkle Wolkenwand über den Berggipfel hereingefallen und seine Augen waren nur so schwach, um die geringe Helle noch aufzunehmen? Wenn er die Lampe anzündete?

Mit den Händen suchte er den Tisch und griff nach oben. Fand die Lampe und fühlte den Glaszylinder zwischen den Fingern, hob ihn ab und legte ihn auf die Tischplatte. Aus dem Hosensack nahm er die Streichhölzer. Ein Klirren und Splittern verriet ihm, daß der Zylinder vom Tisch gerollt und am Boden zerbrochen war. Ein Streichholz rieb er an. Die kleine Flamme brannte ihn in die Finger, aber er sah sie nicht.

„Aus!" schrie er. „Alles ist aus!" Er tastete sich zur Bank und saß unbeweglich. Erst allmählich brachte er seine stürmenden Gedanken zur Ruhe.

Nun vermochte ihm die Bergeinsamkeit nichts mehr zu geben als dunkle Öde und qualvolles Alleinsein: er konnte zurückkehren in seine Wohnung. Alles war eigentlich anders gekommen, und nichts blieb mehr von seinen Vorstellungen von damals, als er auf den Berg ging.

Konnte er es wagen, im tiefen Schnee und blind zum Vogelwirt hinunterzugehen? Er würde nicht weit kommen, keinen Steig unter den Füßen spüren, keine Richtung einhalten können.

Warten, bis jemand auf den Berg kam? Wer sollte kommen?

Vielleicht zu Weihnachten und zu Neujahr einige

Skifahrer. Sich von ihnen ins Tal führen zu lassen? Nein, sie konnten ja den Vogel verständigen.

Bis dahin mußte er sich zurechtfinden. Er hatte es ja so gewollt. Noch vor zwei Wochen hätte er den Weg gefunden. Er wunderte sich über seine eigene Ruhe und darüber, wie er es ohne Mühe fertigbrachte, sich in der Stube zurechtzufinden, im Ofen das Feuer zu schüren, und es gelang ihm auch, langsam und bedächtig einen Kaffee zu kochen.

Warum aber wich das gräßliche Dunkel nicht? Immer hatte er geglaubt, daß ihm das geistige Sehen möglich sein würde, daß er die tausend Bilder der Erinnerung hinter seinen toten Augen aufleben lassen könnte, als Vision!

Nun fing er an, die Stube in Schritten abzumessen, vom Fenster zur Türe, und fühlte sich erleichtert, als ihm dieser Spaziergang in dem kleinen Raum möglich wurde.

Es war heller Irrsinn gewesen, so lange hier oben auszuharren, die Idee eines Verrückten überhaupt, so viele Monate hier oben zu verbringen! Überspanntheit!

Was nützte es, wenn er sich nun mit Selbstvorwürfen plagte? Gar nichts!

Schlafen und warten!

Doch wenn das Feuer im Ofen verlöschte und die Kälte durch Wände, Dach und Boden kroch, wenn der Hunger sich meldete, trieb es ihn aus dem Bett.

Es gab keinen Tag und keine Nacht mehr, und wenn er auch die Uhr in Gang hielt und sie die Stunde anzeigte, ihm blieb selbst dieses Zeitmaß verborgen.

In einer Nacht träumte ihm, und er war darüber glücklich. Es waren wieder Bilder gewesen, voll Licht und Farbe, die ihm diese Nacht schenkte, und nach dem Erwachen vermochte er sich zum erstenmal bildähnliche Vorstellungen ins Gedächtnis zu rufen. Es war Gerdas Gesicht, fern und verschwommen, lächelnd und leidend, bleich, eingefaßt von ihrem dunklen Haarkranz.

Wie ein Gefangener, der in einem vergessenen Kerker, ohne Licht und Sonne, herumtastete, drängte es ihn ins Freie, irgendwohin.

Er spürte nur den tiefen Schnee und die beißende Kälte. Diese unschätzbaren und unsichtbaren Schneemassen rund um das Häusl waren sein Wasservorrat, aber es kostete ihn viele Mühe, wenigstens so viel zu schmelzen, daß er sich einen Tee kochen konnte.

Stunden um Stunden wanderte er wieder zwischen Türe und Fenster und vermochte es nun schon mit schnellen Schritten zu tun. Er spürte etwas unter dem Schuh und tastete danach. Es war die Haselmaus. Das tote Körperchen trug er hinaus, vergrub es im Schnee und fühlte, wie ihm die toten Augen feucht wurden.

Stunden später — war es Tag oder Nacht? Er wußte es nicht — faßte ihn ein Schüttelfrost, und kraftlos kroch er in sein Bett. In heißen Wellen raste das Fieber durch seinen Körper, und plötzlich war die Stube wieder hell und voller Leben. Tanzende Lichter gaukelten zwischen Menschengesichtern, die sich über ihn beugten, seine Frau war da und hielt ihm ein lebloses Kind entgegen, der Scheibenhofer sprang mit wutverzerrtem Gesicht und geballten Fäusten gegen ihn an, und der alte Irrfang starrte ihm entgegen und hatte keine Augen im Kopf. Seine Augenhöhlen waren trüb und verglast wie gefrorene Dorftümpel.

Ganz im Hintergrund sah ihn das Mareli an, verwundert und enttäuscht, trotzend den Mund verzogen.

Er wehrte sich, und die Trugbilder verschwanden.

Die Zunge klebte ihm am Gaumen. Durst! Himmel, mußte er denn verdursten! Vergeblich versuchte er, sich aufzurichten.

Und wieder fing das unheimliche Tun in der Stube an. Aus den Ecken und Wänden kamen die Gestalten und schwebten in einem übernatürlichen Licht, das ihnen blaue und tote Gesichter gab. Aus dem Boden kroch in einem quirlenden Haufen ein schillerndes Geschmeiß von Schlangen und Vipern, und die mißfarbene Flut wälzte sich in einem zischenden Durcheinander gegen ihn.

Das Grauen wollte ihm die Seele vom Leibe reißen.

Über all dem Gräulichen erhob sich eine Stimme, die grell in sein fieberndes Gehirn stach und das marternde Bild zerfetzte:

„Um Gottes willen, Herr Lorenz!"

Er kam zu sich und spürte eine kühle Hand auf seiner Stirne.

„Wasser!"

Seine Stimme hörte er röchelnd und zerbrochen. Dann sank er wieder in die Tiefe zurück.

Etwas Heißes wurde ihm eingeflößt, und er schwebte wieder nach oben. Er spürte, daß die Stube voller Wärme war und hörte das Holz im Ofen krachen.

„Wer ist da?" konnte er mit Mühe flüstern.

„Ich bin es, Herr Lorenz, das Mareli!"

Die Worte kamen aus weiter Ferne. Angestrengt horchte er den kleinen Geräuschen nach, dem Rauschen eines Kleides, leisen Schritten und dem Klappern von Geschirr.

Er spürte, daß sich jemand neben ihm auf das Bett setzte, und fühlte eine Tasse an seinen Lippen, trank und sank wieder zurück.

„Mareli, bist du es wirklich? Wie kommst du —"

„Jetzt bleiben Sie ruhig, und ich bleibe bei Ihnen —" Seine tastenden Hände suchten nach ihrer Hand. „Was haben Sie, Herr Lorenz?"

„Ich kann dich nicht mehr sehen, Mareli, ich bin blind."

„Ach du mein Gott! Und krank sind Sie auch! Keinen Tag dürfen Sie mehr allein da heroben bleiben."

Der heiße Trank belebte ihn.

„Ich weiß nicht mehr — welchen Tag haben wir?" fragte er.

„Morgen ist der Neujahrstag, Herr Lorenz, und warum ich gekommen bin? Ich wollte — weil ich hörte, daß Sie immer noch auf dem Berg sein müßten, Ihnen das Geld bringen, das Sie meinem Vater geliehen haben. Es hat mir keine Ruhe gelassen, habe so viel an diesen Tag vor einem Jahr denken müssen."

„Morgen ist Neujahr", flüsterte er, „dann ist also heute mein Jahr zu Ende."

„Bleiben Sie ruhig liegen. Ich bleibe bei Ihnen. Sie müssen aber sobald wie möglich hier weg."

Sie fütterte ihn mit Zwieback, und dann hörte er sie in der Stube aufräumen, während sie ihm erzählte, wie schneereich dieser Winter wäre, und daß sie schon wieder umkehren wollte, als sie vor der Türe und um das Häusl herum keine Spuren sah. Da aber die Fensterläden nicht geschlossen waren, habe sie in die Stube schauen können und gesehen, daß er doch da sei. Die Haustüre war nicht verriegelt, und so habe sie eintreten können. Voller Angst habe sie gleich erkannt, daß der Herr Lorenz krank wäre, und er habe viel Wirres geredet.

„Sie haben nach einer Gerda gerufen und auch —" Plötzlich schwieg sie, und er vollendete den Satz:

„Nach einem Mareli."

„Ja", sagte sie leise, um dann gleich wieder laut und fröhlich fortzufahren: „Da bin ich aber froh, daß ich grad zur rechten Zeit gekommen bin! Hab lange überlegt, weil gar so viel Schnee ist, aber es hat mir halt ein guter Engel eingesagt, daß ich doch heraufsteigen muß."

„Wie geht es — drunten — und was macht der gute Pfannzelter?"

„O ja, es geht alles gut", antwortete sie ausweichend, und er horchte auf.

„Jetzt wäre es gut, wenn Sie schlafen täten, Herr Lorenz. Es ist grad Mittag, und draußen scheint die Sonne. Ich fahre jetzt gleich zum Vogelwirt ab, Sie müssen heute noch weg. Der Vogel wird schon einen Rat wissen. Ich komme wieder zurück, so schnell es geht."

Er wollte ihr nachschreien und sie bitten, daß sie bei ihm bliebe, aber wieder sank er in die Tiefe der Erschöpfung.

Daraus erwachte er auch nicht, als das Mareli mit dem Vogelwirt und dessen Sohn zurückkam und diese ihn auf einem Holzerschlitten verpackt nach Lam hinunterbrachten.

Als Albert Lorenz wieder erwachte, merkte er, daß er sich in einem fremden Raum befand, in einem Zimmer, und vor einem offenen Fenster zwitscherten die Meisen. Sonnenträchtig war die frische Luft, und ganz nahe hörte er die Geräusche der Straße und das Lachen spielender Kinder.

Langsam versuchte er, sich zurechtzufinden. Daß er nicht mehr auf dem Osser war, das hatte er schon in vorhergehenden Augenblicken des Wachseins erkannt.

Es waren fremde Hände um ihn bemüht gewesen und fremde Stimmen wie durch eine Wand an sein Ohr geklungen.

Wie aus einem langen und tiefen Schlaf erwacht, fühlte er sich. Seine Hände griffen nach den Augen, als wollte er eine Binde abnehmen, die ihm das Sehen verwehrte. Mit einem Schlag kam ihm die Erinnerung.

Als er sich im Bett aufrichtete, hörte er eine Tür gehen, und leichte Schritte kamen näher. Eine weibliche Stimme fragte heiter:

„Na, Herr Lorenz, wie fühlen Sie sich heute?"

„Wo bin ich?"

„Im Krankenhaus in Cham. Nun haben Sie es bald überstanden. Ein bisserl Nervenfieber, und sonst waren Sie auch ziemlich herunten."

„Welchen Tag haben wir, Schwester?"

„Den zwanzigsten Januar, Herr Lorenz, und draußen wartet schon ein Besuch. Wenn Sie versprechen, daß Sie sich nicht aufregen, dann ist eine Viertelstunde genehmigt."

„Ich rege mich nicht auf. Wer ist es denn?"

Die Schwester antwortete nicht und entfernte sich. Wieder hörte er die Türe, ein Flüstern und eilende Schritte, dann legten sich Arme um seinen Hals, spürte er eine weiche Wange.

„Bert, ach, Bert!"

„Gerda!"

War er je einmal so froh gewesen? Hatte er einen langen Traum hinter sich? Einen Traum von einem Häusl auf dem Berg, von einem Jahr voller Freuden und Leiden, einsamer und verzweifelter Stunden, verwirrter Ängste und herrlicher Lichttage auf dem Osser?

„Daß du nur wieder soweit bist, Bert! Gott sei

Dank! Jetzt wird alles gut", hörte er die tränenerstickte Stimme an seinem Ohr.

„Gerda, wie geht es dir, hast du — schon alles gut überstanden?"

„Ein wunderhübscher kleiner Junge, ein Albert", flüsterte sie, „wirst du ihn auch ein wenig liebhaben?"

Er drückte ihre Hand: „Ich freue mich so darauf — schade, daß — ich ihn nicht sehen kann."

Die Krankenschwester kam wieder zurück:

„Hier, dieser Waldstrauß wurde für Sie, Herr Lorenz, abgegeben, und eine Karte ist auch dabei.

„Willst du mir die Karte vorlesen, Gerda?"

„Gerne: In herzlicher und dankbarer Verbundenheit und mit den besten Wünschen für Sie grüßen als Vermählte: Josef Pfannzelter, Zollsekretär, und Frau Maria, geborene Irrfang."

Eine Weile lag Albert Lorenz wortlos in den Kissen, dann fragte er: „Gerda, was ist mit unserem Daheim, mit unserer Wohnung?"

„Unser Daheim wartet nur noch auf dich", sagte sie bewegt und küßte ihn.

„Ich freue mich darauf!" Seine Hand strich über ihr Haar und ihre Wangen, leicht und zärtlich: „Es scheint die Sonne, ich spüre sie, und es ist hell hier im Zimmer — und ich sehe dich und habe alles wieder vor meinen Augen, den Wald und den Berg, den Tag und die Mondnacht, alles, alles sehe ich wieder, so schön und so hell — als wäre es Wirklichkeit. Ich bin so froh und freue mich darauf, wenn ich bei dir daheim bin."